中國語言文字研究輯刊

二 七 編

第6冊

馬王堆簡帛文字形體研究（下）

陳 皓 渝 著

花木蘭文化事業有限公司

國家圖書館出版品預行編目資料

馬王堆簡帛文字形體研究（下）／陳皓渝 著 -- 初版 -- 新北市：花木蘭文化事業有限公司，2024〔民 113〕

目 4+188 面；21×29.7 公分

（中國語言文字研究輯刊　二七編；第 6 冊）

ISBN 978-626-344-832-2（精裝）

1.CST：簡牘文字 2.CST：帛書 3.CST：研究考訂

802.08　　113009382

中國語言文字研究輯刊

二七編　第六冊　ISBN：978-626-344-832-2

馬王堆簡帛文字形體研究（下）

作　　者　陳皓渝

總 編 輯　杜潔祥

副總編輯　楊嘉樂

編輯主任　許郁翎

編　　輯　潘玟靜、蔡正宣　美術編輯　陳逸婷

出　　版　花木蘭文化事業有限公司

發 行 人　高小娟

聯絡地址　235 新北市中和區中安街七二號十三樓

　　　　　電話：02-2923-1455／傳真：02-2923-1452

網　　址　http://www.huamulan.tw 信箱 service@huamulans.com

印　　刷　普羅文化出版廣告事業

初　　版　2024 年 9 月

定　　價　二七編 13 冊（精裝）新台幣 42,000 元

馬王堆簡帛文字形體研究（下）

陳皓渝 著

目次

上冊

下　冊

第四章　形體訛誤與混同分析

第一節　前　言

文字演變的過程中，除形體簡省、增繁、替換偏旁、改變形體方向或位置之外，尚有一種特殊的演變方式——訛誤。此現象在商周時期便已存在，如唐蘭《中國文字學·文字的演化》舉出「帚」、「叀」、「甾」等字，在商周時期形體訛誤的演變過程。〔註1〕關於文字形體發生訛誤，學者亦有詳細討論，如湯餘惠〈略論戰國文字形體研究中的幾個問題〉：

> 在古文字研究中，人們常常注意到有些字形的改變是輕微的，變來變去總離傳統的規矩不遠，但也有不然，整個字形或其中一部分與傳統寫法相差懸殊。通常把前種情況稱之為「演變」，而把後種情況稱之為「訛誤」。〔註2〕

其指出字形的演變若與傳統寫法相差甚懸殊者，即謂「訛誤」，但「相差懸殊」一語定義未明；且訛誤的標準在於對照傳統寫法，但傳統寫法可能有不同形體，應以何者為據則難以明訂。至於林澐《古文字研究簡論》則使用「訛變」一詞：「在對文字的原有和組成偏旁缺乏正確理解的情況下，錯誤地破壞了原

〔註1〕唐蘭：《中國文字學》（臺北：洪氏出版社，1980年），頁142。

〔註2〕湯餘惠：〈略論戰國文字形體研究中的幾個問題〉，《古文字研究》第十五輯（北京：中華書局，1986年），頁27。

構造或改變了原偏旁。這類現象，習慣上稱之為『訛變』。」〔註 3〕亦即誤解文字形體及其意義的關係，導致書寫時改變文字形體。

又如張桂光〈古文字中的形體訛變〉:「訛變字實際上就是發生了訛誤變化的異體字。」〔註 4〕其後更指出：

> 訛變都是從偶然的訛誤開始，但訛變形體除了極個別的僅祇曇花一現之外，大多數都反覆出現多次，有的作為與正體並行的異體存在，有的還取代了正體的位置，使原來的正體反而變為異體甚至歸於消滅。〔註 5〕

由此可知，張桂光將「訛變」的情況分作兩種：一為個別性、未反覆出現的，即偶然的訛誤；二為形體訛誤後反覆出現，甚至積非成是的。然無論何種情況，就其定義及說解可知，訛變的本質為訛誤，惟如何判定訛誤則未多作說解。至於訛變的方式，其認為有八種，大抵來自簡省、偏旁同化、音化、割裂形體、形體相近、由飾筆造成訛變、形義附會、時代影響等。〔註 6〕

再如陳煒湛、唐鈺明《古文字學綱要》云:「所謂訛變，就是由一時之訛誤而積非成是。」〔註 7〕同時指出其原因為「誤解了字形與原義的關係而將某些部件誤寫為與其意義不同的其他部件……這錯誤以訛傳訛、積習不改，最後得到公認而另成一字形。」〔註 8〕可知兩位學者認為「訛變」係某字的形體在訛誤之後，誤作其他意義不同的部件，甚至廣泛使用而積非成是。對於訛變的原因則有四種，即簡省、割裂、飾筆、形隨義變。〔註 9〕

另如董琨〈古文字形體的發展規律〉中，對「訛變」定義為：「字形在演

〔註 3〕林澐：《古文字研究簡論》（長春：吉林大學出版社，1986 年），頁 103。

〔註 4〕張桂光：〈古文字中的形體訛變〉，《古文字研究》第十五輯（北京：中華書局，1986 年），頁 153。

〔註 5〕張桂光：〈古文字中的形體訛變〉，頁 153。

〔註 6〕「一、因簡省造成的訛變；二、因偏旁同化造成的訛變；三、因漢字表音化趨勢影響造成的訛變；四、因割裂圖畫式結構造成的訛變；五、因一個字內相鄰部件的筆畫相交形成與別的偏旁相似的形象造成的訛變；六、因裝飾性筆畫造成的訛變；七、以文字形體附會變化了的字義造成的訛變；八、因時代寫刻條件、習慣的影響造成的訛變。」張桂光：〈古文字中的形體訛變〉，頁 161～174。

〔註 7〕陳煒湛、唐鈺明：《古文字學綱要》（廣州：中山大學出版社，1988 年），頁 31～32。

〔註 8〕陳煒湛、唐鈺明：《古文字學綱要》，頁 31～32。

〔註 9〕「古文字訛變的形式多種多樣。有的因簡省造成……有的因割裂圖形而造成……有的因裝飾性筆畫造成……有的因形隨義變而造成。」陳煒湛、唐鈺明：《古文字學綱要》，頁 31～32。

變過程中發生訛誤，從而脫離了與字義的聯繫，這樣的變化叫做『訛化』（或『訛變』）。」〔註 10〕其將「訛變」稱作「訛化」，並針對形體在表義功能上的關聯，判定該字形體是否發生訛誤情況，至於是否「廣泛使用」、「取代原字」等，則未特別明說，故推測其「訛化（訛變）」所指情況較廣，包含偶然出現的訛誤，也包含廣泛使用而成常態的情況。對於訛變的原因則分作五種，即簡化、增繁、表義成分變質、形近、誤解字義。〔註 11〕

至於高文英《古漢字形體訛變現象的考察與分析》中，將過去學者對「訛變」的定義分作三類：誤解說、非常規錯誤說、動力驅動說。「誤解說」即人們誤解文字形義的關係，此說有林澐、張桂光、金國泰等學者；「非常規錯誤說」認為訛變是沒有規律的，是違反構字原理的錯誤演變，此說有董琨、林志強等學者；「動力驅動說」則認為訛變是在一定的規律下產生的，是漢字演變過程中受文字自身發展的規律而產生，此說有王海平。〔註 12〕高文英亦對此三類定義進行評論，並提出其對「訛變」的定義：

> 訛變現象是指在古漢字的使用和形體發展演變過程之中，由於使用者誤解了字形與字義的關係，或者由於漢字自身偏旁部件的近似、類化、簡化、繁化及其他原因，將漢字的部分部件寫成了與原有部件意義不同的部件，人們很難從現有的字形中去推知其最初的造字意圖，造成了古漢字形義關係的脫離，形成了字形結構上的錯誤。〔註 13〕

其定義應是統合誤解說、非常規錯誤說、動力驅動說三類的說法，雖兼容各家說法，但重點仍不離「形義關係的脫離」，其他內容則是解釋訛變的原因。本文認為訛變既非單一原因造成，故而定義時是否需納入「造成訛變的原因」則可斟酌，或許針對「形義關係的脫離」作定義更為精簡明確。

綜觀上述，學者大多使用「訛變」一詞，且多有文字形體發生變化後，形義關係脫離的核心要素。除林澐、董琨、高文英外，其餘說法多將「訛變」定

〔註 10〕劉翔、陳抗、陳初生、董琨：《商周古文字讀本》（北京：語文出版社，1989 年），頁 253～256。

〔註 11〕「1.形體的簡化；2.筆畫的增繁或裝飾性成分的添加；3.形體內部表義成分的『變質』；4.因部件形狀的近似而訛混；5.不明或誤解字義。」董琨：〈古文字形體的發展規律〉，《商周古文字讀本》，頁 253～256。

〔註 12〕高文英：《古漢字形體訛變現象的考察與分析》（保定：河北大學漢語言文字學碩士學位論文，2008 年），頁 1～2。

〔註 13〕高文英：《古漢字形體訛變現象的考察與分析》，頁 1～2。

為形體發生訛誤之後，此訛體（訛誤後的形體）成為固定寫法而廣泛使用，如某字「A」不僅訛作「A'」，其他有「A」作偏旁的字更是訛寫作「A'」。陳煒湛、唐鈺明的看法與張桂光雖大致相近，皆有「形體訛誤」與「廣泛使用」的要素，亦提及訛變之後的可能結果；但細節差異在於訛變後的形體對漢字系統的影響。張桂光認為有「與正體並存」、「取代正體」兩種可能，而陳、唐二家則說「得到公認而成為固定寫法」。然張桂光所謂「正體」未明言為正確形體抑或標準形體，因古代對文字形體是否有標準寫法尚有討論空間，且甲骨文乃至戰國文字常有簡省、增繁現象，形體在增省後是否仍為正確形體，則未有明確標準可判別。

另外，雖僅湯餘惠使用「訛誤」一詞，其餘學者未對「訛誤」另作定義，但細究諸家對「訛變」的說解，可知「訛誤」範圍不僅包含訛變，也包含一時的誤寫，即誤寫後的形體未廣泛使用，屬偶然性、個別發生的情況。然也因部分學者對「訛變」多帶有成為常態的要素，但本文所論字例可能包含個別性的形體錯誤，加之「訛變」的本質即訛誤，故而本文對此以「訛誤」指稱。至於「訛誤」的判定，可據林澐及陳煒湛、唐鈺明與董琨所言，應以形體與其所示意義的關係為標準，若形體及其所示意義無法對應，即屬訛誤。因此本文所謂的「訛誤」，係指漢字的發展中，形體與其所示意義的關係脫離的一種演變現象。

除形體訛誤之外，文字形體也可能發生「混同」情況。如唐蘭《中國文字學．文字的演化》提到：

> 圖畫文字把物體詳細畫出來，本是不容易殺混的，演化得愈簡單就愈容易殺混，在卜辭裏「丁」字和「日」字一樣，「甲」字和「七」字一樣，口齒的「口」，和凵盧的「凵」一樣，「山」字和「火」字一樣，「足」字和「正」字一樣，「午」字空心像「幺」字，「凡」字出頭像「井」字。〔註14〕

可知早在甲骨文時期，已出現部分文字形體相近的情況。箇中原因大抵如裘錫圭所謂「線條化」有關：「古文字所使用的字符，本來大都很像圖形。古人為了書寫的方便，把它們逐漸改變成用比較平直的線條構成的、象形程度較低的符

〔註14〕唐蘭：《中國文字學．文字的演化》，頁141。

號。這可以稱為『線條化』。」〔註15〕可知其以線條化為作西周金文對甲骨文的改變，同時認為甲骨文是當時的俗體，為日常使用且較簡便的文字〔註16〕；另觀劉釗《古文字構形學》指出甲骨文已有線條化的現象〔註17〕，而以線條化為文字形體簡化的主要方式〔註18〕；故知甲骨文因線條化簡省形體，導致部分文字形體相近的情況，而形體相近便可能導致混同、訛混（因訛誤產生混同）的發生。

此外，陳煒湛、唐鈺明與董琨對「訛變」皆有提到字形與字義之間的關係，其中陳、唐二家更云：「誤解了字形與原義的關係」〔註19〕，雖為判定形體訛誤的重要依據，但是否為「書寫者的誤解」則有討論空間。今日討論文字形體「訛誤」時，大多以書寫後的結果，即文字形體作分析，雖文字形體為具體的對象，以此為據或較為客觀，但形體訛誤之處，未必是書手誤解文字的形義關係。因實際書寫時有其他變因，如書寫速度可能導致筆畫線條的完整性，而竹簡有寬度限制，可能導致書寫時因空間關係而對字形產生影響，或因書寫在簡帛、紙張時，因摩擦力影響書寫過程，而使形體改變等。換言之，書寫者未必是對文字形義產生誤解，而是受其他因素導致書寫後的結果發生訛誤。如楚簡「甲」作「」（《包》165）「」（《包》218），「匣」作「」（《包》90）、「」（《包》124），「甲」的外框乍看訛作「匚」，但細觀「」（《包》165）的「L」，線條略有往上的趨勢，推測應為書手欲將「甲」的「口」分作「一」、「凵」，但受限於竹簡寬度，使得下半僅作「L」。由此可知有些字形就形體而言雖屬訛誤，但可能是書寫時受其他因素所致，而非書手對文字形義的誤解。是而在說明相關字形變化時需謹慎，避免因忽略古人書寫的情況而有偏頗之失。

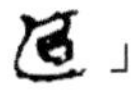

馬王堆簡帛為西漢初年材料，文字形體主要為早期隸書，甚至包含楚文字寫法，對於了解漢字從古文字轉變為隸書有重要研究價值。關於「隸變」的定義，如黃德寬《古文字學·古文字形體的發展演變》：「『隸變』即古文字形體向隸書的過度和演變。」〔註20〕或如趙平安《隸變研究》：「大約從戰國中期開始，

〔註15〕裘錫圭：《文字學概要》（臺北：萬卷樓圖書股份有限公司，2015年），頁41。
〔註16〕裘錫圭：《文字學概要》，頁58。
〔註17〕劉釗：《古文字構形學》（福州：福建人民出版社，2006年），頁28。
〔註18〕劉釗：《古文字構形學》，頁28。
〔註19〕陳煒湛、唐鈺明：《古文字學綱要》，頁31～32。
〔註20〕黃德寬：《古文字學》（上海：上海古籍出版社，2015年），頁91。

秦系文字的小篆經由古隸到今隸的演變，就是隸變。」〔註 21〕雖二家的細節差異為後者將隸變的主體限定為秦系文字，前者則為古文字，後者對隸變的結果分成古隸、今隸，前者僅云隸書，但二家共通點皆為由古文字轉變至隸書。趙平安《隸變研究》指出隸變對漢字的影響有「隸分、隸合對漢字偏旁部件的混同」、「漢字基本筆畫的形成」等〔註 22〕；裘錫圭《文字學概要》以為隸書對篆文字形的改造有「解散篆體，改曲為直」、「省併」、「省略」、「偏旁變形」、「偏旁混同」五種〔註 23〕，其中省併、省略、變形、混同都可見於前述學者分析訛變（本文之「訛誤」）的情況中，可知訛誤、混同與隸變有一定的關係。

若就定義而言，訛誤與隸變應為兩種不同的現象，但發生的時代有所重疊，即訛誤存在整個漢字的發展之中，而隸變則發生在戰國中晚期到秦漢之間；因此欲判別戰國中晚期到秦漢之間的文字，其形體變化屬訛誤或隸變或有模糊之處。例如古文字的「日」字外框多以圓環狀線條象太陽之形〔註 24〕，但隸書則將圓環狀改作方框形，其與太陽之形有明顯落差，就此而言應屬訛誤；若就隸書與古文字形體比對，隸書的「日」與古文字的「日」彼此在筆畫線條上仍可對應，就此而言則判定為訛誤則過於武斷。

另察趙平安《隸變研究・隸變的性質》中，指出隸變性質有四，其中前三點與本文有關，其一為「隸變不是質變」，因「質變」係指事物的根本性質改變，但漢字與漢語之間的關係，無論是商周文字或秦漢以後文字，本質並未改變；其二為「隸變不是古今文字的分水嶺或轉折點」，因「分水嶺」是兩流域之間的山嶺，以此比作隸變對古今漢字的影響，則將古今漢字視為兩條不同發展路線，比喻不恰當；其三為「隸變不是突變」，因隸變存在數百年，並非突發、急遽的改變漢字樣貌。〔註 25〕因此就趙平安所論，「隸變」對漢字的影響並非本質性且突發的變化，且提及隸變方式有「與表音表義無關的隸變」、「有關表音表義的隸變」兩大類〔註 26〕，其中細項仍不離簡省、增繁、易位等，與漢字形

〔註 21〕趙平安：《隸變研究修訂版》（上海：上海古籍出版社，2020 年），頁 7。

〔註 22〕趙平安：《隸變研究修訂版》，頁 70～78。

〔註 23〕裘錫圭：《文字學概要》，頁 102～105。

〔註 24〕甲骨文雖將「日」字外圍作方框狀，但因甲骨文為刀刻，在獸骨上刻出圓環線條不易，故而甲骨文的「日」多呈方形。若觀西周金文「日」字，其外圍便為環狀，以象太陽之形。

〔註 25〕趙平安：《隸變研究修訂版》，頁 88～91。

〔註 26〕趙平安：《隸變研究修訂版》，頁 52～64。

體演變方式相同。

正因如此，若使用「隸變」一詞說明馬王堆簡帛在形體訛誤、混同的情況，可能產生概念上的混淆與模糊，是而本文不以「隸變」而以「訛誤」、「混同」說明相關字例的形體變化；但並非否定「隸變」的現象，因隸變確實是漢字發展的重要轉變，是古文字轉向今文字的關鍵。

總上針對「訛誤」、「混同」的討論後，以下便以馬王堆簡帛文字為對象，分析其形體之訛誤與混同的情況，並歸納其可能的原因，最後討論對於過去之商周文字的繼承關係，以及對後世文字的影響為何。

第二節　馬王堆簡帛文字之訛誤與混同字例

本節針對馬王堆簡帛中，文字形體訛誤與混同的字例討論，之所以不將訛誤與混同分別討論，係因二者關係複雜，可能有些形體訛誤後與另一字形體相近，導致二者形體產生混同，甚至產生誤認的情況。此處之「誤認」，係指某字「A」訛作「A'」後與另一字「B」形近，使得從「B」的字訛從「A'」，而書寫者雖知從「A'」者應為訛誤，但改正之後卻從「A」而非從「B」；或者某字「A」的草寫〔註27〕與另一字「B」的草寫相近，而從「A」草寫的字在規整化〔註28〕之後卻誤認作從「B」，二者皆視為誤認情況。是以若將訛誤與混同分開討論，則可能切斷有些字的訛誤關係，故將訛誤與混同一併討論。

如前言所述，本文的「訛誤」包含個別的訛誤，與廣泛使用的訛誤（即訛變），因此以下分作個別訛誤、集體訛誤（相當於廣泛使用的訛誤），討論馬王堆簡帛文字中，形體訛誤與混同的字例。

〔註27〕此處「草寫」係指該字或偏旁在書寫時，因快寫導致潦草、連筆等情況。《文字學概要》:「『草書』有廣狹二義。廣義的，不論時代，凡是寫得潦草的字都可以算。狹義的，即作為一種特定字體的草書，則是在漢代才形成的。」本文為避免與作為特定字體的「草書」相混，故使用「草寫」一詞指稱秦簡、馬王堆簡帛中寫得潦草的字。裘錫圭:《文字學概要》，頁105。

〔註28〕本文所謂「規整化」指將草寫形體改為工整、規整的形體寫法，如下文提及將草寫形體「Z」改作「工」，或如今日楷書「之」的形體，即從「㞢」的草寫規整化而來。至於《文字學概要》將此稱作「正體化」，但「正體」一詞容易與正體字、異體字的「正體」相混；又《文字學概要》有「魏建功先生認為八分的挑法是草書筆法規整化的產物」一語，故而本文則以「規整化」指稱將草書（本文則為草寫）改作工整、規整的寫法。裘錫圭:《文字學概要》，頁89、99。

一、個別訛誤

所謂個別訛誤，即該訛體僅為個別字例，並不影響其他以此字為偏旁的文字形體。因此無論該訛體僅為單一出現，抑或該字於馬王堆簡帛中皆作此訛體，但凡不影響其他以此字為偏旁的字形者，皆屬個別訛誤。

（一）序

「序」字《說文》以為從广予聲，小篆作「 」；馬王堆簡帛則有將「序」的「予」訛作「矛」的情況，如「  」（〈周〉10.66）。「予」字馬王堆簡帛作「  」（〈五〉87.24）、「  」（〈問〉46.26）；「矛」作「  」（〈陰甲・神上〉14.24）、「  」（〈陰甲・雜七〉5.3），二者皆有類似「○」狀部件，馬王堆簡帛則因二字寫法相近而將「序」的「予」訛作「矛」。

（二）怈

「怈」字於馬王堆簡帛中或將「曳」訛作「申」，如「 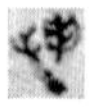 」（〈老甲〉146.28），《說文》解「曳」為從申丿聲，小篆作「 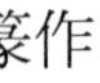 」，而「申」小篆作「 」，可知「申」、「曳」有共同部分，或因書手一時之誤而將「怈」的「曳」訛作「申」。

（三）堤

「堤」為從土是聲，小篆作「 」，馬王堆簡帛將「是」誤作「昷」，如「  」（〈周〉21.64）。推測應因「昷」與「是」皆有「日」形部件，然「昷」本應為「𥁕」，從「囚」，或因書寫空間壓縮而將「人」省作一橫，故作「日」形。「皿」於馬王堆簡帛作「  」（〈繆〉44.56）、「  」（〈刑乙〉81.16），「是」或作「  」（〈陰乙・文武〉20.5）、「  」（〈陰乙・上朔〉30.6），「是」下半的「正」與「皿」寫法〔註29〕相似，故而可能為「堤」的「是」訛作「昷」之由。

（四）茨

「茨」為從艸次聲之字，小篆作「 」，馬王堆簡帛將「茨」的「欠」訛作「久」，如「  」（〈周〉73.27）。「欠」甲骨文作「 」（《合》18007賓組）、「 」（《合》18008賓組），從「欠」的「次」金文作「  」（史次鼎）、「  」（次尊），

〔註29〕寫法相近與形體相近不同，雖理論上形體相近寫法通常也相近，但寫法相近未必形體也相近。本文之「寫法相近」是指該字（或偏旁、部件）在書寫時，其過程或筆畫線條組合與另一字（或偏旁、部件）相近，大抵即今所謂「筆誤」之可能原因。例如「皿」、「正」的形體雖不同，但形體皆由橫畫、豎畫組成，且組成方式皆為上下各有兩橫，中間為三道或四道豎畫。

秦簡作「」（《睡語》8）、「」（《睡封》36）；「久」的秦簡作「」（《睡乙》43 貳）、「」（《睡律》102），二者僅差一筆「／」，因此推測馬王堆簡帛將「茨」的「欠」訛作「久」，係因將「欠」的筆畫連筆合併導致，即將「⊃」與「儿」的「／」合併，故而形體與「久」同形而訛。

（五）堅

「堅」小篆作「」，馬王堆簡帛或將「堅」的「臣」訛作「耳」，如「」（〈養〉67.24）。觀「臣」字作「」（〈九〉3.27）、「」（〈明〉1.2），「耳」字可作「」（〈要〉17.43）、「」（〈相〉69.1），雖二字在古文字的形體有別，且意義無關，但在馬王堆簡帛的寫法，皆有「匚」、「＝」的部件或筆畫，或以寫法類似之故，而將「堅」的「臣」訛作「耳」。

（六）枳

「枳」為從木只聲，小篆作「」，馬王堆簡帛作「」（〈陰乙・天一〉9.4）、「」（〈繆〉33.66），亦有將「只」訛作「也」，如「」（〈陰甲・天一〉3.28）、「」（〈陰甲・天一〉9.9）。推測誤將「只」上半「口」的橫畫往左右兩側延伸，下半的兩道筆畫合併，故而訛作「也」。

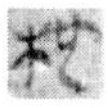

（七）牀

「牀」為從木爿聲，小篆作「」，馬王堆簡帛作「」（〈養〉45.11）、「」（〈周〉57.26），或將「爿」訛作「舟」，如「」（〈衷〉5.46）。觀馬王堆簡帛其他「牀」字，其「爿」或將「夂」形部件拉平作兩橫，或作上下兩個「㇄」，推測「爿」訛作「舟」或為改變寫法，即將兩個「㇄」的豎畫部分合併，再寫橫畫部分，如此便與「舟」寫法相近。

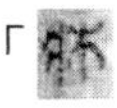

（八）賓

「賓」的小篆作「」，其偏旁「丏」於馬王堆簡帛訛為「正」，如「」（〈戰〉103.36）、「」（〈問〉6.23），推測應為「丏」的右側「㇆」縮短作一橫而訛作「正」而來。又或再將「正」省筆作「止」，如「」（〈陽乙〉4.41）。

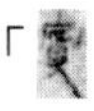

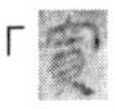

（九）糗

「糗」為從米臭聲，小篆作「」，而「臭」為從犬從自，馬王堆簡帛作「」（〈養〉33.22）、「」（〈養〉39.10）；或將「糗」的「自」訛作「首」、

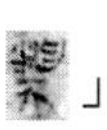

「頁」、「百」，如「」（〈遣三〉134.4）、「」（〈遣一〉115.4）、「」（〈牌一〉33.2）。古文字中「頁」、「首」、「百」本為同一字，差別在是否有頭髮或身體的形體，故照理「頁」、「首」讀音本相同。〔註30〕「臬」上古音為溪紐幽部，「首」為書紐幽部，二者韻部相同；馬王堆簡帛「自」作「」（〈戰〉38.5）、「」（〈周〉70.61），「首」作「」（〈氣〉7.133）、「」（〈周〉26.81），「首」除去上半「丷」則與「自」形同，推測應是將「臭」的「自」訛誤後音化作「首」或「頁」、「百」。

（十）害

「害」字金文作「」（害弔簋）、「」（師克盨），秦簡作「」（《睡語》1）、「」（《睡答》3），小篆作「」，或因分裂而將形體訛作「宀」、「丰（土）」、「口」，同時簡省筆畫，而與下面的「口」訛作「吉」，馬王堆簡帛亦同，如「」（〈繫〉46.66）、「」（〈老乙〉30.21）。

（十一）瘁

《說文》記載「瘁」為「癃」的小篆作「」，籀文作「」，將「癃」省作從「夅」。從「夅」之「降」字甲骨文作「」（《合》19630 賓組）、「」（《合》6498 賓組），金文作「」（散氏盤）、「」（逑編鐘），其「夅」本為二止，象往下走之形；「韋」甲骨文作「」（《花東》195 子組），金文作「」（韋作父丁鼎）、「」（甸盉），本為「圍」的初文，即包圍之意，上下亦為兩個止。可知「夅」、「韋」二者形體有共同部分，或以此之故馬王堆簡帛有將「瘁」所從之「夅」訛作「韋」，如「」（〈方〉199.3）。

（十二）密

「密」從「宓」聲，小篆作「」；「宓」從「必」聲，而「必」甲骨文作「」（《合》175 賓組）、「」（《合》4242 賓組），金文作「」（走馬休盤）、「」（南宮乎鐘），秦簡作「」（《放甲》3 貳）、「」（《睡乙》112），小篆作「」，金文、秦簡皆從弋八聲。馬王堆簡帛或將「密」的「必」訛作「心」，如「」（〈經〉56.30）。推測因「密」的書寫空間壓縮，將「必」的「乚」筆畫改作「L」，其餘筆畫改作短豎，同時簡省其中的短豎而將「必」訛作「心」。

〔註30〕于省吾主編，姚孝遂按語編撰：《甲骨文字詁林》（北京：中華書局，1999 年），頁1012。

（十三）厭

《說文》以為「厭」從厂猒聲，小篆作「」，馬王堆簡帛作「」（〈相〉17.3）、「」（〈相〉19.34），或將「猒」訛作「能」，如「」（〈相〉62.51）。「猒」金文作「」（沈子它簋蓋）、「」（毛公鼎），可知其本應從「口」；「能」金文作「」（能父庚鼎）、「」（毛公鼎），本象熊之形，因形體訛誤分裂而作從「以」、「肉」、「比」。簡帛之「以」偏旁常作環形，馬王堆簡帛或將圓環狀改作方形，與「口」相近，導致「猒」、「能」的左半邊形體相同，故而將「厭」的「猒」訛作「能」。

（十四）狐

「狐」本從犬瓜聲，小篆作「」，而馬王堆簡帛中常有「犬」替作「豸」的情況，因此「狐」又作「」（〈周〉77.6）、「」（〈相〉50.66），但觀從「豸」的「狐」字，其「豸」似訛作肉、豕。「豸」金文作「」（克罍腹銘）、「」（克罍蓋銘），秦簡作「」（《睡甲》49 背參）、「」（《睡甲》62 背壹），小篆作「」，本為獨體象形字，但秦簡「豸」上半與「肉」相近，下半與「豕」相近，故而導致馬王堆簡帛誤將形體分裂作肉、豕。

（十五）閨

「閨」為從門圭聲，小篆作「」，馬王堆簡帛作「」（〈問〉34.3）、「」（〈周〉42.17），但又或將「圭」訛作「主」，如「」（〈遣一〉276.4）。「主」秦簡作「」（《睡封》47）、「」（《關簡》302），小篆作「」，馬王堆簡帛或作「」（〈陰甲・祭三〉5.30）、「」（〈陰甲・殘〉95.7），推測「主」在筆畫拉平之後，整體幾乎由橫畫與豎畫組成，與「圭」寫法相近，故而導致「閨」的「圭」訛作「主」。

（十六）闞

「闞」為從門敢聲，小篆作「」；「敢」為「瘷」或體，偏旁從「欠」。馬王堆簡帛作「」（〈十〉58.45）、「」（〈稱〉13.9），又或將「欠」訛作「斤」，如「」（〈周〉70.50）。因從「欠」的「欽」作「」（〈周〉61.2）、「」（〈繫〉46.49），從「斤」的「兵」作「」（〈經〉35.11）、「」（〈十〉10.6），二者在寫法上皆有類似「ㄕ」部分，其餘部分僅差一筆，或因此而將「闞」的「欠」訛作「斤」。

（十七）聽

「心」小篆作「」，「戈」小篆作「」，「聽」小篆作「」。馬王堆簡帛「心」作「」（〈陰甲・祭一〉B05L.6）、「」（〈老甲〉37.28），或將筆畫縮短作「」（〈戰〉182.17）、「」（〈五〉6.22）。

若「心」旁在下方，大多將部分筆畫縮短，如「怨」作「」（〈戰〉117.9）、「」（〈老甲〉91.10）。至於馬王堆簡帛「戈」作「」（〈陰乙・玄戈〉6.25）、「」（〈陰乙・玄戈〉7.4），與「怨」的「心」幾乎差在其中的筆畫是否穿過「」筆畫。馬王堆簡帛「聽」作「」（〈戰〉130.21）、「」（〈戰〉202.21），其「心」旁將其中的筆畫穿過「」筆畫，與「戈」相近。

（十八）氏

「氏」小篆作「」，《說文》以為從氏、一；「民」小篆作「」。馬王堆簡帛「氏」作「」（〈五〉15.18）、「」（〈氣〉3.3），「氐」作「」（〈十〉48.23）、「」（〈刑乙〉80.16），其較小篆多一橫，或為羨符，或為將「一」改作「土」，凸顯土地之意。然馬王堆簡帛「氐」或訛作「」（〈星〉110.2），將「氐」訛作「民」；而「民」作「」（〈經〉22.50）、「」（〈十〉7.40），「氐」、「民」二者皆有「⊂」、「十」的部件，或因寫法相似而訛誤。

二、集體訛誤

所謂集體訛誤，指該訛體已影響其他以此字為偏旁的文字形體，即其他以此字為偏旁的文字皆從此訛體，甚或此訛體又與其他文字混同。另外，馬王堆簡帛中可能有些文字的偏旁固定作訛體，雖該偏旁於馬王堆簡帛中未單獨出現，仍屬集體訛誤之例，如從「彔」的字，其「彔」常訛作「彖」，雖馬王堆簡帛未出現「彔」字，但相關的訛體皆屬集體訛誤。

（一）「彔」訛作「彖」

「祿」小篆作「」，「剝」小篆作「」。馬王堆簡帛中，從「彔」旁的字常訛作從「彖」，如「祿」字作「」（〈繆〉17.11）、「」（〈十〉38.28），或如「剝」字作「」（〈方〉259.19）、「」（〈周〉12.11）。

（二）「分」訛作「犬」或「介」

「分」小篆作「」，「犬」小篆作「」，「棼」小篆作「」，「類」小篆作「」。「分」在馬王堆簡帛中作「」(〈九〉17.15)、「」(〈繆〉65.23),「犬」則作「」(〈方〉336.12)、「」(〈遣一〉46.6),二者形體迥異,照理應不致發生訛誤,但觀「棼」字作「」(〈戰〉181.19),其下「分」形體或與「犬」相近;而「類」字作「」(〈衷〉30.61)、「」(〈相〉48.15),其左下「犬」形體則與「分」相似。推測應為書寫「分」字時,將筆畫連接且改變形體角度,導致「分」近似「犬」形;而書寫「犬」字時,則將筆畫分割且縮短,以致形體與「分」相近,又「類」的「犬」作「分」仍可見於後世隸楷文字,如「」[註31]、「」[註32]。

至於「分」或「棼」的「分」亦有訛作「介」者,如「」(〈戰〉142.36)、「」(〈戰〉214.20)。應為將「分」的「八」、「刀」位置改變,將「刀」的「𠃌」插入「八」之中,以致訛作「介」字。

(三)「卩」訛作「阝」

「禦」、「卹」、「辟」、「壁」的小篆分別作「」、「」、「」、「」,其「卩」旁在馬王堆簡帛或訛作「阝」,如「禦」作「」(〈五〉89.6)、「」(〈五〉89.10),「卹」作「」(〈繆〉44.58)、「」(〈繆〉46.38),「辟」作「」(〈二〉2.28)、「」(〈遣一〉288.2),「壁」作「」(〈陰甲・堪表〉9L.35)、「」(〈出〉5.4)。推測「邑」當右側偏旁時多省作「阝」,去除上半的「口」便與「卩」形近,故而「禦」、「卹」的「卩」訛作「阝」;至於「辟」、「壁」的「卩」或因其與「口」合併之後,形體與「阝」相近,甚至直接將「阝」當作「卩」,另加「口」旁,導致形體訛誤。

(四)「䰜」訛從「弓」

「䰜」小篆作「」,「鬻」小篆作「」,二字的左旁,象不成文的烹煮蒸氣部件,可能受其右半的方向影響而訛作「弓」,如「䰜」作「」(〈戰〉190.6),「鬻」作「」(〈戰〉35.22)、「」(〈老甲〉131.3)。至於「壁」的「卩」或訛作「弓」,推測係因二者在書寫上都有將筆畫繞曲的情形,差別在「弓」的繞曲比「卩」多,書手在書寫時或一時筆誤,多作繞曲而使「卩」訛作「弓」,即「」(〈二〉11.49)。

[註31] 范韌庵等編著:《中國隸書大字典》(上海:上海書畫出版社,1991年),頁1238。
[註32] 李志賢等編著:《中國正書大字典》(上海:上海書畫出版社,2009年),頁1329。

（五）「才」訛作「ナ」

從「才」的「荐」、「在」、「存」小篆分別作「」、「」、「」；馬王堆簡帛中，其「才」皆省一筆而作「ナ」，如「」（〈繆〉43.3）、「」（〈老甲〉24.6）、「」（〈九〉3.10）、「」（〈戰〉186.6）、「」（〈要〉12.3）。

（六）「角」、「魚」、「奐」訛混

若觀小篆「」（角）、「」（魚）二字，形體寫法皆有相同部分，而馬王堆簡帛中，若有「𠆢」的筆畫，常因連筆而作「∠」，之後再將「∠」規整化而作「丄」形，使「角」、「魚」內的「仌」寫作「土」，因此導致「角」、「魚」的上半同形，造成「角」、「魚」訛混。如「薊」的「魚」訛作「角」，即「」（〈方〉88.3）；又如「解」的「角」訛作「魚」，即「」（〈春〉3.5）。

另外「奐」字小篆作「」，上半雖從「人」從「穴」，而若書寫時將「穴」的「八」頂端相接即為「𠆢」，如此便與「角」、「魚」上半形近，惟少一組「𠆢」筆畫。是而「奐」上半或訛寫為「角」、「魚」的上半，作「」（〈二〉36.17）、「」（〈繫〉35.44）；至於「夐」的上半一為從「人」從「穴」，亦訛寫作「角」、「魚」的上半，如「」（〈繆〉38.32）、「」（〈繆〉53.22）。

（七）「朿」、「夾」、「亦」訛混

「朿」甲骨文作「」（《屯》3797 歷組）、「」（《合》36962 歷組），金文作「」（朿作父辛卣）、「」（作且己甗），小篆作「」；「夾」甲骨文作「」（《合》24241 出組）、「」（《合》24244 出組），金文作「」（夾作彝壺）、「」（大盂鼎），秦簡作「」（《睡甲》151 正貳），小篆作「」。「夾」中間的「H」、「↔」形體若變作「ʍ」，便與「夾」的中間相近；而馬王堆簡帛常將「U」筆畫拉平作「一」，或將「𠆢」筆畫連筆作「∠」，再省作「一」，如此「朿」與「夾」上半形體幾乎相同，因此馬王堆簡帛中從「朿」、「夾」常有訛混現象。如「俠」的「夾」訛為「朿」，作「」（〈戰〉173.14）；或如「刺」的「朿」訛為「夾」，作「」（〈氣〉9.182）、「」（〈相〉9.11）等。

至於「亦」甲骨文作「」（《合》16013 賓組）、「」（《合》1197 賓組），金文作「」（六年琱生簋）、「」（卯簋蓋），秦簡作「」（《睡律》1）、「」（《睡封》32），小篆作「」，馬王堆簡帛或訛作「夾」，如「迹」作「」（〈春〉80.27）、「」（〈老乙〉67.45），推測本應為將「迹」的聲旁「亦」替

換為「朿」，二者皆為錫部，然馬王堆簡帛中，從「朿」常訛作從「夾」，故而將「迹」的「亦」訛作「夾」。

另如「責」字，小篆作「」，其上半為「朿」，因草寫而將形體寫作三個上下相疊的「ㅅ」或「ㄥ」，如「」（〈陰乙・文武〉13.27）、「」（〈出〉26.13），而「ㄥ」規整化後為「⊥」，故三個上下相疊「ㄥ」即作「龶」，如「」（〈戰〉309.18）、「」（〈相〉73.31）。

（八）「亻」訛作「彳」

馬王堆簡帛中，常見從「人（亻）」的字訛作「彳」，或從「彳」的字訛作「人」，如「備」本從「人」，訛作「」（〈戰〉130.5）；或如「復」應從「彳」，訛作「」（〈五〉139.29）、「」（〈五〉140.17）。「人」、「彳」古文字形體本無涉，然於馬王堆簡帛中，「人」在左旁作「亻」，「彳」則省作「丿」、「亻」，與今日楷書「彳」形體相近。從形體上看，「彳」的下半與「亻」相同，故而有二者訛混的情況。

（九）「厂」訛作「广」

此處「厂」並非文字，僅為文字中的部件而已，「盾」字便有此部件，其小篆作「」。馬王堆簡帛的「盾」，其「厂」常訛作「广」，如「」（〈遣三〉14.2）、「」（〈遣三〉237.10）。推測與「广」的寫法有關，觀馬王堆簡帛的「广」，其應為先寫「𠂉」再寫「一」，而「厂」的寫法與「𠂉」相同，或因寫法相近，使書手書寫時將「厂」訛作「广」。

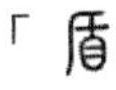

（十）「大」、「文」、「爻」訛混

「大」小篆作「」，「文」小篆作「」，「爻」小篆作「」。在馬王堆簡帛中，「大」與「文」的差異，多在下半是「人」或「乂」之別；然書寫時或誤將「人」寫作「乂」，使「大」訛作「文」，此現象通常發生在「大」、「文」作偏旁時，如「奇」的「大」或訛為「文」，作「」（〈春〉91.21）、「」（〈戰〉209.37）；或如「擇」的「幸」所從的「大」訛為「文」，作「」（〈九〉52.2）、「」（〈二〉34.34）。

至於若將「文」的上半訛作「乂」，則「文」字便訛作「爻」；「爻」上半的「乂」彼此不貫穿，而作「ㅅ」，則「爻」字便訛作「文」，故「文」、「爻」二者當偏旁時或有訛混現象。如「產」的「文」或訛為「爻」，作「」（〈足〉

3.14)；又「覺」的「爻」訛為「文」，作「」(〈問〉37.8)、「」(〈問〉71.16)。

(十一)「厶」、「口」、「以」訛混

今日楷書文字形體中的「厶」，大抵來自古文字中的「厶」(「私」的右半)、「以」(如從以聲的「台」)、「𠃋」(「厷」的古文)，雖三者在小篆形體不同，但馬王堆簡帛中，三者常有混同現象而與「厶」同形，甚至將「厶」本為圓環的形體，改作方折而訛作「口」。如「厷」的金文作「」(毛公鼎)、「」(番生簋蓋)，小篆作「」，從此的「雄」小篆作「」，馬王堆簡帛將其「𠃋」寫作「口」，使「厷」訛作「右」，即「」(〈經〉22.15)、「」(〈十〉62.22)。另如「以」的金文作「」(弔夨方鼎)、「」(曶鼎)，小篆作「」，從此的「治」小篆作「」，馬王堆簡帛則將其「以」寫作「厶」，使「治」作「」(〈要〉9.30)、「」(〈昭〉1.36)。

甚至非從「厶」、「以」、「𠃋」偏旁的字，但帶有圓環形、小方框形的字，其圓環或方框皆可能訛作「厶」或「口」。如「單」的上半非從「厶」、「以」、「𠃋」，但於馬王堆簡帛中則寫作「厶」或「口」，成「厽」或「吅」。如「單」甲骨文作「」(《合》137 正賓組)、「」(《合》28116 無名組)，金文作「」(單子伯盤)、「」(裘衛盉)，秦簡作「」(《睡編》50 壹)、「」(《關簡》313)，小篆作「」，馬王堆簡帛作「」(〈衷〉32.22)、「」(〈經〉17.39)；另如「呂」、「幺」、「晶」、「厽」、「卯」字亦同此理，「呂」甲骨文作「」(《合》18800 賓組)、「」(《合》6779 賓組)，金文作「」(呂姜作簋)、「」(呂方鼎)，秦簡作「」(《睡牘》11 背五)、「」(《睡為》19 伍)，小篆作「」，本作上下兩個方框或圓圈，馬王堆簡帛則作兩個「口」，即「」(〈繆〉21.27)、「」(〈繆〉23.6)；或如「宮」甲骨文作「」(《合》4290 賓組)、「」(《屯》271 無名組)，金文作「」(大鼎)、「」(頌鼎)，秦簡作「」(《睡答》188)、「」(《睡封》97)，小篆作「」，其下半本非「呂」，但馬王堆簡帛中其形體與「呂」相同，皆作上下兩個「口」相疊，如「」(〈氣〉6.207)、「」(〈周〉12.48)；而「幺」金文作「」(幺父癸爵)、「」(辭工殘鼎)，小篆作「」，本作近似「8」形，後因形體分裂亦作上下兩個「口」，也因此造成「呂」、「幺」形體相似，如「幼」字「」(〈胎〉1.4)、「」(〈老乙〉62.50)。「晶」甲骨文作「」(《合》11504 賓組)、「」(《合》11505 賓組)，

從此的「星」秦簡作「」（《睡乙》41 貳）、「」（《關簡》131 貳），小篆作「」，本象星體之形，後省內部的「・」而寫作與「厽」、「品」相似之形，如「參」作「」（〈射〉12.22）、「」（〈周〉15.13）；而「厽」小篆作「」，本象土塊之形，但形體因筆畫改作方折而成「品」之形，如「」（〈二〉1.3）、「」（〈要〉19.22）。至於「卯」甲骨文作「」（《合》780 賓組）、「」（《合》321 賓組），金文作「」（保卣）、「」（耳尊），秦簡作「」（《睡乙》21 貳）、「」（《睡殘》7），小篆作「」，本身與「厶」、「口」形體不同，但在作偏旁時，或因壓縮書寫空間，使「卯」乍看與「厸」、「吅」相似，如「留」字〔註 33〕「」（〈二〉23.33）、「」（〈繆〉71.26）。

上述情形亦延續至後世隸楷文字，如「雄」字寫作「」〔註 34〕、「」〔註 35〕，有「台」旁的字作「」〔註 36〕、「」〔註 37〕；而「船」右半為「㕣」，下半從「口」，但楷書或將「口」作「厶」，使「㕣」訛作「公」，如「」〔註 38〕、「」〔註 39〕。至於「單」或可作「」〔註 40〕、「」〔註 41〕、「」〔註 42〕、「」〔註 43〕，從「晶」的「參」作「」〔註 44〕、「」〔註 45〕，「留」字可作「」〔註 46〕、「」〔註 47〕。總上可知「厶」、「以」、「口」，甚至本為圓圈或方框的部件，或訛作「厶」、「口」。

〔註 33〕「留」字上半依《說文》解說為從「丣」聲，「丣」為「酉」古文；但觀其金文「」（趞鼎），秦簡「」（《睡為》39 参）、「」（《睡律》147），上半應為「卯」而非「丣」，且「留」上古音為來紐幽部，「卯」為明紐幽部，二者韻部相同，聲音上有關係。

〔註 34〕范韌庵等編著：《中國隸書大字典》，頁 1217。

〔註 35〕李志賢等編著：《中國正書大字典》，頁 1303。

〔註 36〕范韌庵等編著：《中國隸書大字典》，頁 387。

〔註 37〕李志賢等編著：《中國正書大字典》，頁 325。

〔註 38〕李志賢等編著：《中國正書大字典》，頁 989。

〔註 39〕李志賢等編著：《中國正書大字典》，頁 989。

〔註 40〕范韌庵等編著：《中國隸書大字典》，頁 240。

〔註 41〕范韌庵等編著：《中國隸書大字典》，頁 240。

〔註 42〕李志賢等編著：《中國正書大字典》，頁 201。

〔註 43〕李志賢等編著：《中國正書大字典》，頁 201。

〔註 44〕范韌庵等編著：《中國隸書大字典》，頁 193。

〔註 45〕李志賢等編著：《中國正書大字典》，頁 166。

〔註 46〕范韌庵等編著：《中國隸書大字典》，頁 854。

〔註 47〕李志賢等編著：《中國正書大字典》，頁 846。

（十二）「力」、「刀」訛混

「刀」小篆作「」，「力」小篆作「」。馬王堆簡帛中的「刀」、「力」形體或有相近之處，差別僅在筆畫是否突出，如「刀」為「」（〈陰甲・室〉2.21）、「」（〈遣一〉234.2），「力」為「」（〈經〉20.12）、「」（〈十〉60.60），因此「刀」、「力」或有訛混現象，如「筋」作「」（〈胎〉8.24）、「」（〈相〉4.64），「勇」作「」（〈五〉89.12）。

（十三）「月」、「肉」、「丮」訛混

「月」、「肉」小篆分別作「」、「」，二字在古文字時便有混同現象，故戰國文字或增符號以區別，如「明」作「」〔註 48〕、「」〔註 49〕，「胙」作「」〔註 50〕、「」〔註 51〕；然馬王堆簡帛中已無此區別符號，因此造成「月」、「肉」形體可能無法區別的情況，如「月」作「」（〈氣〉8.104）、「」（〈陰乙・兇〉5.32），「肉」作「」（〈養〉109.29）、「」（〈遣一〉21.3）。

「丮」訛作「肉」發生在從「𣎆」的字，如「嬴」小篆作「」，馬王堆簡帛作「」（〈養〉34.7）、「」（〈經〉59.66）；或「羸」小篆作「」，馬王堆簡帛作「」（〈養〉47.6）、「」（〈養〉170.2），若將右側筆畫往上延伸而與左側豎畫相接，則與「肉」訛混；加之「𣎆」下半左側即為「肉」形，或許受此影響而將「丮」訛作「肉」，與「鬻」左側訛作「弓」同理。

（十四）「疒」、「广」訛混

馬王堆簡帛「疒」、「广」訛替的情況中，大多為「疒」訛作「广」，少數為「广」訛作「疒」。從「疒」之「疾」字甲骨文作「」（《合》21045𠂤組）、「」（《合》13757賓組），而「疒」金文作「」（疒父乙卣），可知應象人臥於床上之形，後應將形體線條合併，而成如小篆「」之形，惟楚簡從「疒」之字，如「疾」作「」（《天卜》）、「」（《包》220），其上橫畫線條或與左側象床之偏旁相接，與小篆有所不同。或因如此「疒」、「广」共同點在於皆

〔註 48〕徐在國、程燕、張振謙編著：《戰國文字字形表》（上海：上海古籍出版社，2017 年），頁 972。

〔註 49〕徐在國、程燕、張振謙編著：《戰國文字字形表》，頁 972。

〔註 50〕徐在國、程燕、張振謙編著：《戰國文字字形表》，頁 563。

〔註 51〕徐在國、程燕、張振謙編著：《戰國文字字形表》，頁 563。

有「Γ」部件。以此來看馬王堆簡帛中，「疒」訛作「广」，或許是書手欲將「疒」簡化，而與「广」訛混，如「痛」小篆作「 」，馬王堆簡帛作「 」(〈陽甲〉13.5)、「 」(〈陽乙〉18.6)；「瘨」小篆作「 」，馬王堆簡帛作「 」(〈方〉114.2)；「瘧」小篆作「 」，馬王堆簡帛作「 」(〈十〉20.14)；「庭」小篆作「 」，馬王堆簡帛作「 」(〈陰甲・室〉5.26)；「廉」小篆作「 」，馬王堆簡帛作「 」(〈方〉259.7)。

(十五)「昜」、「易」訛混

「易」與「昜」之商周古文字形不同，如「易」甲骨文作「 」(《合》1210賓組)、「 」(《合》13161 賓組)，金文作「 」(旅鼎)、「 」(庚贏鼎)，「昜」甲骨文作「 」(《合》7411 賓組)、「 」(《英》197 賓組)，金文作「 」(小臣鼎)、「 」(五年師旋簋)。因「易」形體轉向、筆畫相連，而「昜」則將筆畫相連及彎曲，使得二者幾乎只差中間一筆橫畫。馬王堆簡帛中，從「易」之字或訛作從「昜」，如「賜」小篆作「 」，馬王堆簡帛作「 」(〈戰〉40.33)、「 」(〈戰〉131.27)；而從「昜」之字亦可訛作「易」，如「腸」小篆作「 」，馬王堆簡帛作「 」(〈周〉31.19)、「 」(〈相〉70.25)。

(十六)「允」訛作「夊」

「允」本從儿以聲，小篆作「 」，而「以」當一字的上半偏旁時多作「厶」或「口」，馬王堆簡帛之「允」字上半多訛作「厶」(呈圓環狀)，而下半的「儿」則作近似「八」形的筆畫組合，若改變書寫筆順，則訛作「夊」字，如下圖(四－1)所示：

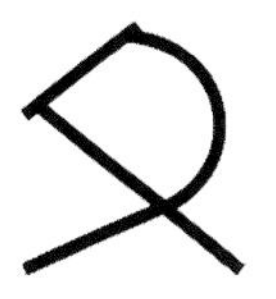

圖(四－1)

原形體　　　　改變筆順

故「駿」小篆作「 」，馬王堆簡帛作「 」(〈相〉5.65)、「 」(〈相〉41.6)；「浚」小篆作「 」，馬王堆簡帛作「 」(〈射〉16.22)、「 」(〈刑乙〉79.59)，其「允」訛作「夊」，或因其改變「允」的筆順而來。

（十七）「囟」、「甶」、「四」、「図」訛作「田」

馬王堆簡帛中，從「囟」、「甶」、「四」、「図」的字，其「囟」、「甶」、「四」、「図」多混同作「田」。以小篆而言，「囟」作「田」主要是將其「╳」轉向作「十」，但就甲金文看，其內部本作「十」，作「田」應是將外框近似水滴形的部件改作方框，故與「田」訛混，如「思」小篆作「」，馬王堆簡帛作「」（〈五〉46.7）、「」（〈繆〉26.16）；「慮」小篆作「」，馬王堆簡帛作「」（〈戰〉209.15）、「」（〈衷〉37.11）。

「甶」的甲金文似與「囟」相同，其訛作「田」的方式亦與「囟」相類，僅將外框改作方框，如「鬼」小篆作「」，馬王堆簡帛作「」（〈陰甲・祭一〉A17L.7）、「」（〈繆〉67.50）；「畏」小篆作「」，馬王堆簡帛作「」（〈春〉95.21）、「」（〈衷〉3.39）。至於「四」則是將中間的兩點連成橫畫，內部改成「十」形，使「四」訛作「田」，如「黑」小篆作「」，馬王堆簡帛作「」（〈氣〉9.208）、「」（〈十〉30.4）；「會」小篆作「」，馬王堆簡帛作「」（〈陰甲・刑日〉3.6）、「」（〈繆〉41.64）。從「図」者，大多出現於「胃」字，金文作「」（少虡劍），秦簡作「」（《嶽占》23 正壹）、「」（《關簡》147 壹），小篆作「」，「図」本象胃形，但為使字義明確而增添「肉」旁，秦簡已將「図」的內部省作「十」形，故而「図」訛作「田」，馬王堆簡帛則從秦簡形體，作「」（〈經〉56.10）、「」（〈十〉38.18）。

（十八）「柬」訛作「東」

「柬」金文作「」（新邑鼎）、「」（匍盉），秦簡作「」（《關簡》315）、「」（《關簡》375），小篆作「」。馬王堆簡帛「柬」中間的「丷」連作一橫，與「東」相混，如「蘭」作「」（〈相〉1.31）、「」（〈相〉45.22），「練」作「」（〈繫〉36.62）、「」（〈經〉16.43）。

（十九）「止」、「屮」、「ㅆ」訛作「䒑」、「Z」、「工」

此類型主要發生在有「止」旁、「屮」旁的字。「止」小篆作「」，馬王堆簡帛作「」（〈養〉193.28）、「」（〈二〉16.30），但若「止」作另一字的偏旁，且在下半位置時，常草寫作「Z」形，如「是」作「」（〈星〉42.49）、「」（〈相〉8.64），「徒」作「」（〈十〉51.64）、「」（〈老乙〉11.50），而此現象亦可見於「止」作上半偏旁，如「前」小篆作「」，馬王堆簡帛作

「」（〈戰〉143.18）、「」（〈戰〉196.11）；「步」小篆作「」，馬王堆簡帛作「」（〈方〉452.3）、「」（〈戰〉190.21）；同時當上半偏旁的「止」或將「L」筆畫拉平成橫畫而作「亠」，如「前」「」（〈養〉35.12）、「」（〈房〉21.14），「步」作「」（〈方〉208.7）、「」（〈府〉1.9）。若將草寫的「Z」規整化後，誤認作「工」〔註 52〕，如「前」作「」（〈十〉1.24）、「」（〈相〉3.10），「齒」作「」（〈周〉2.55）、「」（〈稱〉9.52）。由此可知，「止」作偏旁時，或因簡寫而作「亠」，或因草寫而作「Z」，更有從草寫的「Z」規整化而誤認作「工」。

「丫」字若改變筆順，先寫中間的「V」，再將左右的「八」連成一筆，即作「亠」，如「羊」小篆作「」，馬王堆簡帛作「」（〈胎〉8.5）、「」（〈周〉33.63）；「備」小篆作「」，馬王堆簡帛作「」（〈方〉220.29）、「」（〈戰〉288.25）；而「亠」連筆後亦作「Z」形，如「權」小篆作「」，馬王堆簡帛作「」（〈衷〉47.16）、「」（〈昭〉6.19），「備」作「」（〈戰〉181.25）、「」（〈談〉36.5）；規整化後則為「工」形，如「備」作「」（〈經〉21.57）、「」（〈十〉26.16），「觀」小篆作「」，馬王堆簡帛作「」（〈周〉85.2）、「」（〈衷〉41.24）。

至於「昔」字，小篆作「」，上半雖非「丫」，但皆有類似「V」與「八」組成的部件，故而與「丫」的演變方式相同，其有作「亠」、「Z」、「工」者，如「」（〈遣三〉124.2）、「」（〈遣一〉84.9）、「」（〈昭〉1.51）。

另如帶有「巛」形的字，亦有偏旁或部件作「亠」、「Z」、「工」者。如「首」小篆作「」，馬王堆簡帛作或將「巛」形訛作「止」，如「」（〈養〉92.22）、「」（〈遣三〉66.2）；亦可作「亠」，如「」（〈木〉41.3）、「」（〈遣三〉399.4），連筆後亦作「Z」形，如「」（〈明〉17.12）；規整化後則為「工」形，如「」（〈十〉30.10）、「」（〈相〉48.20）。

（二十）「火」、「示」、「大」訛混

「火」小篆作「」，馬王堆簡帛作「」（〈陰乙・刑德〉29.15）、「」（〈衷〉24.22），當下半偏旁時多壓縮形體，有時則寫作近似今日之烈火點

〔註 52〕「工」字連筆即呈「Z」形，如「左」作「」（〈戰〉196.2）、「」（〈陰乙・刑德〉26.11），「式」作「」（〈老甲〉61.10）、「」（〈老甲〉61.15）。

「灬」，如「煎」小篆作「」，馬王堆簡帛「」（〈方〉16.13）、「」（〈遣一〉126.1）；「焦」小篆作「」，馬王堆簡帛作「」（〈房〉46.26）、「」（〈相〉8.28），此形體係將「火」的中間寫作「ʌ」。然觀「寡」字，其小篆作「」，而馬王堆簡帛將其下半所從的「分」，其「八」作「/\」，而中間的「刀」改變筆畫方向後即為「ʌ」，如此「分」便與「火」訛混，造成「寡」下半改從「火」，如「」（〈陰甲・徙〉2.15）、「」（〈戰〉98.18）。此形體仍可見於後世隸楷文字中，如「」〔註53〕、「」〔註54〕。

另外，若改變「火」的筆順，先寫左右的「/\」，再寫中間的「ʌ」，兩部件作上下結構，便與「大」形體相同，故馬王堆簡帛中有些從「火」之字，其「火」或訛作「大」，如「熱」小篆作「」，馬王堆簡帛作「」（〈談〉2.26）、「」（〈談〉4.24）；「熏」小篆作「」，馬王堆簡帛作「」（〈房〉16.12）、「」（〈遣一〉270.6）；甚至從「大」之字，其「大」偏旁訛作「火」，如「美」小篆作「」，馬王堆簡帛作「」（〈養〉33.7）、「」（〈五〉150.9）；「走」小篆作「」，馬王堆簡帛作「」（〈問〉96.5）。

至於馬王堆簡帛中，亦有「示」、「火」訛混的情況，如「尉」小篆作「」，本從「火」，馬王堆簡帛作「」（〈方〉31.9）、「」（〈衷〉42.2），但訛為「示」作「」（〈方〉32.15）、「」（〈遣一〉268.5），「蔈」小篆作「」，亦本從「火」，馬王堆簡帛訛為「示」而作「」（〈二〉13.8）、「」（〈老乙〉64.65）；反之亦有如「禦」小篆作「」，本從「示」，馬王堆簡帛訛為「火」而作「」（〈明〉13.19）。推測其理，「尉」、「票」的「火」，上面另有橫畫，故「尉」下半應為「二＋火」，「票」下半應為「灭」；而「火」在下可省作「灬」，或因簡省且與上面的橫畫合併，故而訛作「示」。

（二十一）「白」、「囚」、「甘」訛作「日」或「曰」

「日」小篆作「」，馬王堆簡帛作「」（〈房〉42.18）、「」（〈出〉22.64）；「白」小篆作「」，馬王堆簡帛作「」（〈遣三〉294.2）、「」（〈星〉34.41）、「」（〈遣三〉335.1）、「」（〈星〉66.9），其或將上頭豎向的點畫省略，而形體成方框形，使其與「日」訛混，如「帛」小篆作「」，馬王堆簡帛

〔註53〕范韌庵等編著：《中國隸書大字典》，頁307。

〔註54〕李志賢等編著：《中國正書大字典》，頁260。

作「」(〈遣三〉216.24)、「」(〈遣三〉407.34);「晢」小篆作「」,馬王堆簡帛作「」(〈陰甲・堪法〉5.7)、「」(〈陰甲・諸日〉3.3)。

另如從「𥁕」之字,其「囚」亦訛作「日」,如「溫」小篆作「」,馬王堆簡帛作「」(〈遣一〉221.19)、「」(〈二〉18.44);「媼」小篆作「」,馬王堆簡帛作「」(〈戰〉193.23)、「」(〈戰〉198.12),推測「𥁕」的「囚」書寫空間狹小,且「人」可連筆作「∠」,再省作「一」,故而「𥁕」的「囚」訛作「日」。

至於「曰」小篆作「」,馬王堆簡帛作「」(〈方〉220.31)、「」(〈射〉11.3),與「日」形體差在「曰」的左上與右上角豎畫往上突出,而「日」則否,形體雖仍有別,但因外框皆呈方框形,形體略有相似之處。另觀「甘」字,小篆作「」,外框為「口」,內有一橫以象口含之形,但因形體外框改圓轉作方折,使其與「曰」同形,如馬王堆簡帛作「」(〈戰〉47.14)、「」(〈老甲〉159.19),「紺」作「」(〈遣三〉11.9)、「」(〈牌三〉32.1)。

(二十二)「之」、「大」、「毛」訛作「土」

「之」字本作如「㞢」形,如小篆作「」,馬王堆簡帛作「」(〈陰甲・天地〉4.44)、「」(〈方〉45.31)。然「之」若當另一字的上半偏旁時,或將「㇄」、「㇁」合併成一橫,使「之」訛作「土」,如「詩」小篆作「」,馬王堆簡帛作「」(〈衷〉39.60)、「」(〈繆〉3.30);「封」小篆作「」,馬王堆簡帛作「」(〈周・殘下〉70.2)、「」(〈相〉19.19)。或有些帶有「中」形的字,若「中」下皆橫畫時,便與前述「之」形體演變方式相同,或訛作「土」,如「喜」小篆作「」,馬王堆簡帛作「」(〈經〉32.1)、「」(〈刑乙〉65.62);「熱」小篆作「」,馬王堆簡帛作「」(〈合〉8.17)、「」(〈合〉9.10)。

另有「大」偏旁、「毛」偏旁的字,亦有訛作「土」的情況。「大」小篆作「」,而馬王堆簡帛作「」(〈陰甲・室〉7.25)、「」(〈老甲〉48.8),或將形體分割作「」(〈氣〉5.70)、「」(〈陰乙・大游〉3.24),亦可草寫作「」(〈氣〉10.199)、「」(〈氣〉10.201),若將上面的「∠」改作橫畫則為「」(〈周〉59.15)、「」(〈二〉24.42);至於當偏旁時,「大」或將下半「人」的形體改作「⊥」,則「大」便訛作「土」,如「赤」字作「」

(〈老乙〉16.61)、「」(〈星〉53.11)。後世隸楷文字中，或將「大」偏旁寫作「土」者，如「因」作「」〔註55〕，而更有作「工」者，如「」〔註56〕、「」〔註57〕，推測應為「大」寫作「土」，而「土」的豎畫不往上穿出橫畫所致。「毛」字訛作「土」，多因其中間筆畫縮短，而上半兩個「U」形筆畫拉平而來，如「表」小篆作「」，馬王堆簡帛作「」(〈稱〉2.30)、「」(〈相〉26.12)，由此可知「表」字今日作此形體之由；「屈」小篆作「」，馬王堆簡帛作「」(〈問〉24.16)，而「屈」的「毛」抑或誤認而訛作「大」，如「」(〈經〉10.53)。

(二十三)「羊」、「辛」訛混

前述已論及「羊」所從的「𦍌」或可作「亠」；而書寫文字形體時，又常將「丷」連作一橫，使「羊」小篆作「」，馬王堆簡帛作「」(〈周〉58.4)、「」(〈星〉19.17)；另察「辛」字，小篆作「」，馬王堆簡帛作「」(〈陰甲・上朔〉1L.37)、「」(〈養〉125.21)，或將中間的「U」併成橫畫作「」(〈陰乙・兇〉8.31)、「」(〈出〉11.20)，而與此同理者可見於「屰」字，其「U」亦可作一橫，如「逆」小篆作「」，馬王堆簡帛作「」(〈戰〉98.17)、「」(〈經〉44.28)。至於「𡴘」下半的「羊」，上面的「丷」亦可連筆作一橫，如「擇」小篆作「」，馬王堆簡帛作「」(〈戰〉21.26)、「」(〈戰〉48.25)。另外，「羊」、「辛」、「屰」、「羊」或可寫作三橫或四橫，中間豎畫不穿出最上面的橫畫，彼此差異理論上在於橫畫數量，但簡帛文字對於許多橫畫並列出現時，書手可能省略其中一、二道橫畫，故導致「羊」、「辛」、「屰」、「羊」產生混同現象。

(二十四)「老」、「孝」、「者」訛作同偏旁

「老」字本象老人持杖之形，甲骨文作「」(《合》21054𠂤組)、「」(《合》13758 反賓組)，金文作「」(老簋)、「」(史季良父壺)，小篆作「」，但馬王堆簡帛中，將上半形體改變筆順，寫作「十」與「╳」，如「」(〈老甲〉38.2)、「」(〈周〉68.58)；而與「老」有相同部分之「孝」字，金文為

〔註55〕〔民國〕孫寶文編：《曹全碑》(上海：上海辭書出版社，2010年)，頁3。
〔註56〕范韌庵等編著：《中國隸書大字典》，頁250。
〔註57〕李志賢等編著：《中國正書大字典》，頁213。

「」（召鼎）、「」（追簋），小篆作「」，馬王堆簡帛將其上半作與「老」相同，故作「」（〈戰〉249.16）、「」（〈老乙〉29.41）。「者」字金文作「」（者鼎）、「」（夨令方彝），小篆作「」，馬王堆簡帛將上半的形體保留夾在中間豎畫的兩點，並與豎畫合併作「十」形，而貫穿豎畫的斜畫則連接作「╳」，故成「」（〈陰甲・天一〉9.16）、「」（〈方〉13.5）形體。是而「老」、「孝」與「者」的上半形體，雖古文字不相同，但因筆畫簡省或連接，最終使其上半皆訛混作「耂」形。

另如「書」字，其本應從聿者聲，小篆作「」，而馬王堆簡帛則省去「聿」的下半筆畫，並與「者」合併成「」（〈氣〉10.313）、「」（〈衷〉47.30）；而「畫」小篆作「」，本無「者」偏旁，但或受「書」字影響，使「畫」本應作「聿」的部分與「書」訛混，訛作「聿」與「者」的「耂」合併，即「」（〈養〉192.14）、「」（〈遣一〉179.2）。

（二十五）「鬥」訛作「門」

「鬥」之甲骨文作「」（《合》152 正賓組）、「」（《合》14370 丁賓組），象二人相搏鬥之形，小篆作「」；「門」之甲骨文作「」（《合》32035 歷組）、「」（《屯》591 歷組），金文作「」（走馬休盤）、「」（頌鼎），秦簡作「」（《睡乙》97 壹）、「」（《睡律 197》），小篆作「」，形體象兩扇門扉之形，本義即｛門｝，「鬥」、「門」形體本不相同。然若將「鬥」字內部「手」的「U」筆畫拉平，中間的豎畫往外移動，而兩側的曲線筆畫拉直，便與「門」類似。馬王堆簡帛中，從「鬥」之字幾乎訛作從「門」，如「鬭」作「」（〈陰甲・徙〉1.21）、「」（〈星〉46.39），「鬩」作「」（〈遣三〉400.7）。

（二十六）「昏」訛作「舌」

馬王堆簡帛中從「昏」之字或與「舌」混同，如「栝」小篆作「」，馬王堆簡帛作「」（〈經〉73.38）、「」（〈稱〉13.11）；「聒」小篆作「」，馬王堆簡帛作「」（〈二〉14.14）、「」（〈衷〉41.27）。《說文》云：「昏，塞口也。从口，氏省聲。」〔註 58〕段〈注〉：「『氏』即〈氏部〉『𠂆』字。」〔註 59〕

〔註 58〕〔漢〕許慎撰，〔清〕段玉裁注，李添富總校訂：《新添古音說文解字注》（臺北：洪葉文化事業有限公司，2016 年），頁 61。

〔註 59〕〔漢〕許慎撰，〔清〕段玉裁注，李添富總校訂：《新添古音說文解字注》，頁 62。

而「𠂹」金文作「」（伯姜鼎）、「」（大盂鼎），若將上半的「ㄱ」形體轉向，便與「舌」形體相似，故或為「昏」訛混作「舌」之因。

（二十七）「水」旁訛作「三」

今日從「水」之字常省作「氵」，此現象亦見於馬王堆簡帛中，如「河」小篆作「」，馬王堆簡帛作「」（〈戰〉70.30）、「」（〈周〉46.16）；「湯」小篆作「」，馬王堆簡帛作「」（〈戰〉204.10）、「」（〈問〉88.22）。「水」之甲骨文作「」（《合》10152 賓組）、「」（《合》10150 賓組），金文作「」（沈子它簋蓋）、「」（啟作且丁尊），秦簡作「」（《放甲》19 壹）、「」（《睡乙》189 壹），小篆作「」；從「水」旁之字，如「河」之甲骨文作「」（《合》30427 何組）、「」（《合》32663 何組），金文作「」（同簋），秦簡作「」（《睡律》7）、「」（《嶽占》34 正壹），可發現「水」作偏旁時，演變作「氵」的過程難以觀察。然察馬王堆簡帛之「水」字作「」（〈養〉66.8）、「」（〈相〉34.58），亦可將形體分割作上下兩部分，似從上下兩個「川」字組合，作「」（〈射〉13.9）、「」（〈氣〉10.227）；是而推論「水」作「氵」應為將「水」省作似「川」形體後轉向。然「水」旁省作「氵」時，與「三」形體相近，雖「三」當偏旁時多不作左邊偏旁，但單就形體而言二者形體仍相近。

（二十八）「丷」訛作「一」

「歺」字甲骨文作「」（《合》34695 歷組）、「」（《屯》2219 無名組），從「歺」之「死」字甲骨文作「」（《花東》21 子組）、「」（《花東》275 子組），金文作「」（追簋）、「」（頌鼎），秦簡作「」（《睡乙》150）、「」（《睡雜》37），小篆作「」。從中可知「歺」上本為「⺊」，簡帛文字則因草寫而分割作「丷」，又「丷」可連筆作一橫，故馬王堆簡帛從「歺」之「殆」小篆作「」，馬王堆簡帛作「」（〈繆〉34.54）、「」（〈老乙〉74.34），「死」小篆作「」，馬王堆簡帛作「」（〈繆〉32.8）、「」（〈經〉19.31）。另如「雝」字小篆作「」，馬王堆簡帛將其「巛」亦省作「丷」，又或連成一橫，故其寫作「」（〈刑乙〉79.18）、「」（〈經〉62.58）。

（二十九）「丮」訛作「凡」

「丮」甲骨文作「」（《合》1824 反賓組）、「」（《英》2176 賓組），金文作「」（沈子它簋蓋）、「」（班簋），本象人手握持之形；「凡」甲骨文作「」（《合》13903 賓組）、「」（《合》18878 賓組），金文作「」（凡尊）、「」（多友鼎），秦簡作「」（《放甲》73 貳）、「」（《睡為》3 伍），本象側立的盤，故「丮」、「凡」二字形義無涉。然馬王堆簡帛中，常見本從「丮」之字訛混作「凡」，如「埶」小篆作「」，馬王堆簡帛作「」（〈經〉13.19）、「」（〈十〉10.3）；而「孰」小篆作「」，馬王堆簡帛作「」（〈胎〉15.5）、「」（〈戰〉219.11），推測應為「丮」字在書寫時發生訛誤所致。若將「丮」的「U」拉平，而貫穿「U」的筆畫拉直後往左移動，「丮」右側本作反 S 形的筆畫，簡省繞曲改作「(」，則形體便與「凡」相近。是以「丮」訛混作「凡」，係因書寫時改變筆畫所致。

（三十）「釆」、「米」訛混

「釆」的甲骨文作「」（《合》4211 反賓組）、「」（《合》13490 賓組），金文作「」（井弔釆鐘），小篆作「」；「米」的甲骨文作「」（《合》32024 歷組）、「」（《屯》1126 歷組），從此的「粱」金文作「」（史免匠）、「」（伯公父匠），可知「釆」、「米」形體不同。然馬王堆簡帛中，從「釆」的「番」字，其「釆」皆訛作「米」，如「番」小篆作「」，馬王堆簡帛作「」（〈二〉13.23）、「」（〈十〉49.20），甚至從「番」聲的字亦如是，如「潘」作「」（〈養〉85.13），「播」作「」（〈問〉56.22）。推測應為「米」在簡帛文字中，將中間豎畫連接，如秦簡作「」（《睡甲》40 背壹）、「」（《關簡》97），馬王堆簡帛作「」（〈方〉92.5）、「」（〈遣一〉173.8），與「釆」形體較為相近，故而二者訛混。

（三十一）「凵」訛作「口」

「缶」小篆作「」，馬王堆簡帛作「」（〈養〉47.17）、「」（〈周〉21.51），或訛作「舍」形作「」（〈遣三〉110.4）、「」（〈遣三〉111.4）〔註 60〕；「缶缶」小篆作「」，馬王堆簡帛作「」（〈周〉51.14）、「」（〈繫〉24.40），下半從「口」。觀「缶」下半作「U」形，而「口」下半亦為「U」形，故若將「缶」下半多一橫便訛作「口」。

另外「云」於《說文》以為「雲」的古文，作「」，馬王堆簡帛作「」

〔註 60〕此形體增添表意偏旁「土」，右半仍為「缶」。

（〈氣〉2.67）、「云」（〈問〉34.23），其下半亦作「U」形；若多一橫亦訛作「口」，如「陰」小篆作「陰」，馬王堆簡帛將其下半的「云」或訛為「吉」，作「陰」（〈問〉97.11）、「陰」（〈星〉36.19），因「今」的豎畫往下貫穿「云」的兩道橫畫，而下半又訛作「口」，故「陰」的下半訛作「吉」。

（三十二）「甡」、「萬」的上半訛作「艸」

「彗」字甲骨文作「彗」（《合》33717歷組）、「彗」（《合》7056𠂤賓間），象掃帚之形，而小篆作「彗」，將上部形體誤作「甡」，並增加「又」旁。「甡」從二生，「生」甲骨文作「生」（《合》14128正賓組）、「生」（《合》6949正賓組），金文作「生」（小子生尊）、「生」（尹姞鬲），秦簡作「生」（《放甲》16貳）、「生」（《睡答》167），可知其金文、秦簡形體之中間豎畫為貫至最下的橫畫而不穿出。因「彗」字的「甡」在最上方，書寫空間狹小；且「甡」的上半與「艸」皆有「屮」部件，故省形訛混為「艸」，如馬王堆簡帛「彗」作「彗」（〈星〉39.22）、「彗」（〈星〉41.21）。

另如「䓂」字，小篆作「䓂」，從「若」省，但馬王堆簡帛將上半訛作「甡」，如「䓂」（〈方〉91.6）、「䓂」（〈養〉78.15）。推測應為「若」的「艸」下為「又」，而「甡」或可省訛作「艸」，因「若」、「彗」形體簡省後有相同部分，導致誤將「䓂」的上半認作「彗」。

至於「萬」字甲骨文作「萬」（《合》7938賓組）、「萬」（《英》150正賓組），金文作「萬」（姬鼎）、「萬」（頌鼎），小篆作「萬」，本象蠍子之形，上部應為蠍子的雙螯，然因形體分裂，將「萬」分作「艸」、「禺」，如秦簡作「萬」（《睡效》27）、「萬」（《睡封》29），馬王堆簡帛亦作「萬」（〈戰〉302.11）、「萬」（〈老甲〉84.11）。

（三十三）「兟」訛作「夶」

「兟」從二先，「先」的小篆「先」為象人簪髮之形，故「匕」之外的形體應為人形，而簡帛文字「人」或「儿」的筆畫線條拉直，省去其筆畫線條的繞曲。另察「旡」從反欠，下半也作「儿」的形體，「先」、「旡」主要差別在於中間的筆畫是否往上貫穿；又「旡」或將上半「⊂」轉向作「⊃」，且下半「儿」省一筆而訛作似「夊」形，如「既」小篆作「既」，馬王堆簡帛作「既」（〈十〉14.56）、「既」（〈相〉1.49）。由此再觀「兟」，其「先」可能訛寫為

「旡」，而左側的「旡」形體轉向且省筆作「夂」，右側的「旡」則受左側影響而訛為「午」，故而「兟」訛作「舛」，如「潛」小篆作「」，馬王堆簡帛作「」（〈衷〉31.8）、「」（〈昭〉13.56）。

（三十四）「丱」、「廾」、「𠬞」、「卝」、「丌」訛混

「典」小篆作「」，馬王堆簡帛作「」（〈衷〉47.59）、「」（〈衷〉48.27）；「畀」小篆作「」，馬王堆簡帛作「」（〈談〉9.10）、「」（〈衷〉36.42）。若觀馬王堆簡帛之從「廾」（即「収」字）之字，其將「又」的「⊃」與「𠂇」的「⊂」拉平並合寫作一橫，如「弄」小篆作「」，馬王堆簡帛作「」（〈繆〉3.34）、「」（〈老乙〉53.56）；而兩道斜畫或寫在橫畫之下，與「亓」字省去一橫的形體（即「丌」字）相似，如「共」小篆作「」，馬王堆簡帛作「」（〈胎〉28.15）、「」（〈十〉57.47）；另有如「兵」小篆作「」，馬王堆簡帛作「」（〈十〉41.22）、「」（〈星〉18.32），此形體與《說文》「兵」之籀文相同。若察《說文》所收「廾」之或體為「」，形體從二手，隸定為「拜」，若依簡帛文字書寫情況，「手」的兩個「U」可拉平成橫畫，故「拜」理應作類似「井」形，而兩道斜畫不穿出最上面的橫畫，則寫作似「开」形。至於「攀」字本從之「𠬞」，與「廾」（即「収」字）偏旁相同而位置不同，故「𠬞」形體寫法與「廾」相同，如「攀」小篆或體作「」，馬王堆簡帛作「」（〈戰〉194.28）。

又如從「茻」之字，其下半的「丱」多將兩個「U」拉平後合併作一橫，而原來的兩道豎畫或與橫畫相接，如「墓」小篆作「」，馬王堆簡帛作「」（〈稱〉17.41）、「」（〈相 67.63〉）；或兩道豎畫不相接而寫在橫畫之下，與「丌」字相類，如「莫」小篆作「」，馬王堆簡帛作「」（〈刑乙〉59.10）、「」（〈相〉45.41）。

另察「關」小篆作「」，馬王堆簡帛作「」（〈戰〉12.21）、「」（〈經〉16.30），其「𢇁」下半所從「卝」之形體或將筆畫連接作一橫，而中間的兩道豎畫改作斜畫，置於橫畫之下而混同作「丌」。

總上可知，馬王堆簡帛之「廾」、「丱」、「𠬞」、「卝」、「丌」或有混同情況。

（三十五）「爫」訛作「日」

「爪」在上（通常作「爫」）的字，如「受」、「爭」。「受」甲骨文作「」

（《合》28030 無名組）、「」（《合》36126 黃組），金文作「」（大盂鼎）、「」（沈子它簋蓋），秦簡則作「」（《睡為》22 貳）、「」（《睡封》38），小篆作「」；「爭」甲骨文作「」（《合》6943 賓組）、「」（《合》3707 賓組），秦簡作「」（《睡語》11）、「」（《睡封》35），小篆作「」。可知秦簡將「爫」改作的右側短斜畫延伸轉向，使「爫」改作近似「日」之形，此寫法亦延續至馬王堆簡帛，如「爭」作「」（〈十〉16.12）、「」（〈相〉40.22），「淫」作「」（〈談〉7.4），「緩」作「」（〈養〉114.18）、「」（〈刑甲〉12.31）。

（三十六）「朱」、「未」訛混

「朱」甲骨文作「」（《合》36743 黃組）、「」（《合》37363 黃組），金文作「」（即簋）、「」（師酉簋），秦簡作「」（《睡為》36 參）、「」（《睡答》140），小篆作「」；「未」甲骨文作「」（《合》38004 黃組）、「」（《合補》11549 黃組），金文作「」（史獸鼎）、「」（利簋），秦簡作「」（《睡雜》36）、「」（《睡律》138），小篆作「」。二字甲金文形體不同，但於秦簡則形體相近，大抵在於二字皆有「木」形，而「未」的兩個「U」拉平後，與「朱」形體相近，故而「朱」、「未」形體或有訛混現象。如馬王堆簡帛中「洙」作「」（〈方〉28.5），「株」作「」（〈五〉91.22）、「」（〈周〉62.20），而「未」作「」（〈胎〉9.10）、「」（〈戰〉182.13），「沫」作「」（〈談〉7.3）、「」（〈二〉1.61）。

（三十七）「玉」、「主」、「壬」、「王」訛混

「玉」甲骨文作「」（《合》16089 賓組）、「」（《合》10171 正賓組），金文作「」（毛公鼎）、「」（番生簋蓋），秦簡作「」（《睡答》140）、「」（《睡答》202），小篆作「」；「王」甲骨文作「」（《合》22823 出組）、「」（《合》27089 無名組），金文作「」（何尊）、「」（麥方尊），秦簡作「」（《睡乙》168）、「」（《睡答》203），小篆作「」，二字在甲金文形體仍以橫畫間距作區別，而秦簡的「玉」未以增添筆畫區辨，甚至與「王」相比，二字的橫畫間距也無甚差別，馬王堆簡帛亦如是，如「玉」作「」（〈戰〉209.31）、「」（〈周〉24.26），「王」作「」（〈戰〉8.23）、「」（〈老乙〉77.63）。

「主」字「」(《睡封》47)、「」(《關簡》302)，與小篆「」形體相似，但因其將筆畫線條拉平，而作與「王」(或「玉」)相似形體，此形體延續至馬王堆簡帛，如「」(〈九〉13.12)、「」(〈刑乙〉64.10)。

又如「任」字，其所從「壬」偏旁甲骨文作「」(《合》33375 歷組)、「」(《合》30484 無名組)，金文作「」(伯中父簋)、「」(達盨蓋)，秦簡作「」(《睡甲》135 正)、「」(《關簡》6 參)，小篆作「」，中間的圓點改作橫畫，差別在中間橫畫較短。然書手書寫時，筆畫長短未必明顯區別，故可能造成「壬」的三道橫畫長短區別不大，如馬王堆簡帛作「」(〈戰〉3.4)、「」(〈氣〉3.92)。

再如「匡」字，其「匚」內所從「㞷」甲骨文作「」(《合》492 賓組)、「」(《合》967 賓組)，金文作「」(陳逆簠)、「」(鄭㞷庫戈)，小篆作「」，本從止王聲，但「止」訛作「之」，「王」變作「土」，故《說文》云：「从之在土上」〔註 61〕。秦簡從「㞷」之字或省作中、土，如「往」字作「」(《睡乙》150)、「」(《睡答》12)，又「之」作偏旁或將筆畫合併拉平作橫畫，故可能將「㞷」訛與「王」相似。觀馬王堆簡帛之「匡」字，即作「」(〈相〉53.8)、「」(〈相〉55.29)，其將內部「㞷」與「王」訛混。

另有些字本非從「王」、「玉」、「壬」、「㞷」，但因筆畫合併或訛誤，導致偏旁改從「王」，如「塞」小篆作「」，其本從「𤰇」，但馬王堆簡帛誤與「玨」混而作「」(〈繆〉72.23)、「」(〈經〉62.64)，應將上下兩個「工」合併省去一橫而來；或如「堯」小篆作「」，本從「垚」，但馬王堆簡帛訛作三個「王」相疊，即「」(〈遣三〉401.1)，或因「土」、「王」僅區別在一道橫畫所致。

(三十八)「夬」、「史」訛作形近字

「夬」甲骨文作「」(《合》18855 賓組)、「」(《英》1821 歷組)，秦簡作「」(《睡乙》200)、「」(《睡甲》12 正)，小篆作「」，形體似為「口」形再加「又」；而「史」甲骨文作「」(《屯》1009 歷組)、「」(《合》32390 無名組)，金文作「」(師虎簋)、「」(史牆盤)，秦簡作「」(《睡答》194)、「」(《睡雜》10)，小篆作「」，《說文》以為從中、又。「夬」

〔註 61〕〔漢〕許慎撰，〔清〕段玉裁注，李添富總校訂：《新添古音說文解字注》，頁 275。

上的「厶」形筆畫，因受簡帛文字將圓轉筆畫改方折的影響而作「口」形；「史」的「中」本身亦為「口」形，故二者形體相近，僅差在「口」形兩側豎畫是否往上延伸，如馬王堆簡帛「史」作「」（〈周〉4.63）、「」（〈繆〉65.10），「夬」作「」（〈相〉42.16）、「」（〈相〉54.25），「快」作「」（〈戰〉10.5）、「」（〈周〉37.68），「決」作「」（〈合〉11.28）、「」（〈刑乙〉53.4），從「夬」之字，其「夬」多與「史」形近。

（三十九）「泉」、「京」、「巛」形、「魚」訛從「小」

「泉」甲骨文作「」（《合》8317 賓組）、「」（《合補》10642 甲歷組），金文作「」（敔簋），秦簡作「」（《睡甲》37 背貳），小篆作「」，象泉水自石縫流出之形，後將形體分裂成上下兩部分，上半變為「日」形而下半作「小」形，馬王堆簡帛同秦簡形體作「」（〈問〉29.2）、「」（〈談〉10.12）。至於由「泉」衍生出來的「原」字，如其下半亦同，如「愿」作「」（〈戰〉128.13）、「」（〈相〉75.49）。

「京」甲骨文作「」（《合》317 賓組）、「」（《合》13523 正賓組），金文作「」（師酉簋）、「」（史懋壺），小篆作「」，本象高臺之形，下半為支柱，後將支柱部分寫作「小」形，如馬王堆簡帛「就」作「」（〈戰〉118.7）、「」（〈衷〉2.38）。

「巠」金文作「」（大克鼎）、「」（師克盨），小篆作「」，本象織機上的縱向絲線，其中間「巛」形表示絲線。馬王堆簡帛中，凡「巠」皆將「巛」寫作「小」，作「」（〈養目〉3.1）、「」（〈老甲〉144.15），從「巠」之字亦同，如「莖」作「」（〈方〉263.23）、「」（〈養〉101.5），「經」作「」（〈經〉39.54）、「」（〈星〉33.50）。後世隸楷文字「巠」亦受此影響而作「」[註62]、「」[註63]。

觀「流」秦簡作「」（《睡封》29）、「」（《嶽為》8 正參），篆文作「」；「疏」秦簡作「」（《睡封》91）、「」（《嶽為》20 正），小篆作「」，其「㐬」的下半「巛」（《說文》以為象小孩頭髮之形部分）亦作「小」形。馬王堆簡帛從「㐬」之字亦同，如「流」作「」（〈衷〉47.44）、「」（〈十〉

[註62] 范韌庵等編著：《中國隸書大字典》，頁 983。
[註63] 李志賢等編著：《中國正書大字典》，頁 1015。

48.57），「疏」作「」（〈老甲〉39.18）、「」（〈遣一〉238.2）。

「県」小篆作「」，本為倒首，象頭髮部分的形體「巛」亦作「小」形，如「縣」的秦簡作「」（《睡律》2）、「」（《睡封》6），馬王堆簡帛作「」（〈養〉193.17）、「」（〈戰〉136.7）。

至於「魚」甲骨文作「」（《屯》1054 歷組）、「」（《合》24911 出組），金文作「」（魚母乙卣）、「」（魚作父己尊），秦簡作「」（《睡乙》174）、「」（《嶽為》61 正參），小篆作「」，下半本象魚尾之形，後因形體分裂而作「火」形，馬王堆簡帛「魚」字作「」（〈遣一〉59.1）、「」（〈老乙〉77.44），其「火」形部分或因壓縮而作近似「灬」形，但從「魚」旁的字或省去「灬」形的筆畫，而訛作「小」，如「鮮」作「」（〈遣三〉82.2）、「」（〈遣三〉83.1）。

（四十）「鼎」、「爨」、「明」、「面」訛從「目」

「鼎」字甲骨文作「」（《合》171 賓組）、「」（《合補》6917 賓組），金文作「」（史獸鼎）、「」（利簋）、「」（哀成弔鼎），小篆作「」，本象鼎之形，形體上半逐漸將鼎耳省略而訛與「目」同形。馬王堆簡帛多將「鼎」上半寫作「目」形，如「」（〈遣三〉70.5）、「」（〈周〉80.19）；從「鼎」之字甚將「鼎」省略，僅保留「目」形，如「�」作「」（〈養・殘〉59.5）。

「爨」秦簡作「」（《睡答》192）、「」（《睡甲》66 正肆），小篆與秦簡相近，作「」，意為生火煮食，其上半「臼」中間象甑，為烹食之器，但馬王堆簡帛或作與「目」同形，如「」（〈養〉66.24）、「」（〈經〉22.14）。

「明」甲骨文作「」（《合》11708 正賓組）、「」（《合》16057 賓組），金文作「」（明我作鼎）、「」（服方尊），秦簡作「」（《睡乙》206）、「」（《嶽為》39 正貳），小篆作「」，其從「囧」象窗戶之形，然「囧」內部筆畫或作兩個「Λ」相疊之形，如「」〔註 64〕，而若將兩個「Λ」拉平作橫畫，便將左旁「囧」改與「目」同形，如「」（《睡乙》206）、「」（《嶽為》39 正貳）。馬王堆簡帛「明」左旁亦常作「目」形，如「」（〈五〉27.4）、「」（〈九〉2.28）。

「面」甲骨文作「」（《花東》113 子組）、「」（《花東》226 子組），秦

〔註 64〕單曉偉編著：《秦文字字形表》（上海：上海古籍出版社，2017 年），頁 296。

簡作「」(《睡答》204)、「」(《睡甲》69背),小篆作「」,本為面部之意。馬王堆簡帛應從秦簡形體,作「」(〈養〉50.10)、「」(〈戰〉188.5),但亦有從「目」形者,如「」(〈經〉29.42)、「」(〈十〉48.58)。

(四十一)「㠯」、「奚」訛從「糸」

從「㠯」的「雝」秦簡作「」(《放志》1)、「」(《睡律》4),小篆作「」,從邑、川,而馬王堆簡帛或將「邑」訛作「糸」,如「雝」作「」(〈刑乙〉79.18)、「」(〈相〉56.23)。推測因「邑」上半與「糸」亦可作「○」,而「邑」下半的「卩」縮短筆畫便與「○」接近,而成上下兩個「○」之形,與「糸」上半相近,故將「邑」訛作「糸」。

「奚」甲骨文作「」(《合》28723無名組)、「」(《合》33573無名組),從此的「雞」秦簡作「」(《睡律》63)、「」(《嶽占》5正),小篆作「」,下半本從「大」,秦簡已見其與上半的「幺」合併而訛作「糸」,馬王堆簡帛亦將「奚」下半訛寫作「糸」,如「」(〈方〉98.13)、「」(〈明〉1.16),「溪」作「」(〈陰甲・神下〉38.8)。

(四十二)「旨」、「臼」訛作「自」

「自」甲骨文作「」(《合》787賓組)、「」(《合》12賓組),金文作「」(臣卿簋)、「」(保員簋),秦簡作「」(《效》60)〔註65〕、「」(《龍・牘》背)〔註66〕,小篆作「」,本為鼻子之形,後將筆畫連接而成如秦簡形體,馬王堆簡帛「自」與秦簡相同,作「」(〈養〉190.3)、「」(〈胎〉34.5)。

「旨」甲骨文作「」(《合》5637正賓組)、「」(《合》5637正賓組),金文作「」(匽侯旨鼎)、「」(史季良父壺),從此的「脂」秦簡作「」(《睡律》130)、「」(《關簡》324),小篆作「」,從甘從匕,然「甘」在秦簡、馬王堆簡帛常與「曰」形體混淆,又馬王堆簡帛「旨」的「匕」常寫作「Λ」或「∠」,與「曰」(「甘」)合併後便與「自」類似,如「嘗」作「」(〈五〉26.14)、「」(〈要〉10.48),「耆」作「」(〈二〉29.51)、「」(〈繆〉46.13)。

〔註65〕單曉偉編著:《秦文字字形表》,頁147。

〔註66〕單曉偉編著:《秦文字字形表》,頁147。

「臼」秦簡作「」（《睡甲》45 背壹），從此的「舂」作「」（《睡乙》156）、「」（《睡答》132），小篆作「」，馬王堆簡帛與秦簡相近作「」（〈方〉73.12）、「」（〈相〉58.60）。然觀有「臼」形之字，如「鼠」小篆作「」，馬王堆簡帛作「」（〈養〉37.28）、「」（〈周〉71.54），「毀」作「」（〈陰甲・築一〉5.8）、「」（〈陰甲・雜六〉2.1），其「臼」因筆畫合併而訛與「自」同形。

（四十三）「畐」、「高」、「京」、「复」、「享」訛從「曰」

楷書字形中，若帶有「百」或「言」，其「口」形或作「」，此現象或從古文字寫法而來，如從「畐」的「福」金文作「」（伯陶鼎）、「」（曶壺蓋），秦簡作「」（《睡乙》146）、「」（《嶽為》72 正肆），小篆作「」。馬王堆簡帛從「畐」之「福」作「」（〈陰甲・天一〉4.22）、「」（〈衷〉34.18），「輻」作「」（〈方〉445.6），其「」多作「曰」、「目」，或與上面的橫畫合寫訛作「百」、「百」，如「福」作「」（〈戰〉285.13）、「」（〈周〉26.74）。

「高」甲骨文作「」（《合》32313 歷組）、「」（《合》23717 出組），金文作「」（師高器）、「」（大簋蓋），秦簡作「」（《睡乙》158）、「」（《睡封》76），小篆作「」，上半本象建築物，後馬王堆簡帛將「」寫作「曰」，如「」（〈陰甲・室〉2.22）、「」（〈老甲〉86.3），從「高」之字亦同，「豪」作「」（〈胎〉12.1）、「」（〈經〉22.12），「蒿」作「」（〈明〉37.1）、「」（〈氣〉6.259）。

「京」在後世隸楷文字中常作「亰」，而「京」甲骨文作「」（《合》33221 歷組）、「」（《合》2446 出組），金文作「」（靜簋）、「」（師酉簋），小篆作「」，象高臺之形，上半建築部分亦有「」；從「京」之字如「就」秦簡作「」（《睡律》48）、「」（《關簡》17 伍），其「京」的「」變作「曰」。馬王堆簡帛從「京」之字亦同秦簡，如「景」作「」（〈經〉76.3）、「」（〈方〉189.4），「涼」作「」（〈合〉28.10）、「」（〈合〉30.10）。

「复」金文作「」（𨟻从盨）、「」（季复父匠），「復」秦簡作「」（《睡乙》108）、「」（《睡答》127），小篆作「」，「夂」上的形體寫作類似「百」或「㐭」與「U」結合而成的形體，推測應將金文「复」簡化而來，即將金文

「夊」上的形體直接省去上面的「H」(或「ㅂ」),下面的「H」(或「ㅂ」)則省作「U」。馬王堆簡帛「復」字從秦簡形體,作「」(〈陰甲·天一〉6.18)、「」(〈十〉12.5),「腹」作「」(〈周〉51.72)、「」(〈繆〉33.71)。

「𩫖」甲骨文作「」(《合》35334 歷組)、「」(《合》29794 無名組),金文作「」(臣諫簋)、「」(宰獸簋),小篆作「」;「亯」甲骨文作「」(《合》26993 無名組)、「」(《花東》502 子組),金文作「」(寺季故公簋)、「」(虢姜簋),秦簡作「」(《睡甲》33 背參)、「」(《睡甲》37 背貳),小篆作「」。「𩫖」上半與「亯」相近,加之「𩫖」形體繁複,故「郭」的「𩫖」改作「亯(享)」,如秦簡作「」(《睡為》8 參)。若察秦簡「享」或作「」(《睡甲》66 背貳),即今日「亨」形體,而甲金文「𩫖」下半寫作似「」形,或省形僅作「▽」後拉長筆畫,便與「亨」下半相同;爾後增添一橫訛作「子」,故「郭」從「享」旁。

至於小篆從「𩫖」之「孰」甲骨文作「」(《合》17936 賓組)、「」(《合》30284 無名組),金文作「」(伯致簋),秦簡作「」(《睡為》26 肆)、「」(《關簡》319),小篆作「」,所從之「亯」秦簡改作「享」。另外「敦」金文作「」(陳純釜),形體從「𩫖」,而秦簡作「」(《睡語》9)、「」(《睡答》164),小篆作「」,從亯(享)從攴;又如「郭」小篆作「」,馬王堆簡帛作「」(〈陰乙·文武〉12.28)、「」(〈稱〉18.61),「孰」作「」(〈戰〉219.11)、「」(〈氣〉6.231),與秦簡相同,多從「享」旁。

總上可知,無論本為「𩫖」或「亯」之字改作從「享」後,其「享」的上半與「复」、「畐」、「高」的上半,對應至小篆「口」形之處,多作「曰」形。

(四十四)「尗」訛作「未」

「尗」未見古文字,僅於小篆作「」;若觀「叔」字金文作「」(叔簋)、「」(吳方彝蓋),秦簡作「」(《睡乙》47 貳)、「」(《關簡》329),金文「尗」上從「弋」,下為三道直向線條;而秦簡則保留「弋」,金文的三道直向線條則改作斜畫,寫在「弋」的「㇏」兩側,左側兩道而右側一道,又或將形體訛作上為「止」,下為「介」,即如前引「」(《睡乙》47 貳)、「」(《關簡》329),或如從此的「椒」作「」(《睡封》66)。馬王堆簡帛則與秦簡相同,常作「未」之形,如「叔」作「」(〈方〉272.26)、「」(〈遣一〉14.2），「茱」作「□」（〈方〉360.15）、「□」（〈養〉113.17）。

另可注意的是，後世隸楷文字或將「叔」寫作「□」〔註 67〕、「□」〔註 68〕，大抵從秦簡、馬王堆簡帛「叔（村）」形體而來，因「尗」改作「𡗗」，「止」在上可省作「𠃊」，並與「介」合併且改變筆順而來。其寫法為：第一筆為「𠃊」的「丶」，次將「𠃊」的「丿」與「介」的「丿」合併，再將「尗」與「寸」的橫畫合併，之後寫「介」其餘三個筆畫（且改作點畫）與「寸」的點畫，最後將「寸」的豎畫寫上，即為「□」〔註 69〕、「□」〔註 70〕的寫法由來。

（四十五）「廿」訛作「卄」

古文字中，帶有「廿」形的字，如「堇」、「黃」、「庶」等，其「廿」或寫作「卄」，此現象亦可見於馬王堆簡帛。如「堇」小篆作「□」，馬王堆簡帛作「□」（〈老甲〉30.20）、「□」（〈老甲〉103.24）；「庶」小篆作「□」，馬王堆簡帛作「□」（〈二〉13.24）、「□」（〈稱〉6.42）；「黃」小篆作「□」，馬王堆簡帛作「□」（〈氣〉1.61）、「□」（〈問〉1.2）；「無」小篆作「□」，馬王堆簡帛作「□」（〈問〉45.2）、「□」（〈二〉10.54）。

另如「乘」小篆作「□」，馬王堆簡帛或將中間「舛」筆畫合併而訛作「廿」，如「□」（〈遣一〉252.3）、「□」（〈遣三〉44.4）。推測「廿」作「卄」之因，可能為「廿」的兩道豎畫末端不相接，而另以橫畫表示；也可能來自戰國文字常將「廿」增添一橫，而兩道豎畫逐漸拉直而來。

（四十六）「烏」、「焉」、「馬」訛從「鳥」

「烏」金文作「□」（寡子卣）、「□」（毛公鼎），秦簡作「□」（《關簡》324），小篆作「□」；「鳥」甲骨文作「□」（《合》17864 賓組）、「□」（《合》27042 反何組），金文作「□」（鳥壬侜鼎），秦簡作「□」（《睡甲》31 背貳）、「□」（《睡甲》49 背參），小篆作「□」；「焉」秦簡作「□」（《睡答》133）、「□」（《睡甲》69 背），小篆作「□」，三字本形與鳥有關。馬王堆簡帛中，「烏」作「□」（〈養〉9.2）、「□」（〈養〉122.18），「鳥」作「□」（〈房〉8.7）、

〔註 67〕范韌庵等編著：《中國隸書大字典》，頁 196。
〔註 68〕李志賢等編著：《中國正書大字典》，頁 170。
〔註 69〕范韌庵等編著：《中國隸書大字典》，頁 196。
〔註 70〕李志賢等編著：《中國正書大字典》，頁 170。

「 」(〈氣〉9.45),但或將「烏」的獨體分割成兩部分,上半寫作類似「人」與「目」,下半則與「烏」相近,如「 」(〈周〉35.15)、「 」(〈相〉4.44),甚或下半訛作「馬」,如「 」(〈遣一〉305.2)、「 」(〈遣一〉312.10)。「焉」字本有「正」偏旁,馬王堆簡帛仍保留,其下半則似作「烏」,如「 」(〈五〉23.15)、「 」(〈繆〉15.48),且「烏」形體筆畫若拉平,則與「馬」字(馬王堆簡帛作「 」(〈繫〉4.64)、「 」(〈相〉53.15))差在一豎之別,故「焉」亦有上面從「正」,下面從「馬」之形,如「 」(〈戰〉25.23)。

(四十七)「奉」、「秦」、「奏」、「春」訛從同偏旁

「奉」、「秦」、「奏」、「春」小篆分別作「 」、「 」、「 」、「 」,四字的上半今日楷書寫法相同,但古文字形體皆不相同,甚至也非單一偏旁。「奉」金文作「 」(散氏盤),應為從廾丰聲之字,但馬王堆簡帛作「 」(〈戰〉17.32)、「 」(〈二〉1.69)、「 」(〈經〉12.48),「丰」或省一橫,而「廾」改作其或體「拜」,其將「手」的兩個「U」拉平合併成兩道橫畫,使得形體似作「开」、「井」形。「秦」甲骨文作「 」(《合》299 賓組)、「 」(《合》30339 無名組),金文作「 」(洹秦簋)、「 」(師酉簋),秦簡作「 」(《睡答》203)、「 」(《睡雜》5),上半從廾、午,象手持杵形,但「午」的「Λ」或因連筆而作「∠」,又可省作一橫,與下半的「廾」結合後,與「奉」的上半僅別於橫畫數量,形體大致相近。

「奏」甲骨文作「 」(《英》1282 賓組)、「 」(《合》26012 出組),秦簡作「 」(《睡語》13)、「 」(《關簡》47 參),小篆作「 」,秦簡、小篆寫法應為訛誤。甲骨文「廾」以外的部件,秦簡可能分裂作「出」形、「矢」,小篆則分割作「中」、「夲」。馬王堆簡帛「奏」作「 」(〈足〉27.16)、「 」(〈合〉13.17),應來自秦簡寫法,其將秦簡「奏」上半的「出」拉平,便與「奉」、「秦」相近,與「廾」結合後則彼此上半形體混同。

至於「春」字,甲骨文作「 」(《合》11533 賓組)、「 」(《懷》752 賓組),秦簡作「 」(《睡乙》224 參)、「 」(《嶽為》25 正參),小篆作「 」,甲骨文為從木、日,屯聲;金文多為從日,屯聲;楚簡、小篆為從艸、日,屯聲;然馬王堆眼帛「春」作「 」(〈養〉99.7)、「 」(〈房〉8.6),與秦簡相同。觀秦簡、馬王堆簡帛「春」上半形體,「屯」應在最上,而其下形體似為

「廾」的或體「拜」。觀帶「艸」之字，若「艸」不作最上方偏旁，則常作與「廾」相近形體，如「莫」字作「」（〈陰甲・上朔〉4.21）、「」（〈養〉20.7），故將「艸」可能與「廾」混淆；而「春」字應將「艸」誤作「廾」，並改作「廾」之或體「拜」，故秦簡、馬王堆簡帛作此形。

（四十八）「聿」、「隶」訛混

「聿」甲骨文作「」（《合》28169 無名組）、「」（《合》22065 午組），金文作「」（執卣）、「」（聿爵），從此的「肆」秦簡作「」（《睡乙》191 貳）、「」（《嶽為》25 正參），小篆作「」，本象手持筆之形，後將下半筆畫拉平作「二」形，如馬王堆簡帛「律」作「」（〈周〉50.12）、「」（〈要〉22.14）；「隶」小篆作「」，從又、尾省，簡帛文字或將「＝＝」省併作「＝」，如馬王堆簡帛「雨」作「」（〈周〉36.13）、「」（〈相〉47.30）。因此「聿」、「隶」可能訛混，如前引馬王堆簡帛「建」作「」（〈經〉50.25）、「」（〈稱〉15.18），「逮」作「」（〈相〉4.21）、「」（〈相〉34.49）。

（四十九）「亡」訛作「乍」

「乍」小篆作「」，但甲骨文作「」（《合》904 正賓組）、「」（《合》6923 賓組），金文作「」（善夫吉父鬲）、「」（大克鼎），秦簡作「」（《睡甲》42 正），秦簡將「乍」的「L」內的形體作「Λ」，馬王堆簡帛從「乍」旁的字亦同秦簡，如「作」作「」（〈陰甲・殘〉189.8）、「」（〈陰乙・上朔〉35.1）。至於「亡」多出現在「𣎆」偏旁的字，如「羸」、「贏」、「嬴」，此三字小篆分別為「」、「」、「」，馬王堆簡帛將此三字的「亡」寫作「乍」形，如「羸」作「」（〈周〉9.22）、「」（〈周〉33.38），「贏」作「」（〈養〉34.7）、「」（〈談〉16.30），「嬴」作「」（〈養〉47.6）、「」（〈養〉170.2）。推測應將「亡」的「乚」往下與「口」的「乚」合併，而「口」上的橫畫受「亡」的「人」同化亦作「人」，是而導致「亡」訛作「乍」形。

（五十）「虎」下半、「朮」、「市」訛從「巾」

「虎」甲骨文作「」（《合》11018 正賓組）、「」（《合》33378 無名組），金文作「」（師酉簋）、「」（師虎簋），秦簡作「」（《睡雜》25）、「」（《嶽占》38 正貳），小篆作「」，可知秦簡將「虎」字下半訛作「巾」，察秦印「虎」字作「」(「楊虎」之「虎」〔註 71〕)、「」(「臣虎」之「虎」〔註 72〕),推測應將「儿」與「虍」的筆畫誤接後與「巾」混同,馬王堆簡帛「虎」字亦從秦簡,作「」(〈周〉4.54)、「」(〈稱〉19.21)。又從「虎」的「號」草書作「」〔註 73〕、「」〔註 74〕,楷書又可作「乕」,如「」〔註 75〕、「」〔註 76〕,下半從「巾」應由此演變而來。

「肺」為從肉𠂔聲,「𠂔」小篆作「」,馬王堆簡帛作「」(〈養〉67.19)、「」(〈遣一〉52.6),推測應將「屮」的「U」拉平,而下半訛作「巾」,故作「市」或「币」形。「市」甲骨文作「」(《合》28751 無名組)、「」(《合》30645 無名組),金文作「」(兮甲盤),上半本從「止」;秦簡將形體訛作「」(《睡乙》156)、「」(《睡封》18),小篆作「」,馬王堆簡帛則同秦簡形體,作「」(〈老乙〉24.26)、「」(〈刑乙〉55.17),與「𠂔」、「市」形近。

(五十一)「嬰」訛作「㚇」

「稷」金文作「」(中山王嚳鼎),秦簡作「」(《睡甲》18 正參),小篆作「」,形體大抵相近,但馬王堆簡帛將其訛作從「㚇」,如「」(〈星〉7.33);此現象又見於「稯」字,其訛從「㚇」作「」(〈問〉77.20)。「嬰」、「㚇」皆有「儿」、「夊」,區別在「嬰」從「田」而「㚇」從「囟」;察「囟」秦簡作「」(《睡乙》41 貳)、「」(《睡乙》196 貳)而小篆作「」;從「囟」的「思」秦簡作「」(《睡甲》63 背壹),「慮」作「」(《睡為》43 壹),「囟」小篆作「」,「凶」、「囟」內部可作「╳」,外框僅有上端是否封閉之別,故推測「凶」、「囟」寫法或有相近之處,而「囟」於簡帛文字常訛作「田」,故推測「嬰」訛作「㚇」的原因,可能為書手將「田」當作「囟」,而「囟」為「凶」之訛。

〔註 71〕黃惇總主編:《秦代印風》(重慶:重慶出版社,1999 年),頁 62。

〔註 72〕黃惇總主編:《秦代印風》,頁 63。

〔註 73〕〔隋〕智永,〔日本〕角井博解說,大野修作釋文:《關中本千字文》(東京:株式會社二玄社,2018 年),頁 4。

〔註 74〕〔唐〕懷素,〔民國〕孫寶文編:《懷素草書千字文》(上海:上海辭書出版社,2011 年),頁 3。

〔註 75〕李志賢等編著:《中國正書大字典》,頁 905。

〔註 76〕李志賢等編著:《中國正書大字典》,頁 905。

（五十二）「𠂢」訛作「光」

《說文》釋「𠂢」形體為從「永」反形，而「永」甲骨文作「」（《合》656正賓組）、「」（《合》23439出組），金文作「」（吉父鼎）、「」（仲義父鼎），從此的「羕」楚簡作「」（《包》223）、「」（《郭・尊》39），小篆作「」，馬王堆簡帛作「」（〈周〉36.5）、「」（〈周〉92.36）。推測前者係將「永」的筆順改變，使其訛作從彳、乞；後者應將「永」中間的「」省作「Λ」，左上與右側筆畫分寫在「Λ」兩側，與「火」相似；至於「永」左下筆畫則置於「Λ」下方，且形體與「刀」混同。

「𠂢」小篆作「」，馬王堆簡帛形體則與「永」的「」（〈周〉92.36）形體相似，差在下半寫法，「永」寫作似「刀」形，「𠂢」寫作似「儿」形，即如「」（〈談〉36.31），「脈」作「」（〈問〉52.28）、「」（〈問〉69.5）。此形體則與馬王堆簡帛「光」字「」（〈經〉63.58）、「」（〈相〉40.5）相近。

（五十三）「俞」、「龠」訛作「侖」

「俞」小篆作「」，「龠」小篆作「」，「侖」小篆作「」；馬王堆簡帛或將從「俞」或「龠」旁的字，訛作從「侖」，如「趯」作「」（〈相〉51.41），「窬」作「」（〈遣一〉87.2）、「」（〈遣一〉88.10），「愉」作「」（〈老甲・殘〉5.4）。察「俞」、「龠」、「侖」三字，皆有「亼」旁；「趯」聲旁從「翟」，本應替換作「龠」，「趯」上古音為透紐藥部、餘紐藥部，「龠」為餘紐藥部，二者韻部相同，聲紐或有關聯，而「龠」《說文》以為從品侖，本身已包含「侖」旁；至於「俞」下半《說文》以為從舟從巜，若將「巜」拉直作兩道豎畫，則「俞」下半寫法與「侖」相似，皆為四道豎畫與三道橫畫組成，或因此而將「俞」訛作「侖」。

總上分析可知，形體訛誤的情況經常與其他文字產生混同，使得形體本不相同的字，演變成有共同部分甚至形近混同的現象。然因文字形體情況多樣，且手寫文字的形體變化性較大，因此以上的個別訛誤與集體訛誤，未必是馬王堆簡帛中所有的訛誤情況。

第三節　馬王堆簡帛文字訛誤與混同的原因

前一節已分析馬王堆簡帛文字訛誤、混同的情況，本節則針對所論字例情況，歸納形體在訛誤、混同的可能原因，大致分作七種，即改變筆畫的形貌、連接或分裂筆畫、簡省或增繁形體、形體或寫法相近、改變形體的寫法、改變形體的方向、改變偏旁的位置，以下分別說明。

一、改變筆畫的形貌

改變筆畫的形貌，即針對筆畫本身的形體外貌，或因拉長、縮短、增減繞曲、平直化等，導致該筆畫所在的文字形體訛誤或與其他形體混同。如「枳」的「只」訛作「也」，因其上半「口」的橫畫往左右兩側延伸拉長，下半的兩道豎畫合併。「賓」的「丏」在縮短筆畫後訛作「正」。「密」的「必」訛作「心」，因書寫空間壓縮而將「必」的「㇄」筆畫改作「L」，其餘筆畫改作短豎後簡省筆畫而來。「主」拉平筆畫後，與「圭」寫法相近，導致「閨」的「圭」訛作「主」。「聽」的「心」或將其中的筆畫穿過「㇄」筆畫，與「戈」相近而訛。

「厶」、「以」寫作「口」形，而「呂」、「幺」、「晶」、「厽」、「卯」訛作由「口」組成，或「夬」、與「史」的形近，「囟」、「由」訛作「田」，「甘」與「曰」形體相近，「白」訛作「日」等，皆因本來的圓環狀筆畫線條改作方形所致。

「之」訛作「土」，「羊」、「辛」、「屰」、「干」的「U」作橫畫，「鬥」訛作「門」，「丮」訛作「凡」，「㚇」訛作「舛」，「丱」、「廾」、「𠬞」訛作「丌」，「未」、「朱」混同，「主」的下半與「㞷」訛作「王」，「明」的「囧」訛作「目」，「奉」、「秦」、「奏」、「春」上半相近，「朮」、「市」、「巿」混同，「羸」的「丮」訛作「月（肉）」，「京」、「巠」、「㐬」、「県」下半訛作「小」，則多因筆畫拉平後，有些甚至伴隨筆畫合併而導致。

至於「火」寫作「灬」，或「分」訛作「火」，「辰」訛作「光」，多因書寫空間限制而縮短筆畫。「爫」訛作「日」，則因筆畫延伸轉向導致。

另外，對於拉平筆畫部分需作補充，或說「U」拉平作橫畫者〔註77〕，大抵是以小篆與隸書關係而言；但觀秦簡到漢代簡帛文字，小篆的「U」多作「V」、「⺌」，或是由縮短的「㇄」、「亅」筆畫組成，總之多為兩筆書寫，而後將兩筆合為一橫，而非直接將「U」拉平。

〔註77〕如張樂：《馬王堆簡帛文字的隸變研究》（南昌：南昌大學漢語言文字學碩士學位論文，2012年），頁13。

二、連接或分裂筆畫

連接或分裂筆畫，即形體所用的筆畫中，將數個筆畫合併或連筆，又或將單一筆畫分裂作數個筆畫，此亦包含草寫後的規整化，導致形體訛誤或與其他形體混同，如「茨」的「欠」訛作「久」，因「欠」的「ㄱ」與「儿」的「／」合併，故而形體與「久」同形而訛。「枳」的「只」訛作「也」，除因上半「口」的橫畫往左右兩側拉長外，下半的兩道豎畫也合併成一筆。

「棼」的「分」因筆畫連接而作「犬」，「類」的「犬」因筆畫分裂而作「分」；而「辟」、「壁」的「卩」作「阝」，則是因「卩」與「口」合併共用筆畫所致。

另如「薊」的「魚」訛作「角」，「解」的「角」訛作「魚」，「奐」上半或訛作「角」、「魚」的上半，「俠」的「夾」訛為「束」，「刺」的「束」訛為「夾」，「迹」的「亦」訛作「夾」，「四」訛作「田」，「止」、「艹」或「昔」上半、「首」的「巛」訛作「亠」、「Z」、「工」，「柬」訛作「東」，「昷」的「囚」訛作「日」，「之」訛作「土」，「大」、「毛」訛作「土」，「老」、「孝」、「者」上半皆作「耂」，「步」作「歹」，「雝」的「巛」作橫畫，「釆」、「米」訛混，「隹」訛作「侯」，「艸」、「廾」、「癶」、「卝」訛作「丌」，「泉」下半作「小」，「旨」、「臼」訛作「自」，「乘」中間的「舛」訛作「廿」，「奉」、「秦」、「奏」、「春」上半相近，「聿」訛作「隶」，「虎」訛從「巾」等，皆與筆畫的連接或分割有關。

三、簡省或增繁形體

簡省或增繁形體者，指該字因減少或增加其筆畫或偏旁部件，導致形體訛誤或與其他形體混同。如「龠」訛作「侖」，係省去「品」偏旁；而「害」因簡省筆畫而訛作「吉」；「密」的「必」訛作「心」，因「必」改變筆畫形貌後，再簡省筆畫而來。「茬」、「在」、「存」的「才」作「ナ」，「疒」訛作「广」，「彗」的「甡」訛作「艸」，「粃」訛作「舛」，「莛」訛作「玨」，「鮮」的「魚」的「灬」訛作「小」等，皆因簡省筆畫所致；而「尉」、「票」、「禦」的「示」、「火」訛混，應為「火」可作「灬」，後將「灬」簡省筆畫而來。

至於「禦」、「卹」的「卩」訛作「阝」，「缶」、「云」下半訛作「口」，「垚」訛作「壵」，多因形近而增加筆畫所致。

四、形體或寫法相近

形體或寫法相近，即某字的形體與另一字形體相近，或書寫該字的過程與另一字相近，便可能導致形體訛誤或與其他形體混同。

如「序」的「予」訛作「矛」，因二者皆有「○」狀部件；「怈」的「曳」訛作「申」，因「曳」為從「申」之字；「堤」的「是」誤作「昷」，因「囚」常訛作「日」，且「皿」與「正」形近，故將「是」誤作「昷」；「茨」的「欠」訛作「久」，因「欠」的筆畫連筆後與「久」同形；「堅」的「臣」訛作「耳」，因二者皆有「匚」、「＝」的部件或筆畫。「糗」的「自」因與「首」、「頁」、「百」有共同寫法，故而「自」訛作「首」或「頁」、「百」。「瘁」所從之「夅」訛作「韋」，因「夅」、「韋」皆有由「止」演變而來之「夊」、「㐄」的偏旁。「厭」的「猒」訛作「能」，因二字左半邊寫法相同而訛。「欠」與「斤」皆有類似「𠃜」部分，故「闕」的「欮」訛從「斤」。「氏」、「民」皆有「⊂」、「十」的部件，因寫法相似而使「氐」的「氏」訛為「民」。

或如「璧」的「卩」訛作「弓」，因筆畫皆有繞曲，或因多作繞曲所致。「薊」的「魚」訛作「角」，「解」的「角」訛作「魚」，「奐」上半或訛作「角」、「魚」的上半，因「角」、「魚」、「奐」上半形體甚至寫法都有相似之處。或如「止」、「𦍌」或「昔」上半、「首」的「巛」訛作「亠」，其草寫為「Z」，而「工」的草寫亦作「Z」，因形近將「止」、「𦍌」或「昔」上半、「首」的「巛」的草寫在規整化後誤認為「工」。

「俠」的「夾」訛為「朿」，「刺」的「朿」訛為「夾」，「迹」的「亦」訛作「夾」，係因筆畫連接後導致形體相近。「備」的「人」訛作「彳」，「復」的「彳」訛作「人」，「盾」的「厂」訛作「广」，「疒」訛作「广」，則因彼此形體或寫法皆有共同部分。「奇」的「大」或訛為「文」，「擇」的「⺷」所從的「大」訛為「文」，「產」的「文」或訛為「爻」，「覺」的「爻」訛為「文」，「筋」、「勇」的「力」作「刀」，因書寫過程相同，差在筆畫為相接或交叉之別。

其餘如「月」、「肉」在戰國時期形體已十分相近，馬王堆簡帛的「玉」、「王」幾乎無甚區別，「昜」、「易」形體相近而訛混；「尉」、「票」的「火」上面為橫畫，而「火」寫作「灬」省去筆畫則與「示」訛混，「禦」的「示」則訛作「火」；「畫」與「書」形體有共同部分，受「書」的影響而將其上半寫作「書」的上半，即增添「⺹」旁；「缶」、「云」下半與「口」有相同部件，故增添一橫而訛作「口」；「萑」上半為「艸」、「又」，而「彗」的「甡」或省訛作「艸」，「若」、「彗」省形後形體相同，故誤將「萑」的上半寫作「彗」；「鼎」的上半在古文字演變中逐漸省作與「目」同形；「邕」的「邑」與「奚」的下半，因馬王堆簡帛寫法與「幺」相近，而「幺」與「糸」相近，故「邕」的「邑」與「奚」的下半訛作「糸」；「亯」、「高」、「京」、「复」、「享」演變至秦簡之後，多訛從「曰」；「樱」、「稷」的「畟」因形體相近而訛作「叜」；「俞」的下半與「侖」所從的「冊」寫法相近，皆為四道豎畫與三道橫畫，故或將「俞」旁訛作「侖」。

五、改變形體的寫法

改變形體的寫法即某字的形體因書寫時改變其筆順，或將形體割裂等，導致形體訛誤或與其他形體混同。如「牀」的「爿」因將兩個「乚」的豎畫部分合併，再寫橫畫部分後，與「舟」寫法相近而訛。「狐」的「犬」替作「豸」後，將「豸」分割作肉、豕。「允」改變筆順而訛作「夂」，「𦍌」或「昔」的上半、「首」的「巛」因改變筆順訛作「亠」、「Z」、「工」，「熱」、「熏」的「火」或改變筆順而訛作「大」。「赤」分裂形體而訛作「𡗗」，「堇」、「黃」、「庶」等字之「廿」或寫作「𠔉」，「亡」合併亡、口後訛作「乍」，「且」分裂形體訛作目、一，「爨」象甑形的部分改變寫法訛從「目」。

六、改變形體的方向

此即書寫時將文字形體方向作改變，無論上下顛倒、左右相反，又或將該字某一部分轉向等，導致形體訛誤或與其他形體混同。如「弼」、「鬻」的左側部件轉向後作「弓」，「分」連接筆畫後將上半形體轉向而訛作「犬」，「昏」的上半「氒」轉向而訛作「舌」，「水」轉向並連接筆畫作「氵」而與「三」形近，「兟」左邊的「先」將「⊂」轉向而使「兟」訛作「𡗜」。

七、改變偏旁的位置

改變偏旁的位置，即文字的偏旁組合位置發生改變，如上下改下上，左右改右左，上下改左右，左右改上下等，同時也會伴隨其他形體變化，導致形體訛誤或與其他形體混同。如「分」的「八」、「刀」改變位置而訛作「介」，「春」

上半的「艸」、「屯」改變位置而與「奉」、「秦」、「奏」的上半相近，「永」字改變筆畫與部件的位置後訛作從「火」、「刀」，而「𠂢」則訛作與「光」形近。

總上可知，文字形體訛誤與混同的情況十分複雜，大多非單一原因造成，一個字在形體的訛誤、混同等，多有兩種以上的原因導致的；甚至有連鎖效應，如「永」字形體改變後，連帶影響「𠂢」的形體改易。若審上述分類及相關字例，可知訛誤與簡省有密切關聯，如筆畫拉平或縮短，可減少書寫筆畫的路徑；連接筆畫，減少書寫時的動作，即本需作多次的起筆、收筆動作因連接後僅需作一次；簡省形體，即省略筆畫或偏旁、部件；改變筆順亦可簡省書寫動作，或讓書寫的動作更為便利，如「允」訛作「夊」，若「允」的「厶」為一筆完成，則「允」與「夊」皆同為三筆，但「厶」的形狀為環狀，收筆時需將筆畫繞至上方的起筆位置旁，但「夊」的三筆的筆畫方向多為往下，因漢字筆順多為由上到下，改變筆順寫作「夊」較為便利。

因形體改變或訛誤而導致與其他字形混同者，雖可能如陳煒湛、唐鈺明所謂「誤解了字形與原義的關係」〔註 78〕，即書寫者誤解文字形體與形體所表示的意義；但若站在書寫者的角度思考，同一個形體可表示不同的意義，對於認字、書寫等，可能較為方便。

對於文字訛誤的成因，可察高文英《古漢字形體訛變現象的考察與分析》，其從漢字發展脈絡中，討論古文字訛變的內部與外部原因。〔註 79〕內部原因有四：「因漢字表音的發展規律而產生的訛變」，即有些古文字形體本身無表音偏旁，但因其部分形體發生訛變，且該偏旁訛變作另一個音近的字，使得該字形體從表意字改作形聲字；「因漢字簡化的發展規律而產生的訛變」，即漢字發展來說，形體由繁到簡是演變的一大規律，而有些的簡化導致形體的訛變；「漢字形義要求統一的特點使得人們變形就義而產生的訛變」，即有些文字喪失原義而通行引申義或假借義，後人以其引申義或假借義將該字的形體改造，使形體與意義相符，如「鄉」本象二人相對而食，後假借作鄉里之意，故將偏旁改從「邑」；「漢字本身大量形近部件的存在也使得訛變現象容易產生」，即因形體相近而造成訛變。

〔註 78〕陳煒湛、唐鈺明：《古文字學綱要》，頁 31～32。
〔註 79〕高文英：《古漢字形體訛變現象的考察與分析》，頁 36～40。

至於外部原因有五：「時代書寫習慣影響下產生的訛變」，即不同時代的書寫工具、材料有所不同，表現出來的樣貌也各有差異，如甲骨文的刀刻與簡帛的筆書，二者產生的線條樣貌不同，也導致文字形體產生差異；「社會生產力的發展也影響到了字形的訛變」，即技術的發展、工具的改變，反映在文字構形中，如「解」的甲骨文由牛、角、手構成，隨著青銅器、金屬的運用，分解牛體不再徒手而改用刀，故小篆的「解」從刀而不從手；「書寫者對字義的誤解也使得訛變現象產生」，此即從書寫者的角度思考形體訛誤的原因，書寫者對文字形義錯誤認知，也會造成形體訛誤；「使用者對文字的整理造成的訛變」，即整理或統一文字的過程中，將形體相近的部件統一作相同的形體，方便書寫與記憶。

高文英就古文字整體的演變脈絡中，歸納出形體訛誤（訛變）的各種原因，同時也明確指出，漢字的訛誤並非單一原因造成的，而是有許多因素導致，特別是其考慮到文字本身以外的因素，也會造成文字形體的改變，故而分出「外部原因」並指出其對文字的影響。

另如羅秋燕《漢字訛變現象綜論》中，亦將漢字訛變成因分作內部與外部原因〔註 80〕，大體上與高文英之說相近，如內部原因之漢字表音的發展規律、漢字簡化的發展規律、漢字形義統一的特點、漢字形近部件的存在，外部原因之生產力的發展導致書寫工具、書寫材料的變化，各時代書寫習慣、書寫速度的不同，書寫者對形義關係的誤解或忽視等，皆可見於《古漢字形體訛變現象的考察與分析》。與高文英不同者，有內部原因的漢字結構的平衡律、漢字字符義近或義通，以及外部原因的社會原因。所謂結構的平衡律是指為版面的工整需求，可能增添飾筆補白，或分裂形體等，使漢字更趨於方塊結構；漢字字符義近或義通，則指將某字的偏旁換作其他意義相近或相同，且形體相近的字符；社會原因即社會制度、思想、價值觀、政治等因素導致形體的訛變，如「思」本從囟，因古人認為內心如田地可生產萬物般，可產生各種思想，故改從田。

羅秋燕提出「結構的平衡律」對於戰國中晚期的文字隸變更為明顯，此因素會直接影響到文字形體而導致訛誤，故此項可補充高文英之說；然而對於

〔註 80〕羅秋燕：《漢字訛變現象綜論》（福州：福建師範大學漢語言文字學碩士學位論文，2013 年），頁 67～76。

「字符義近或義通」，本文認為既然意義相近或相同，該字的形體與所示意義仍有關聯，因此不應視為訛誤，又「社會原因」部分所指較為籠統，加之其所舉「思」字或有倒果為因之疑，即與其說「思」字是因觀念的改變造成形體訛誤，不如說是「思」的形體訛從田後，後人望文生義，將心比作田地更為適切。

本節歸納馬王堆簡帛之形體訛誤與混同的原因，係針對形體寫法的關係，即討論原本形體寫法如何演變至訛體；對於背後的原因，大抵與高文英、羅秋燕所論「形體音化」、「形體簡化」、「形體相近」，或是書寫工具的改變有關；至於馬王堆簡帛文字訛誤的其他因素，則需更多資料證明。

第四節　馬王堆簡帛文字訛誤與混同的演變

第二節分析馬王堆簡帛形體訛誤或混同的字例，當中雖提及部分文字在商周時期的形體演變，及對後世文字的影響，但整體而言仍未能看出演變的大致脈絡。是以本節則從文字演變的脈絡，討論馬王堆簡帛文字在漢字發展中，其承先啟後的關係。以下依時代，分別討論馬王堆簡帛文字對商周文字的承襲，以及對後世文字的影響。

一、對於商周文字的承襲

目前所知最早的漢字為商代甲骨文，其後演變為西周金文、戰國各系文字，至秦統一文字、漢隸興起，其發展為一脈相承，因此作為具有秦篆、早期隸書的馬王堆簡帛，其文字亦應承襲自商周文字的發展而來；且漢字形體訛誤、混同現象，已可見於甲金文中，故而漢字的訛誤亦應隨著文字的發展而有所演變。

劉釗《古文字構形學‧甲骨文構形的分析》中，對於甲骨文在形體的訛混舉出「口—口」、「矢—大」、「刀—人」、「方—亥」、「肉—口」、「𠀠—𢀛」、「口—凵」等情況。〔註81〕對於西周金文的訛混，則是針對聲符訛變情況，如「廷」應從「㐱」聲，後因增「土」旁而省併作「壬」；「虖」應從「兮」聲而非「乎」聲；「利」應從「勿」聲而非從「刀」；「旦」應從「丁」聲而非一橫。〔註82〕另外，其於〈古文字中的「訛混」〉中，將甲金文乃至秦漢篆隸放在同一平面，

〔註81〕劉釗：《古文字構形學》，頁46～48。

〔註82〕劉釗：《古文字構形學》，頁91～93。

列出常見的訛混例子：「止—屮」、「目—日」、「目—田」、「力—刀」、「予—邑」、「白—日」、「日—戶」、「支—丈」、「广—疒」、「來—束」、「彔—豕」、「大—天」、「大—矢」、「米—采」、「尚—㡀」、「㐬—東」、「宀—穴」、「臼—心」、「云—虫」、「黽—龜」、「𠂤—爪」、「臣—止」、「又—夂」、「又—舟」、「天—而」、「女—止」、「目—貝」、「分—辰」、「東—亦」、「束—夾」、「力—巾」、「赤—亦」、「水—米」、「門—鬥」、「人—刀」、「黿—黽」、「史—夬」、「夫—夭」、「竹—艸」、「需—耎」、「大—六」、「也—只」、「史—弁」、「文—爻」、「屰—牛」、「畐—酉」、「云—缶」、「止—㫃」、「止—匕」、「人—厂」、「木—出」、「尸—弓」、「木—來」、「口—肉」、「口—凵」、「又—丑」、「戊—戌」、「口—曰」、「鼎—貝」、「耳—目」、「口—甘」、「舟—凡」、「肉—舟」、「丹—井」、「崔—雈」、「魚—焦」、「斗—升」、「爿—疒」、「日—口」、「卩—邑」、「由—古」、「昜—易」、「木—火」、「丂—于」、「氏—民」、「告—吉」、「勿—參」、「專—尃」、「史—吏」、「王—主」、「且—旦」、「叟—更」、「任—在」、「官—宮」、「商—商」、「離—雖」、「尔—參」、「干—千」、「陵—陸」、「焉—烏」、「循—修」、「官—宦」、「弋—戈」、「求—來」等94組〔註83〕，但對於各組實際字例、及訛變之因未多作說明；又因其將甲骨文至秦漢簡牘一同討論，難以得知不同時期的異同之處。

陳立《戰國文字構形研究》中，將戰國文字形體訛變的情況分作五種，即形體相近、分割形體、合併形體、筆畫延伸及其他原因，並各舉實際字例說解。本文整理其形體訛變關係如：「玔—舟」、「玔—凡」、「永—俶」、「角—目」、「大—矢」、「巛—止」、「日—口」、「口—甘」、「日—甘」、「⊙—口」、「肉—舟」、「刀—人」、「刀—尸」、「川—舟」、「土—壬」、「刀—勿」、「口—田」、「皿—甘」、「壴—禾」、「田—日」、「黽—它」、「丘—羊」、「爫—日」、「㔾—日」、「臼—甘」、「呂—日」、「口—廿」、「廿—廾」、「丨—七」、「七—止」、「卜—止」、「由—目」、「日—目」、「心—口」、「矢—夫」、「甘—自」、「止—屮」、「夭—㞢」，及因形體分割而訛之「龍」、「寅」、「敬」、「夏」、「祇」、「樂」、「能」、「若」、「畬」、「束」、「臨」、「監」、「喪」、「割」、「美」等。〔註84〕若將馬王堆簡帛與戰國文字比對訛誤情況相同者，有「玔—凡」、「巛—止」、「日—甘」、

〔註83〕劉釗：《古文字構形學》，頁139～140。

〔註84〕本文為敘述方便，在不影響文意的前提下，將陳立論述的內容扼要整理，原則上以「A—B」格式表示。陳立：《戰國文字構形研究》（臺北：國立臺灣大學中國文學研究所博士論文，2004年），頁423～451。

「⊙—口」、「爫—日」、「廿—卄」、「止—中」等，可知馬王堆簡帛形體訛誤或承襲自戰國文字的訛誤形體。

因馬王堆簡帛為西漢初期材料，文字形體大抵承襲秦系文字而來。馮倩《秦隸訛變研究》中，分析秦簡文字的訛變情況及其產生原因等。其〈形訛三種類型〉舉出「晉」、「善」、「辵—辶」、「火—灬」、「京」下半訛作「小」、「單」的上半訛作「吅」、「幵」訛作「开」或「井」、「林」訛作「林」，及「襄」、「寒」、「塞」中間省訛作「𦍌」，「甫」的上半訛作近似「上」，「出」、「責」的「朿」訛作「𡗗」等；又於〈秦隸形訛六種形態〉中，舉出「靈」字的「巫—玉」訛變，「土—士」訛變、「釆—米」訛變、「肉—月」、「丹—月」、「夬—史」、「柬—東」、「囟—田」等，亦有「䙴」、「要」、「粟」、「農」、「票」的上半訛作「西」，「歺」訛作「歹」，「童」、「重」的「東」訛省，「㞷」、「主」皆訛從「王」等，另有「萬」訛從「艸」、「明」的「囧」訛作「目」、「囟」訛作「田」，以及「春」、「秦」、「舂」上半訛從相同偏旁等。〔註85〕上述雖非逐一列舉，但若配合本文第二節的分析，可知馬王堆簡帛中，許多訛誤與混同情況為沿襲秦簡文字而來。

二、對於後世文字的影響

隸書、楷書與古文字形體常有相去甚遠的情況，但仍有演變脈絡可循，馬王堆簡帛既有秦篆、古隸的形體，或可作為古文字與後世隸楷文字形體演變的橋樑，從中得知漢字演變的脈絡。

例如隸楷文字的「類」或將「犬」訛作「分」，如「」〔註86〕、「」〔註87〕。從「弜」的字，其左旁皆從「弓」，故「鬻」作「」〔註88〕、「」〔註89〕。隸楷文字的「衡」或將中間的「角」、「大」訛作「魚」，如「」〔註90〕、「」〔註91〕，「角」、「魚」形近而訛可見於馬王堆簡帛，如「薊」

〔註85〕本文為敘述方便，在不影響文意的前提下，將馮倩論述的內容扼要整理，原則上以「A－B」格式表示。馮倩：《秦隸訛變研究》（徐州：江蘇師範大學藝術學碩士學位論文，2018年），頁9～72。

〔註86〕范韌庵等編著：《中國隸書大字典》，頁1238。

〔註87〕李志賢等編著：《中國正書大字典》，頁1329。

〔註88〕李志賢等編著：《中國正書大字典》，頁1358。

〔註89〕范韌庵等編著：《中國隸書大字典》，頁1259。

〔註90〕范韌庵等編著：《中國隸書大字典》，頁1020。

〔註91〕李志賢等編著：《中國正書大字典》，頁1056。

的「魚」訛作「角」，即「」（〈方〉88.3）；又如「解」的「角」訛作「魚」，即「」（〈春〉3.5）。「責」的上半為「朿」，因草寫而將形體寫作三個上下相疊的「︿」或「∠」，如「」（〈陰乙．文武〉13.27）、「」（〈出〉26.13），而「∠」規整化後為「⊥」，故三個上下相疊的「∠」作「龶」，如「」（〈戰〉309.18）、「」（〈相〉73.31）。

「奇」的「大」或訛為「文」，作「」（〈春〉91.21）、「」（〈戰〉209.37），後世隸楷文字則將「奇」寫作「竒」，應將「文」的「乂」縮短而作「丷」而來，如「」〔註 92〕、「」〔註 93〕。「覺」的「爻」訛為「文」作「」（〈問〉37.8）、「」（〈問〉71.16），則因「爻」上半的「╳」在書寫時起筆未穿出，使得形體與「文」相似，後世隸書亦有類似情況，如「」（學）〔註 94〕。

「台」所從的「以」後世皆作「厶」，如「」〔註 95〕、「」〔註 96〕；「雄」所從的「厷」或訛作「右」，如「」〔註 97〕、「」〔註 98〕；「丣」因壓縮書寫空間而與「厸」、「吅」相似，如「留」字「」〔註 99〕、「」〔註 100〕。「口」、「厶」或可替換，大抵因「厶」或作方形，與「口」形近，「公」雖多作「厶」，但「船」字右半為「㕣」，下半從「口」，但楷書或將「㕣」訛為「公」作「」〔註 101〕、「」〔註 102〕。至於「單」上半抑或訛為「厸」而作「」〔註 103〕、「」〔註 104〕、「」〔註 105〕、「」〔註 106〕，「參」所從的「晶」省形而與「厽」、「品」形近，後世的「參」上半皆作「厽」，如

〔註 92〕范韌庵等編著：《中國隸書大字典》，頁 378。
〔註 93〕李志賢等編著：《中國正書大字典》，頁 315。
〔註 94〕范韌庵等編著：《中國隸書大字典》，頁 353。
〔註 95〕范韌庵等編著：《中國隸書大字典》，頁 387。
〔註 96〕李志賢等編著：《中國正書大字典》，頁 325。
〔註 97〕范韌庵等編著：《中國隸書大字典》，頁 1217。
〔註 98〕李志賢等編著：《中國正書大字典》，頁 1303。
〔註 99〕范韌庵等編著：《中國隸書大字典》，頁 854。
〔註 100〕李志賢等編著：《中國正書大字典》，頁 846。
〔註 101〕李志賢等編著：《中國正書大字典》，頁 989。
〔註 102〕李志賢等編著：《中國正書大字典》，頁 989。
〔註 103〕范韌庵等編著：《中國隸書大字典》，頁 240。
〔註 104〕范韌庵等編著：《中國隸書大字典》，頁 240。
〔註 105〕李志賢等編著：《中國正書大字典》，頁 201。
〔註 106〕李志賢等編著：《中國正書大字典》，頁 201。

「」〔註 107〕、「」〔註 108〕。

「月」、「肉」形近雖出現在戰國時期，但二者不分的情況則可見於馬王堆簡帛中，甚至後世隸楷文字帶有「月」、「肉」旁的字幾乎作相同形體，如從「肉」的「育」作「」〔註 109〕、「」〔註 110〕，從「月」的「期」作「」〔註 111〕、「」〔註 112〕。古文字中本應辨明的「囟」、「甶」、「囟」、「図」，在秦簡、馬王堆簡帛中皆訛作「田」，甚而影響至後世文字，如「思」作「」〔註 113〕、「」〔註 114〕，「鬼」作「」〔註 115〕、「」〔註 116〕，「黑」作「」〔註 117〕、「」〔註 118〕，「胃」作「」〔註 119〕、「」〔註 120〕（「謂」，從言胃聲）。

從「止」的字或作「㐅」、「Z」可見於秦漢簡牘，甚而沿用於後。如後世隸楷文字「前」作「」〔註 121〕、「」〔註 122〕，「足」作「」〔註 123〕、「」〔註 124〕等。又從「丫」的字，其「丫」若改變筆順，先寫中間的「V」，再將左右的「八」連成一筆，即作「㐅」，如「羊」作「」〔註 125〕、「」〔註 126〕；「艸」字頭後來可省作「艹」，若改變筆順，先寫兩道豎畫，在寫兩個橫畫並連作一橫，即與「㐅」同形，故而後世文字中的「丫」、「艸」皆可作「㐅」，如前

〔註 107〕范韌庵等編著：《中國隸書大字典》，頁 193。
〔註 108〕李志賢等編著：《中國正書大字典》，頁 166。
〔註 109〕范韌庵等編著：《中國隸書大字典》，頁 872。
〔註 110〕李志賢等編著：《中國正書大字典》，頁 874。
〔註 111〕范韌庵等編著：《中國隸書大字典》，頁 605。
〔註 112〕李志賢等編著：《中國正書大字典》，頁 567。
〔註 113〕范韌庵等編著：《中國隸書大字典》，頁 492。
〔註 114〕李志賢等編著：《中國正書大字典》，頁 447。
〔註 115〕范韌庵等編著：《中國隸書大字典》，頁 1259。
〔註 116〕李志賢等編著：《中國正書大字典》，頁 1358。
〔註 117〕范韌庵等編著：《中國隸書大字典》，頁 1284。
〔註 118〕李志賢等編著：《中國正書大字典》，頁 1394。
〔註 119〕范韌庵等編著：《中國隸書大字典》，頁 873。
〔註 120〕李志賢等編著：《中國正書大字典》，頁 1164。
〔註 121〕范韌庵等編著：《中國隸書大字典》，頁 149。
〔註 122〕李志賢等編著：《中國正書大字典》，頁 119。
〔註 123〕范韌庵等編著：《中國隸書大字典》，頁 1051。
〔註 124〕李志賢等編著：《中國正書大字典》，頁 1093。
〔註 125〕范韌庵等編著：《中國隸書大字典》，頁 902。
〔註 126〕李志賢等編著：《中國正書大字典》，頁 910。

引「羊」字，或如「英」作「」〔註127〕、「」〔註128〕；又「艸」、「竹」可替換，故而從「竹」的字亦可改從「䒑」，如「節」作「」〔註129〕、「」〔註130〕，「答」作「」〔註131〕、「」〔註132〕。

馬王堆簡帛之「寡」字，因壓縮書寫空間而將下半訛作「火」形，如「」（〈陰甲・徙〉2.15）、「」（〈戰〉98.18），此形體仍可見於後世隸楷文字中，如「」〔註133〕、「」〔註134〕。馬王堆簡帛中有些從「火」之字，其「火」或訛作「大」；「大」又或訛作「土」，故後世有些從「火」之字，其「火」訛作「土」，如「黑」作「」〔註135〕、「」〔註136〕，「熏」作「」〔註137〕、「」〔註138〕；甚至從「大」之字，其「大」偏旁訛作「火」，如「美」作「」〔註139〕、「」〔註140〕。至於「尉」本從「火」，但訛為「示」作「」〔註141〕、「」〔註142〕，「飄」亦從「火」，訛為「示」作「」〔註143〕、「」〔註144〕，此形體沿用至今。

馬王堆簡帛中從「𥁕」之字，因「𥁕」的「囚」書寫空間狹小，而「人」可連筆作「∠」，再省作「一」，故「囚」或訛作「日」，如「溫」作「」（〈遣一〉221.19）、「」（〈二〉18.44），「媼」作「」（〈戰〉193.23）、「」（〈戰〉198.12），後世從「𥁕」之字亦同，如「溫」作「」〔註145〕、「」〔註146〕，

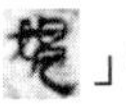

〔註127〕范韌庵等編著：《中國隸書大字典》，頁931。
〔註128〕李志賢等編著：《中國正書大字典》，頁954。
〔註129〕范韌庵等編著：《中國隸書大字典》，頁921。
〔註130〕李志賢等編著：《中國正書大字典》，頁941。
〔註131〕范韌庵等編著：《中國隸書大字典》，頁918。
〔註132〕李志賢等編著：《中國正書大字典》，頁937。
〔註133〕范韌庵等編著：《中國隸書大字典》，頁307。
〔註134〕李志賢等編著：《中國正書大字典》，頁260。
〔註135〕范韌庵等編著：《中國隸書大字典》，頁1284。
〔註136〕李志賢等編著：《中國正書大字典》，頁1394。
〔註137〕范韌庵等編著：《中國隸書大字典》，頁653。
〔註138〕李志賢等編著：《中國正書大字典》，頁619。
〔註139〕范韌庵等編著：《中國隸書大字典》，頁904。
〔註140〕李志賢等編著：《中國正書大字典》，頁911。
〔註141〕范韌庵等編著：《中國隸書大字典》，頁359。
〔註142〕李志賢等編著：《中國正書大字典》，頁304。
〔註143〕范韌庵等編著：《中國隸書大字典》，頁1248。
〔註144〕李志賢等編著：《中國正書大字典》，頁1341。
〔註145〕范韌庵等編著：《中國隸書大字典》，頁659。
〔註146〕李志賢等編著：《中國正書大字典》，頁666。

「蘊」作「」〔註147〕、「」〔註148〕。

馬王堆簡帛「曰」作「」(〈方〉220.31)、「」(〈射〉11.3),與「日」形體差在「曰」的左上與右上角豎畫往上突出,而「日」則否,但因外框皆呈方框形,形體略有相似之處;也因如此,後世「曰」已不將左上與右上豎畫往上突出,故與「日」形體相近,甚至幾乎無別,如「日」作「」〔註149〕、「」〔註150〕,「曰」作「」〔註151〕、「」〔註152〕。至於「甘」字外框為「口」,內有一橫以象口含之形,但因形體外框改圓轉作方折,使其與「曰」同形,如「甘」作「」(〈戰〉47.14)、「」(〈老甲〉159.19),「紺」作「」(〈遣三〉11.9)、「」(〈牌三〉32.1);又「旨」本應從「甘」,但因形體改變而訛作從「日(曰)」,如「」〔註153〕(「指」從手旨聲)、「」〔註154〕。

「之」若當另一字的上半偏旁時,或將「㇄」、「亅」合併成一橫,使「之」訛作「土」,如「詩」作「」〔註155〕、「」〔註156〕,「封」作「」〔註157〕、「」〔註158〕。或有些帶有「屮」形的字,若「屮」下接橫畫時,便與前述「之」形體演變方式相同,或訛作「土」,如「喜」作「」〔註159〕、「」〔註160〕,「埶」作「」〔註161〕、「」〔註162〕。另如「屰」字,其「U」亦可作一橫,如「逆」作「」〔註163〕、「」〔註164〕,後世文字的

〔註147〕范韌庵等編著:《中國隸書大字典》,頁960。
〔註148〕李志賢等編著:《中國正書大字典》,頁986。
〔註149〕范韌庵等編著:《中國隸書大字典》,頁557。
〔註150〕李志賢等編著:《中國正書大字典》,頁520。
〔註151〕范韌庵等編著:《中國隸書大字典》,頁584。
〔註152〕李志賢等編著:《中國正書大字典》,頁552。
〔註153〕范韌庵等編著:《中國隸書大字典》,頁468。
〔註154〕李志賢等編著:《中國正書大字典》,頁137。
〔註155〕范韌庵等編著:《中國隸書大字典》,頁1097。
〔註156〕李志賢等編著:《中國正書大字典》,頁1146。
〔註157〕范韌庵等編著:《中國隸書大字典》,頁355。
〔註158〕李志賢等編著:《中國正書大字典》,頁301。
〔註159〕范韌庵等編著:《中國隸書大字典》,頁239。
〔註160〕李志賢等編著:《中國正書大字典》,頁200。
〔註161〕李志賢等編著:《中國正書大字典》,頁620。
〔註162〕李志賢等編著:《中國正書大字典》,頁620。
〔註163〕范韌庵等編著:《中國隸書大字典》,頁1062。
〔註164〕李志賢等編著:《中國正書大字典》,頁1112。

「庯」作「厈」，如「」〔註165〕、「」〔註166〕，應由此而來。

「老」字將上半形體改變筆順，寫作「十」與「㐅」，如馬王堆簡帛作「」（〈老甲〉38.2）、「」（〈周〉68.58），「孝」字作「」（〈戰〉249.16）、「」（〈老乙〉29.41），二字隸楷形體則將「㐅」轉向作「𠂇」，如「」〔註167〕、「」〔註168〕、「」〔註169〕、「」〔註170〕。「者」字將上半的形體保留夾在中間豎畫的兩點，並與豎畫合併作「十」形，而貫穿豎畫的斜畫則連接作「㐅」，故作「」（〈陰甲・天一〉9.16）、「」（〈方〉13.5）形體，後世亦作此形「」〔註171〕、「」〔註172〕。因此「老」、「孝」與「者」的上半形體，最終演變為上半皆作「耂」形而沿用至今。

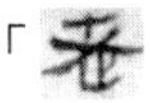

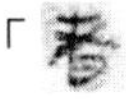

「水」作「氵」應為將「水」省作似「川」形後轉向而「三」形體相近，後世文字「水」在左旁時亦多作此形，如「」〔註173〕、「」〔註174〕、「」〔註175〕、「」〔註176〕等。

從「丮」旁之字，其「丮」常訛作「凡」，如「埶」作「」（〈經〉13.19）、「」（〈十〉10.3），「孰」作「」（〈胎〉15.5）、「」（〈戰〉219.11），而後世隸楷文字甚或由「凡」形再訛作「丸」，如「孰」作「」〔註177〕、「」〔註178〕、「」〔註179〕，「執」作「」〔註180〕、「」〔註181〕、「」〔註182〕，

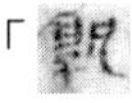

〔註165〕〔日本〕西川寧、神田喜一郎監修：《漢魯峻碑》（東京：株式會社二玄社，1988年），頁76。

〔註166〕孫寶文編：《曹全碑》，頁3。

〔註167〕范韌庵等編著：《中國隸書大字典》，頁894。

〔註168〕李志賢等編著：《中國正書大字典》，頁902。

〔註169〕范韌庵等編著：《中國隸書大字典》，頁346。

〔註170〕李志賢等編著：《中國正書大字典》，頁294。

〔註171〕范韌庵等編著：《中國隸書大字典》，頁896。

〔註172〕李志賢等編著：《中國正書大字典》，頁904。

〔註173〕范韌庵等編著：《中國隸書大字典》，頁678。

〔註174〕李志賢等編著：《中國正書大字典》，頁646。

〔註175〕范韌庵等編著：《中國隸書大字典》，頁685。

〔註176〕李志賢等編著：《中國正書大字典》，頁655。

〔註177〕范韌庵等編著：《中國隸書大字典》，頁353。

〔註178〕范韌庵等編著：《中國隸書大字典》，頁353。

〔註179〕李志賢等編著：《中國正書大字典》，頁299。

〔註180〕范韌庵等編著：《中國隸書大字典》，頁404。

〔註181〕范韌庵等編著：《中國隸書大字典》，頁404。

〔註182〕李志賢等編著：《中國正書大字典》，頁343。

即將「凡」的筆順改變而來。

馬王堆簡帛常將「釆」寫作「米」，如「番」作「」(〈二〉13.23)、「」(〈十〉49.20)，後世文字亦有類似情況，如「悉」作「」〔註 183〕、「」〔註 184〕，「釋」作「」〔註 185〕、「」〔註 186〕。

「萬」因割裂形體而訛從「艸」、「禺」，此形體一直沿用至今。「艸」不作一字的最上面偏旁時常作「廾」形，如「墓」字作「」(〈稱〉17.41)、「」(〈相 67.63〉)，或不相接而寫在橫畫之下，與「丌」字相類，如「莫」字作「」(〈刑乙〉59.10)、「」(〈相〉45.41)，而「𠬞」常訛作「廾」，如「攀」字作「」(〈戰〉194.28)，加之「廾」、「丌」或因書寫時因筆畫長短、斜度、接合與否等，或訛作「大」，故後世之「莫」、「攀」、「奐」、「奠」等，皆從「大」形。

後世文字或寫作從「王」者，可能來自「壬」、「玉」、「㞷」，或非文字的「𡈼」(「主」去掉「丶」的部件)等，如隸楷文字「任」作「」〔註 187〕、「」〔註 188〕，「玉」在左旁的「理」字作「」〔註 189〕、「」〔註 190〕，「匡」作「」〔註 191〕、「」〔註 192〕，「主」作「」〔註 193〕、「」〔註 194〕。

「泉」因割裂形體使下半從「小」，「京」、「巠」、「県」因改變筆畫形貌故亦從「小」，後世文字亦如之，如從「泉」的「原」作「」〔註 195〕、「」〔註 196〕，「京」作「」〔註 197〕、「」〔註 198〕，「經」作「」〔註 199〕、

〔註 183〕范韌庵等編著：《中國隸書大字典》，頁 503。
〔註 184〕李志賢等編著：《中國正書大字典》，頁 457。
〔註 185〕范韌庵等編著：《中國隸書大字典》，頁 1048。
〔註 186〕李志賢等編著：《中國正書大字典》，頁 1091。
〔註 187〕范韌庵等編著：《中國隸書大字典》，頁 69。
〔註 188〕李志賢等編著：《中國正書大字典》，頁 52。
〔註 189〕范韌庵等編著：《中國隸書大字典》，頁 796。
〔註 190〕李志賢等編著：《中國正書大字典》，頁 786。
〔註 191〕范韌庵等編著：《中國隸書大字典》，頁 166。
〔註 192〕李志賢等編著：《中國正書大字典》，頁 138。
〔註 193〕范韌庵等編著：《中國隸書大字典》，頁 28。
〔註 194〕李志賢等編著：《中國正書大字典》，頁 15。
〔註 195〕范韌庵等編著：《中國隸書大字典》，頁 172。
〔註 196〕李志賢等編著：《中國正書大字典》，頁 146。
〔註 197〕范韌庵等編著：《中國隸書大字典》，頁 53。
〔註 198〕李志賢等編著：《中國正書大字典》，頁 36。
〔註 199〕范韌庵等編著：《中國隸書大字典》，頁 983。

「」〔註200〕，「縣」作「」〔註201〕、「」〔註202〕等。

「鼎」因形體簡化與分裂導致上半作「目」形，並沿用至今，如「」〔註203〕、「」〔註204〕。「明」可從「囧」，因筆畫連接後拉平而訛作「目」，故「明」作「眀」，如「」〔註205〕、「」〔註206〕。

「高」、「享（𦎫、亯）」從「𠕁」部件，係因古文字形體而來，隸楷文字亦有此形，如「高」作「」〔註207〕、「」〔註208〕，「橋」作「」〔註209〕，「享」作「」〔註210〕、「」〔註211〕，「郭」作「」〔註212〕、「」〔註213〕，「熟」作「」〔註214〕、「」〔註215〕等，反而「畐」、「高」、「享」的小篆及其現今標準字，皆作從「口」的形體，與甲金文形體不同。至於馬王堆簡帛中「京」中間作「曰」形，影響至後世作「京」，如「京」作「」〔註216〕、「」〔註217〕，「景」作「」〔註218〕、「」〔註219〕等。

秦漢簡讀的「尗」因形體分割且改變筆畫位置而作「朩」，如「叔」作「」（〈方〉272.26）、「」（〈遣一〉14.2），「茉」作「」（〈方〉360.15）、「」（〈養〉113.17）。後世則將「叔（村）」改變筆順、連接筆畫作「」〔註220〕、

〔註200〕李志賢等編著：《中國正書大字典》，頁1015。
〔註201〕范韌庵等編著：《中國隸書大字典》，頁990。
〔註202〕李志賢等編著：《中國正書大字典》，頁1023。
〔註203〕范韌庵等編著：《中國隸書大字典》，頁1287。
〔註204〕李志賢等編著：《中國正書大字典》，頁1400。
〔註205〕范韌庵等編著：《中國隸書大字典》，頁562。
〔註206〕李志賢等編著：《中國正書大字典》，頁526。
〔註207〕范韌庵等編著：《中國隸書大字典》，頁1269。
〔註208〕李志賢等編著：《中國正書大字典》，頁1374。
〔註209〕李志賢等編著：《中國正書大字典》，頁728。
〔註210〕范韌庵等編著：《中國隸書大字典》，頁52。
〔註211〕李志賢等編著：《中國正書大字典》，頁35。
〔註212〕范韌庵等編著：《中國隸書大字典》，頁1158。
〔註213〕李志賢等編著：《中國正書大字典》，頁1220。
〔註214〕范韌庵等編著：《中國隸書大字典》，頁654。
〔註215〕李志賢等編著：《中國正書大字典》，頁619。
〔註216〕范韌庵等編著：《中國隸書大字典》，頁53。
〔註217〕李志賢等編著：《中國正書大字典》，頁36。
〔註218〕范韌庵等編著：《中國隸書大字典》，頁578。
〔註219〕李志賢等編著：《中國正書大字典》，頁541。
〔註220〕范韌庵等編著：《中國隸書大字典》，頁196。

「」〔註221〕。另外秦漢簡牘中有「廿」形的字多作「𠦃」，延續至後世則如「廣」作「」〔註222〕、「」〔註223〕，「度」作「」〔註224〕、「」〔註225〕等。

「烏」、「鳥」、「焉」、「馬」、「為」、「魚」等字下半或作四道豎畫並列，甚或訛作「灬」，後世隸楷文字沿用訛從「灬」之形，已難看出文字本形。如「烏」作「」〔註226〕、「」〔註227〕，「鳥」作「」〔註228〕、「」〔註229〕，「焉」作「」〔註230〕、「」〔註231〕，「馬」作「」〔註232〕、「」〔註233〕，「為」作「」〔註234〕、「」〔註235〕，「魚」作「」〔註236〕、「」〔註237〕。

馬王堆簡帛之「奉」、「秦」、「奏」、「春」上半相近，影響至後世隸楷文字將此四字寫作相同偏旁，如「奉」作「」〔註238〕、「」〔註239〕，「秦」作「」〔註240〕、「」〔註241〕，「奏」作「」〔註242〕、「」〔註243〕，「春」作「」〔註244〕、「」〔註245〕。

〔註221〕李志賢等編著：《中國正書大字典》，頁170。
〔註222〕范韌庵等編著：《中國隸書大字典》，頁283。
〔註223〕李志賢等編著：《中國正書大字典》，頁244。
〔註224〕范韌庵等編著：《中國隸書大字典》，頁276。
〔註225〕李志賢等編著：《中國正書大字典》，頁237。
〔註226〕范韌庵等編著：《中國隸書大字典》，頁644。
〔註227〕李志賢等編著：《中國正書大字典》，頁609。
〔註228〕范韌庵等編著：《中國隸書大字典》，頁1275。
〔註229〕李志賢等編著：《中國正書大字典》，頁1378。
〔註230〕范韌庵等編著：《中國隸書大字典》，頁645。
〔註231〕李志賢等編著：《中國正書大字典》，頁610。
〔註232〕范韌庵等編著：《中國隸書大字典》，頁1260。
〔註233〕李志賢等編著：《中國正書大字典》，頁1361。
〔註234〕范韌庵等編著：《中國隸書大字典》，頁529。
〔註235〕李志賢等編著：《中國正書大字典》，頁490。
〔註236〕范韌庵等編著：《中國隸書大字典》，頁1271。
〔註237〕李志賢等編著：《中國正書大字典》，頁1374。
〔註238〕范韌庵等編著：《中國隸書大字典》，頁377。
〔註239〕李志賢等編著：《中國正書大字典》，頁314。
〔註240〕范韌庵等編著：《中國隸書大字典》，頁839。
〔註241〕李志賢等編著：《中國正書大字典》，頁832。
〔註242〕范韌庵等編著：《中國隸書大字典》，頁379。
〔註243〕李志賢等編著：《中國正書大字典》，頁316。
〔註244〕范韌庵等編著：《中國隸書大字典》，頁567。
〔註245〕李志賢等編著：《中國正書大字典》，頁531。

秦簡或將「虎」字下半訛作「巾」，而馬王堆簡帛「虎」字亦從秦簡，作「」（〈周〉4.54）、「」（〈稱〉19.21），影響至後世「虎」的草書可作「」（「號」的草書）〔註 246〕、「」（「號」的草書）〔註 247〕，隸楷文字則可作「帍」，如「」〔註 248〕、「」〔註 249〕。

「肺」右旁為「朩」，馬王堆簡帛將「中」的「U」改作一橫，下半訛作「巾」，故與「市」形近，如「」（〈養〉67.19）、「」（〈遣一〉52.6）；又「市」秦簡作「」（《睡乙》156）、「」（《睡封》18），馬王堆簡帛亦作「」（〈老乙〉24.26）、「」（〈刑乙〉55.17），故知「朩」、「市」、「市」形近。後世文字或將此三字作偏旁的文字訛作同形，如「沛」作「」〔註 250〕、「」〔註 251〕、「」〔註 252〕、「」〔註 253〕，「市」作「」〔註 254〕、「」〔註 255〕、「」〔註 256〕等。

總上可知，馬王堆簡帛中文字訛誤、混同的現象，對於後世文字形體頗有影響；雖不能直接說是受馬王堆簡帛的影響，但也可證明隸楷文字中部分文字的形體由來至少不晚於西漢初期。另也因馬王堆簡帛的出土，對於漢字形體演變的過程提供重要的材料，更加完善文字演變的脈絡。另外，因個別訛誤僅出現在單一文字或少數字例，可能為書寫者一時之誤，並非當時書寫時的常見現象（即未廣泛使用），是而個別訛誤的形體未見於後世的隸楷文字。

第五節　結　語

本文專論馬王堆簡帛中，文字形體訛誤、混同的現象。首先討論各家學者對「訛誤」（或「訛變」）的定義，將「訛誤」定為「形體與其所示意義的關係

〔註 246〕〔隋〕智永，〔日本〕角井博解說，大野修作釋文：《關中本千字文》，頁 4。
〔註 247〕〔唐〕懷素，〔民國〕孫寶文編：《懷素草書千字文》，頁 3。
〔註 248〕范韌庵等編著：《中國隸書大字典》，頁 898。
〔註 249〕李志賢等編著：《中國正書大字典》，頁 905。
〔註 250〕范韌庵等編著：《中國隸書大字典》，頁 667。
〔註 251〕范韌庵等編著：《中國隸書大字典》，頁 667。
〔註 252〕李志賢等編著：《中國正書大字典》，頁 632。
〔註 253〕李志賢等編著：《中國正書大字典》，頁 632。
〔註 254〕范韌庵等編著：《中國隸書大字典》，頁 327。
〔註 255〕范韌庵等編著：《中國隸書大字典》，頁 327。
〔註 256〕李志賢等編著：《中國正書大字典》，頁 281。

脫離」，同時指出有些文字形體就結果而言雖屬訛誤，但未必來自書手對形義關係的誤解，可能受限於書寫工具、材料等；另外，研究材料為西漢初期之馬王堆簡帛，此時正處於文字隸變階段，許多文字因隸變而導致形體脫離字形所示本義，但因隸變與訛誤屬不同概念，且就趙平安《隸變研究》指出隸變的方式，可知其與一般研究文字形體之簡省、增繁、轉向、易位等相同，故而本文仍以「訛誤」指稱，以求精確。

馬王堆簡帛文字之訛誤、混同的情況，可分作個別訛誤、集體訛誤，前者係指該訛體僅限於該字，未影響到其他以此字為偏旁的文字；後者則為該訛體或影響至以該字為偏旁的文字，或已與其他文字形體造成混同等情況。經分析可知個別訛誤共有 18 例，集體訛誤有 53 例；訛誤的成因大致歸納為七種，一為「改變筆畫形貌」，二為「連接或分割筆畫」，三為「簡省或增繁形體」，四為「形體或寫法相近」，五為「改變形體的寫法」，六為「改變形體的方向」，七為「改變偏旁的位置」，當中以「形體或寫法相近」的情況最為常見，也可推知形體訛誤或混同，常因某些文字在形體、寫法的相似而導致訛誤。

最後則討論馬王堆簡帛文字訛誤、混同的形體，在整個文字發展脈絡的關係。若與研究商周文字形體之論著結果比對，可知其訛誤、混同寔為前有所承；同時許多訛體或混同情況影響於後世隸楷文字，為今日所見楷書字形的淵源，足見馬王堆簡帛對研究文字演變之重要性。

第五章　合文書寫之形體分析

第一節　前　言

若觀殷商甲骨文，便可發現其形體尚未定型，亦未嚴格要求文字大小、排版行款等；而書寫某些詞語時，又常有「合文」現象，如「」（三牛，《合》21117自組）、「」（三百，《合》698 正賓組）、「」（小臣，《合》13 賓組）等。所謂「合文」，係將二字以上文字合併書寫，使之儼然為一字，惟釋讀時不能逕作單字詞。〔註 1〕然而合文現象不獨甲骨文，亦可見於兩周金文、簡牘帛書等，如西周金文之「」（子孫，周寰匜）、「」（八師，盠方彝）、「」（十朋，遽伯睘簋），簡帛之「」（之日，《包》7）、「」（上下，《帛丙》96）、「」（小人，《包》144）等，皆屬合文書寫。

然細究前述所引之例，不難察覺合文或常省略形體，但此處未與「簡省」一同討論，寔因本文所論之「簡省」，係針對單一漢字。至於合文則為二字以上詞語方有的書寫現象，且合文未必皆為簡省，故而未與簡省一併而論。

〔註 1〕學者對「合文」的定義，蔡楊五銘〈兩周金文數字合文初探〉：「兩個以上的字合寫在一塊，作為一個構形單位而有兩個以上的音節的。這種書寫形式我們叫它做『合文』」，意即二字以上文字合併書寫作一字；陳煒湛《甲骨文簡論》：「合文，又稱合書，是把兩個或三個字寫（刻）在一起，在行款上只佔一個字的位置。」此說與楊五銘相近。二家說法之優點，在於不限合文須為兩個字，且也未限定一定要是「詞」才能合文，涵蓋範圍較大，故本文採用二家之說。楊五銘：〈兩周金文數字合文初探〉，《古文字研究》第五輯（北京：中華書局，1981 年），頁 139。陳煒湛：《甲骨文簡論》（上海：上海古籍出版社，1999 年），頁 63。

此外，合文早在甲骨文便已出現，因此分析馬王堆簡帛合文時，亦須了解古文字合文相關討論，藉此掌握合文發展脈絡。有關古文字合文書寫的研究，學者討論頗多。針對甲骨文而論者，如陳夢家《殷墟卜辭綜述．甲骨文字和漢字的構造》從甲骨文合文之組合方式、詞例類型等，比較商周合文差異，並討論合文發展成單字的情況〔註2〕；亦有陳煒湛《甲骨文簡論》，指出合文為甲骨文常見現象，亦扼要說明合文組成方式及詞例類型。〔註3〕針對兩周時期合文而論者，如楊五銘〈兩周金文數字合文初探〉，分析兩周金文數字詞語的構形方式〔註4〕；又如湯餘惠〈略論戰國文字形體研究中的幾個問題〉，其中亦分析戰國合文形體結構。〔註5〕另有吳振武〈古文字中的借筆字〉，其「借筆字」包含合文書寫〔註6〕，除新釋幾個借筆字外，也分析古文字的合文方式；劉釗〈古文字中的合文、借筆、借字〉中，整理出甲骨文、西周金文、戰國文字的合文結構、使用情況〔註7〕；暴慧芳《漢語古文字合文研究》中，討論甲骨文、金文、簡盟文字合文的構形、意義類別，並分別統整殷商、西周、戰國合文的特點。〔註8〕相關討論甚多，不一而足。

至於馬王堆出土之簡帛，因其文字大多為隸書；且隸書雖非古文字，但文字發展應為漸進演變，而非一刀兩斷；是而馬王堆帛書或仍有古文字的特點，甚至習見於古文字之合文現象，或可見於其中。因此，本文以馬王堆簡帛之合文，分析其合文構形方式、排列結構，亦論其合文詞例類別，並與商周時期合文類型比較，觀察其中異同，也藉此了解合文發展脈絡。

第二節　合文構形方式

合文之構形，在於將二字以上詞語之文字合併書寫，使人望之而成一字之

〔註2〕陳夢家：《殷墟卜辭綜述》（北京：中華書局，1988年），頁80～82。

〔註3〕陳煒湛：〈甲骨文字的特點及其發展變化〉，《甲骨文簡論》，頁63。

〔註4〕楊五銘：〈兩周金文數字合文初探〉，頁139～149。

〔註5〕湯餘惠：〈略論戰國文字形體研究中的幾個問題〉，《古文字研究》第十五輯（北京：中華書局，1986年），頁9～100。

〔註6〕吳振武：〈古文字中的借筆字〉，《古文字研究》第二十輯（北京：中華書局，1999年），頁308～336。

〔註7〕劉釗：〈古文字中的合文、借筆、借字〉，《古文字研究》第二十一輯（北京：中華書局，2001年），頁397～410。

〔註8〕暴慧芳：《漢語古文字合文研究》（重慶：西南大學碩士學位論文，2009年）。

貌。然如何使兩個以上的漢字併成一字，形體是否省略，組合方式又是如何，便是研究合文書寫之重點。本節將馬王堆簡帛合文形體先分為三大類：「不省形合文」、「省形合文」、「省略構詞詞素」，再分析箇中細節；之後則論其合文符號之使用，及合文之排列結構，藉此清楚馬王堆簡帛合文之構形方式。

一、不省形合文

此類型即詞語所用之字皆不省略形體，書寫時彼此靠近或相合。如「六十」、「八十」、「九十」，皆運用「六」、「八」、「九」字形中的空間，讓「十」的豎畫延伸寫入而合寫成一字。

至於「一十」、「五十」、「八百」、「正月」、「一月」、「二月」、「三月」、「四月」、「五月」、「六月」、「七月」、「八月」、「九月」、「十月」、「十一月」、「十二月」、「十三月」、「日月」、「七星」，則是將字與字間距縮短，甚至相合（如「一十」、「七星」），使其成為上下結構之合文。

表（五－1）

詞　例	圖　版		說　明
六十	 〈養〉31.17	 〈合〉11.15	「十」的豎畫往上延伸至「六」、「八」、「九」字形內的空間
八十	 〈合〉11.19	 〈遣三〉38.2	
九十	 〈合〉11.21	 〈遣三〉53.15	
一十	 〈養〉32.18		上下二字（或三字）緊密靠近；而「一十」則為「一」與「十」的豎畫相接，「七星」則為「七」的豎畫與「星」最上的橫畫相接
五十	 〈方目〉4.13	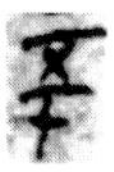 〈戰〉72.38	
八百	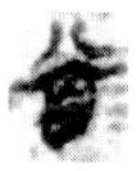 〈戰〉170.11		

正月	 〈陰乙・皃〉2.9	 〈出〉1.1
一月	 〈陰甲・雜五〉3.24	 〈方〉329.14
二月	 〈陰甲・女發〉1.6	 〈房〉46.6
三月	 〈陰甲・女發〉1.10	〈養〉206.5
四月	 〈陰甲・女發〉2.5	〈刑甲〉48.11
五月	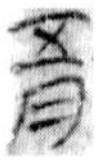 〈陰甲・女發〉3.8	 〈養〉44.3
六月	 〈陰甲・天地〉2.3	 〈刑甲〉48.26
七月	 〈陰甲・女發〉1.23	 〈氣〉1.240
八月	 〈陰甲・天地〉4.3	 〈養〉37.1
九月	 〈氣〉10.297	 〈陰乙・皃〉4.32
十月	 〈陰甲・天地〉2.5	 〈胎〉13.3
十一月	 〈陰甲・雜一〉6.3	 〈陰乙・皃〉1.2

十二月	 〈陰甲・築一〉7.3	 〈刑甲〉34.12	
十三月	 〈喪〉3.8		
日月	 〈方〉106.22	 〈星〉69.38	
七星	 〈陰甲・雜一〉7.2	 〈陰甲・神上〉11.19	

二、省形合文

「省形合文」即將詞語所用文字的部分形體省略後合寫，依實際情況可分以下四種：共用筆畫合文、刪減偏旁合文、包孕合書合文、省形包孕合書。

（一）共用筆畫合文

共用筆畫合文者，即合文書寫時，將兩字皆有的筆畫併成一筆共用，以合二字為一字，此為何琳儀《戰國文字通論》之「合文借用筆畫」〔註9〕。

馬王堆簡帛之合文中，「七十」即屬此方式。「七」與「十」形體相近，區別在於橫豎之長短關係，橫長豎短為「七」，橫短豎長為「十」，而合文時將二字之豎畫併作一筆，而橫畫之長短仍可區別，上橫長而下橫短，故知為「七十」。

表（五－2）

詞　例	圖　版		說　明
七十	 〈遣三〉37.3	 〈衷〉43.2	「七」與「十」皆有豎畫，故合併為一筆，並以橫畫長短區別「七」、「十」二字

（二）刪減偏旁合文

刪減偏旁合文者，係省略詞語所用文字的部分形體，或其中一字省略部分形體，或二字皆省略部分形體後，再併成一字。此即何琳儀《戰國文字通論》

〔註9〕何琳儀：《戰國文字通論（訂補）》（南京：江蘇教育出版社，2003年），頁211。

之「合文刪簡偏旁」，且由何琳儀對「合文刪簡偏旁」之說明：

> 二者（即「合文借用偏旁」與「合文刪簡偏旁」）雖同屬合文簡化，但合文借用偏旁所「借用」者，是兩個字共同的相同偏旁；而合文刪簡偏旁所「刪簡」者，是某一個字的部分偏旁，或兩個字的部分偏旁。〔註10〕

可知「合文借用偏旁」與「合文刪簡偏旁」的差異，在於詞語所用之字是否有相同偏旁，若有相同偏旁而合併者，即為「合文借用偏旁」，反之則為「合文刪簡偏旁」；若察何琳儀於其下之舉例，如「司馬」、「司寇」、「司空」、「敦于」等，亦可得證。

馬王堆簡帛中，「營室」（〈星〉76.3、89.2、90.2、91.2、120.12）之「營」省去「呂」，而「室」省去「宀」後，再合併成一字。「觜觿」或省去「角」，「此」與「巂」合併，如下表（五－3）之〈刑甲〉57.22。抑或「觜」省去「角」而作「此」，與「觿」省作「唯」合文，如下表（五－3）之〈陰乙．玄戈〉8.6；其中「觿」為「巂」聲，上古音為匣紐支部，而「隹」上古音為章紐微部，「唯」、「維」皆為隹聲，上古音同為餘紐微部，故「隹」、「唯」、「維」同韻通假；又上古音微部的「維」與支部的「巂」可通假（《會典》，頁498），是以此處「觿」省作「唯」，應是省去「角」而保留聲符。另有「觜」省作「此」，「觿」省作「[illegible]」，似作二「角」成上下結構貌，推測應為「巂」訛變而來。馬王堆簡帛中，「角」與「隹」形近，差別在右側是否有豎畫及橫畫數量，而「觜觿」皆有「角」旁，故而將「巂」省形作「隹」時，訛誤作「角」。

表（五－3）

詞　例	圖　版		說　明
營室	 〈星〉76.3	 〈星〉90.2	「營」省去「呂」，「室」省去「宀」後合併
觜觿	 〈刑甲〉57.22	 〈陰乙．玄戈〉8.6	〈刑甲〉57.22的「觜」、「觿」皆省去「角」合併 〈陰乙．玄戈〉8.6的「觜」省作「此」，「觿」省成「唯」合文

〔註10〕何琳儀：《戰國文字通論（訂補）》，頁212。

	〈星〉98.2		〈星〉98.2 的「觜」省作「此」，「觿」省成二「角」上下相疊合文

（三）包孕合書合文

包孕合書合文者，即何琳儀《戰國文字通論》之「合文借用形體」〔註 11〕，即該詞語所用文字中，其中一字正好完全為另一字偏旁，故合文時只需書寫包含該偏旁之字，便可表示該詞語。如某一詞語完整寫法為「甲乙」，而甲字為乙字之偏旁，因此書寫時可只寫乙字。至於釋讀時，甲乙二字之先後，須視文意判斷。

馬王堆簡帛中，包孕合書之合文有「大夫」、「孔子」、「牽牛」、「婺女」、「鳳鳥」、「米麴」。「大夫」合文寫作「夫₌」，因「夫」字形體完全包含「大」字；「孔子」合文作「孔₌」，因「孔」字偏旁有「子」字；「牽牛」合文寫作「牽₌」，因「牽」字包含「牛」偏旁；「婺女」逕作「婺₌」，因其完全包含「女」字；「鳳鳥」作「鳳₌」，因「鳳」本身便有「鳥」旁；「米麴」寫為「麴₌」，也因「麴」之偏旁有「米」字。

表（五－4）

詞　例	圖　版		說　明
大夫	〈春〉7.2	〈昭〉1.55	「夫」包含「大」
孔子	〈五〉48.24	〈二〉35.32	「孔」包含「子」
牽牛	〈星〉32.33	〈星〉116.2	「牽」包含「牛」
婺女	〈星〉87.2	〈星〉117.2	「婺」包含「女」
鳳鳥	〈方〉84.7		「鳳」包含「鳥」

〔註 11〕何琳儀：《戰國文字通論（訂補）》，頁 212。

米麴	〈養〉164.6		「麴」包含「米」

（四）省形包孕合書

省形包孕合書者，係指詞語所用文字皆為合體字（會意、形聲），且有相同偏旁，故僅書寫其中一字表示該詞語；而對被省略的字而言，正好為省略該字之其他偏旁。此與「包孕合書合文」類似，但包孕合書須為該詞語的其中一字為另一字偏旁，與此處仍有差異，故未歸入包孕合書合文。另外，此與「刪減偏旁合文」差異，在於詞語所用文字皆有相同偏旁，而「刪減偏旁合文」則否。至於與「共用偏旁」差異，在於共用偏旁係將兩字共用彼此皆有的偏旁，未共用的偏旁仍各自保留；然省形包孕合書則將其中一字直接省略，意即雖保留彼此共有偏旁，但其中一字未共用的偏旁未被保留。此方式未見於何琳儀《戰國文字通論》、陳立《戰國文字構形研究》、李佳奕《戰國文字合文研究》〔註12〕，或為戰國時期此合文尚不流行。

馬王堆簡帛中，有「歆酒」、「雌雞」、「雄雞」屬此合文方式。三詞例之共通點，在於詞語所用文字之形體，皆有相同的偏旁，如「歆酒」二字皆有「酉」偏旁，「雌雞」二字、「雄雞」二字皆有「隹」偏旁，因此各省去「酒」、「雞」，僅作「歆₌」、「雌₌」、「雄₌」。

表（五－5）

詞　例	圖　版		說　明
歆酒	〈春〉36.25	〈春〉40.1	「歆」、「酒」皆有「酉」偏旁
雌雞	〈禁〉7.3		「雌」、「雞」皆有「隹」偏旁
雄雞	〈禁〉9.2		「雄」、「雞」皆有「隹」偏旁

〔註12〕李佳奕：《戰國文字合文研究》（福州：福建師範大學碩士學位論文，2020年）。

三、省略構詞詞素

省略構詞詞素者，即該二字以上詞語省略其中的構詞詞素，且詞語所用文字在形體上無共同偏旁或部件。如某詞語為「甲乙」，合文後僅作「甲=」而刪去乙字。此方式未見於何琳儀《戰國文字通論》、陳立《戰國文字構形研究》，但於李佳奕《戰國文字合文研究》中，有所謂「省略全字」者，其舉例有「」（即「商之」，楚系：隨縣曾侯乙鐘架）、「」（即「五十九」，三晉：尖足小布，貨系 1104）等〔註 13〕，可知其「省略全字」即此處所謂省略構詞詞素。

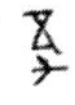

馬王堆簡帛中，省略構詞詞素者有「是謂」、「營室」（〈星〉1.31、40.7，〈刑乙〉95.12、96.37）。「是謂」的「謂」直接省略，而作「是=」；「營室」（〈星〉1.31、40.7，〈刑乙〉95.12、96.37）的「室」直接省略，而作「營=」，皆屬省略構詞詞素之合文，且詞語所用的文字之間，皆無相同偏旁。

表（五－6）

詞　例	圖　版		說　明
是謂	 〈氣〉6.242	 〈氣〉6.273	直接省略「謂」
營室	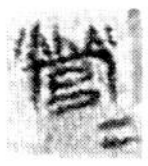 〈星〉1.31	 〈刑乙〉96.37	直接省略「室」

四、合文符號的使用

有些合文不僅合併詞語所用文字，同時也使用合文符號標示，以提醒該詞為合文。至於常見的合文符號有「＝」、「－」，多標示在該字右下方；而馬王堆簡帛合文符號皆為「＝」，可見於「大夫」、「孔子」、「七星」（，〈陰甲・祭一〉A10L.9）、「營室」、「觜觿」、「牽牛」、「婺女」、「是謂」、「鳳鳥」、「米麴」、「歙酒」、「雌雞」、「雄雞」。

由上可知，凡省形合文及省略構詞詞素，皆使用合文符號；換言之，除「七星」（〈陰甲・祭一〉A10L.9）一例外，「不省形合文」皆不用合文符號。推測其理，「不省形合文」正因不省略，僅將構詞詞素之文字拉近或相合，故釋讀上不

〔註 13〕圖版及資料來源亦引自《戰國文字合文研究》內文。李佳奕：《戰國文字合文研究》，頁 36。

致於誤解；然「省形合文」是兩字以上的詞語，省略其文字形體，而「省略構詞詞素」則將構詞詞素後，僅保留一字，二者或為免語意不明，故增添合文符號標記。如「省略構詞詞素」之「是謂」，省略後僅有「是」字，與原意相去甚遠；又如「孔子」、「牽牛」等專有名詞，若無合文符號標記，則使人不知所云。是而可知對「省形合文」、「省略構詞詞素」而言，合文符號並非一般的裝飾符號。

五、合文的排列結構

前文已述馬王堆簡帛合文構形方式，此處則論組成合文之字，彼此的位置關係為何。若就單一漢字而言，常見的合體字的偏旁位置排列有左右結構、上下結構、包覆結構等；而合文既將二字以上文字併作一字，其中字與字的位置關係，亦為討論合文構形的切入點。

馬王堆簡帛合文中，包孕合書、省形包孕合書、省略構詞詞素無法討論其「合文排列結構」。因包孕合書本身為已有的漢字，作為合文時，係運用其包含另一個漢字當偏旁的特性，若分析其「排列結構」，則與分析該字的構形無異；省形包孕合書雖與包孕合書略有差異，但分析其「排列結構」也無異於分析該字之構形；至於省略構詞詞素，嚴格來說不算合文〔註 14〕，因其未將「兩個以上」的漢字「合併」，而是直接省去構詞詞素之文字，故而無「合文排列結構」可言。除前述二種合文構形方式之外，其餘不省形合文、共用筆畫合文、刪減偏旁合文，皆討論其「合文排列結構」。

以下先就商周時期之合文討論，再分析馬王堆簡帛合文之排列結構，藉此清楚合文書寫時，其內部排列結構之演變脈絡。

（一）商周合文排列結構

甲骨文合文排列結構，於劉釗〈古文字中的合文、借筆、借字〉中，分為左右結構、上下結構、內外結構。〔註 15〕暴慧芳《漢語古文字合文研究》將二字合文排列方式分成上下結構、左右結構、穿插結構、包含結構、佔於一角，

〔註 14〕《全編》仍將「是₌」、「營₌」收入合文，加之此類詞例皆有合文符號「＝」，另如李佳奕《戰國文字合文研究》亦將此歸為「省略全字」合文，故而本文仍將「省略構詞詞素」視為合文。

〔註 15〕劉釗：〈古文字中的合文、借筆、借字〉，頁 400。

三字合文則有上下結構、左右結構、品字結構。〔註16〕高靜《甲骨文合文研究》將二字合文分為左右分置、上下疊置、左右嵌入、上部嵌入、下部嵌入、中間嵌入、互形並置、角落填入、部分穿插，三字合文則有品形排列、中間嵌入、左右並置、上中下穿合。〔註17〕劉釗分類較為簡明，但如合文「」（小甲，《合》32384，歷組）之穿插結構則未特別分出；高靜分類雖細，但許多類別實際上可歸屬同一類，如左右、上部、下部嵌入與暴慧芳之「包含結構」相近，中間嵌入則與穿插結構相近；而互形並置指二字以斜對角方式組合，類似角落填入而不嵌入另一字中，如「」（祖丁，H26903）、「」（余麥，H37517）〔註18〕，但此類形也可說是左右結構。是而本文將甲骨文合文排列方式，以暴慧芳分類為依據，分作「上下結構」、「左右結構」、「穿插結構」、「包含結構」、「佔於一角」及三字合文之「品字結構」。

西周金文合文排列結構，劉釗〈古文字中的合文、借筆、借字〉中，未將西周金文合文排列結構分類，僅言及西周金文合文有些屬於借筆。〔註19〕暴慧芳《漢語古文字合文研究》將二字合文排列方式分為上下結構、左右結構、錯綜結構，三字合文均為上下結構。當中較需說明的是「錯綜結構」，雖文中未特別說明，但觀其所援之例，應為穿插結構與包含結構整併，如「」（八十，小盂鼎）、「」（三千，小盂鼎）、「」（內門，無叀鼎）。〔註20〕另外，暴慧芳亦指出相較甲骨文，西周金文合文多以上下結構為主，此與甲骨文行款多樣，而西周銘文基本以直式，且為上到下書寫有關。〔註21〕

戰國文字因各系文字形體差異頗大，合文書寫方式類型也十分多樣。暴慧芳《漢語古文字合文研究》依據構形分成不借筆合文、借筆合文，其中不借筆合文再細分成形體相連接、形體分離（包含上下、左右、位於一角），借筆合文分作借用筆畫、借用形體（包含借用共有偏旁、借用另一字的形體）。〔註22〕李

〔註16〕暴慧芳：《漢語古文字合文研究》，頁7～8。
〔註17〕高靜：《甲骨文合文研究》（杭州：浙江師範大學碩士學位論文，2018年），頁30～37。
〔註18〕圖版及資料來源亦引自《甲骨文合文研究》內文。高靜：《甲骨文合文研究》，頁35。
〔註19〕劉釗：〈古文字中的合文、借筆、借字〉，頁399。
〔註20〕暴慧芳：《漢語古文字合文研究》，頁25～26。
〔註21〕暴慧芳：《漢語古文字合文研究》，頁32。
〔註22〕暴慧芳：《漢語古文字合文研究》，頁43～46。

佳奕《戰國文字合文研究》中，分作三大類：拼合式、借用式、省略式，其中可再細分小類，如拼合式可分為上下合書、左右合書、嵌入合書，借用式則有借用筆畫、借用部件、借用全字，省略式則有省略筆畫、省略部件、省略全字。〔註23〕從中可知，戰國合文大多以形體變化區分，或許因為戰國合文構形方式多樣，不單有二字以上直接併成一字，更有牽涉偏旁省略、借用等關係，導致難以就位置關係討論。例如《戰國文字合文研究》之「借用部件」合文，其引詞例「」（邯鄲，三晉：璽彙 4035）〔註24〕，左側為「甘」、「丹」作上下結構，右側則共用偏旁「邑」，就詞語而言或可歸在上下結構〔註25〕，但就字形而言也可說是左右結構。

若審《漢語古文字合文研究》所舉「借筆合文」之例，除去「借用另一個字的形體」（即包孕合書）外，可確定為上下結構者有「」（之所，楚系：清華柒子犯 10）、「」（上下，楚系：上博壹孔 4）、「」（君子，楚系：郭店忠信 5）、「」（公孫，楚系：包山 145）〔註26〕等，但無左右結構之例。〔註27〕李佳奕《戰國文字合文研究》所引「借用式」、「省略式」之例，上下結構尚有「」（工師，三晉：陶彙 9.106）、「」（少市，三晉：璽彙 3203），左右結構者有「」（文是，三晉：璽彙 2916）、「」（奚易，三晉：璽彙 3255）、佔於一角者有「」（司工，三晉：璽彙 2227），包含結構有「」（青中，璽彙 5385）。〔註28〕是而戰國合文之排列結構，仍延續商周合文皆有的左右結構、上下結構、包含結構；然就上述舉例觀之，上下結構可能較為常見。

總上所述，甲骨文合文排列結構，基本為左右結構、上下結構、包含結構、穿插結構、佔於一角等；而西周以降，漸以上下結構為主，亦有左右、包含、穿插結構等；至於戰國時期除前述提及之結構外，亦有如左右偏旁中，其中一

〔註23〕李佳奕：《戰國文字合文研究》，頁 31～39。

〔註24〕圖版及資料來源亦引自《戰國文字合文研究》內文。李佳奕：《戰國文字合文研究》，頁 33。

〔註25〕簡帛文字多直式、由上至下書寫，記錄｛邯鄲｝時，應先「邯」後「鄲」，合文也是「甘」上「丹」下。

〔註26〕「公孫」於《漢語古文字合文研究》歸在「借用另一個字的形體」，即所謂包孕合書，但「公」、「孫」二字應為共用筆畫，而非包孕合書。

〔註27〕圖版及資料來源亦引自《漢語古文字合文研究》內文。綦慧芳：《漢語古文字合文研究》，頁 44。

〔註28〕圖版及資料來源亦引自《戰國文字合文研究》內文。李佳奕：《戰國文字合文研究》，頁 33～35。

邊為上下結構的組合。

（二）馬王堆簡帛合文排列結構

馬王堆簡帛合文中，不省形合文、共用筆畫合文、刪減偏旁合文之排列幾乎為上下結構，如「一十」、「五十」、「六十」、「八十」、「九十」、「八百」、「正月」、「一月」、「二月」、「三月」、「四月」、「五月」、「六月」、「七月」、「八月」、「九月」、「十月」、「十一月」、「十二月」、「十三月」、「日月」、「七星」、「營室」（〈星〉76.3、89.2、90.2、91.2、120.12）、「觜觿」；偶有穿插結構者，如「七十」，且此穿插關係也是上下排列後，再以豎畫貫穿。

由此可知，馬王堆簡帛合文之排列結構，幾乎以上下結構為主，推測除了傳承商周的合文方式外，大抵與漢字書寫習慣有關。因簡帛多以直式書寫為主，且是由上到下的書寫方向；而書寫時，也會順著漢語的文法語序而記錄，例如記錄｛五十｝時，依該詞的構詞，在直式書寫時的合文應先寫「五」再寫「十」，若順序相反，所指詞語便不同，意義也可能隨之不同。

綜上所述，可知商周至漢初之馬王堆簡帛合文排列結構，有其演變脈絡。甲骨文合文排列結構多樣，至西周金文合文則以上下結構為主；至戰國時期因各系文字不同，合文排列結構則紛然多樣，但上下結構較為常見；迨乎漢初馬王堆簡帛，其合文則幾乎以上下結構為大宗。〔註29〕

第三節　詞例使用情況

馬王堆簡帛合文之詞例，《全編》〔註30〕所收有「一十」、「五十」、「六十」、「七十」、「八十」、「九十」、「八百」、「正月」、「一月」、「二月」、「三月」、「四月」、「五月」、「六月」、「七月」、「八月」、「九月」、「十月」、「十一月」、「十二月」、「十三月」、「大夫」、「孔子」、「日月」、「七星」、「營室」、「觜觿」、「牽牛」、「婺女」、「是謂」、「鳳鳥」、「米麴」、「歙酒」、「雌雞」、「雄雞」35例，類別不一，故先依詞語意義分類，同時與戰國時期合文詞例類別比較，進而討論合文常用的情況。

〔註29〕然因本文係針對馬王堆簡帛討論，僅能就此材料而言；至於漢代簡帛合文之排列結構是否以上下結構為大宗，則需更多相關材料討論。

〔註30〕劉釗主編，鄭健飛、李霜潔、程少軒協編：《馬王堆漢墓簡帛文字全編》（北京：中華書局，2020年），頁1587～1594。

一、商周合文詞例類別

如前言所述，合文現象已見於甲骨文，而兩周之金文、簡帛等材料亦非罕見，且更延續至西漢早期之馬王堆簡帛，由此可知此書寫現象存在已久。然不同時期之合文詞例類別有何異同，寫成合文之詞例有何共性，為本節討論重點。

（一）甲骨文合文詞例類別

甲骨文已有合文情況，其詞例若以《新甲骨文編》所錄，約有 170 例，可知其非偶然現象，故而學者對此已有相關研究。有關甲骨文合文詞例之討論，如劉釗〈古文字中的合文、借筆、借字〉，將甲骨文合文內容分作祖先合文、數量合文、時間合文、常用語合文、地名方國合文、身份合文。〔註 31〕或如暴慧芳《漢語古文字合文研究》中，對於甲骨文合文詞例類型，分作表示上帝神祇、先王先公、先妣、王婦、王子、官職人名、地名方國、數字、數量短語、名物、年成天氣、時間、福禍祭祀、其他。〔註 32〕

又如高靜《甲骨文合文研究》中，將甲骨文合文詞例分為八大類型，即祖先類、數量類、時空類、祭祀類、祥禍類、生產類、時人類、其他類。其中祖先類細分為神祇先公、先王及王子、先妣及王母，數量類細分為計數（即數字）、示物（數字＋動物或物品）、示人（人數），時空類細分為月名、干支及時間用語、處所，祭祀類細分為牲名、祭祀固定用語，祥禍類細分為疾禍、祥禍固定用語，生產類細分為田獵、年成、天象；至於時人類則包括當時官職名稱、奴隸或其他人名，而其他類則為意義不明之合文。〔註 33〕

由此可知，甲骨文合文詞例類型多樣，但諸多類型的詞例，或與占卜有關。因甲骨文大多為占卜後的紀錄（卜辭）〔註 34〕，而占卜便有占卜者、卜問對象（如神祇、祖先）、占卜事情，故甲骨文合文中，有許多與人稱相關詞例（祖先、人名、官職等）。至於卜辭內容，陳煒湛《甲骨文簡論》舉出如胡厚宣、陳夢家、

〔註 31〕劉釗：〈古文字中的合文、借筆、借字〉，頁 397～398。

〔註 32〕暴慧芳：《漢語古文字合文研究》，頁 9～11。

〔註 33〕高靜：《甲骨文合文研究》，頁 45～52。

〔註 34〕陳煒湛〈甲骨文的分類和主要內容〉：「這是因為商代的統治者（特別是武丁）極為迷信，天命觀念特別重，無論做什麼事，或遇到什麼自以為怪異的現象，都要占卜一番。幾乎是無時不卜，無事不卜，事無巨細，信手拈來，皆可入卜辭，因之佔了甲骨文的絕大部分。」陳煒湛：《甲骨文簡論》，頁 78。

貝塚茂樹等學者分類，而陳煒湛則分作十類：年歲（農業）、天象（風雨）、旬夕（吉凶）、祭祀、征伐（方國）、田獵（漁牧）、疾夢、使令、往來、婦事（婚娶），此中部份類別便與前述合文詞例分類有關，如年歲、祭祀、方國等。

此外，劉釗指出甲骨文合文以祖先合文、數量、時間為多〔註35〕；暴慧芳亦有相似觀點，並具體將其所論376甲骨合文中，個別指出各類型合文的數量，當中祖先（先王先公先妣）有127、數量短語70、時間55，使用比例確實較高。〔註36〕

（二）西周金文詞例類別

西周金文中，亦可發現合文現象，尤其此時期銘文常見套語「子子孫孫」，更是常寫作合文。對於西周金文合文之討論，如劉釗〈古文字中的合文、借筆、借字〉，將西周金文合文內容分作時間、數量、常用語、姓氏地名、祖先、身份。〔註37〕又如暴慧芳《漢語古文字合文研究》所論之120個金文合文詞例，分成神祇、先祖先妣、官職人名、數詞、數量短語、時間、名物、方位地名、祝辭用語、常用語。〔註38〕

從中不難發覺，西周金文合文種類、使用次數、類型明顯較甲骨文少。若以裘錫圭《文字學概要》：

> 我們可以把甲骨文看作當時的一種比較特殊的俗體字，而金文大體上可以看作當時的正體字。所謂正體就是在比較鄭重的場合使用的正規字體，所謂俗體就是日常使用的比較簡便的字體。〔註39〕

這或可反映在書寫行款章法，甲骨文的行款章法相較西周金文自由，行列關係未必嚴格要求；但西周金文中，已有銘文會畫上格線，使字與字的行列規整，如下圖（五－1）為西周中期的㾓簋，雖無界格，但文字行列整齊，可看出書寫者有意將讓文字大小、行列關係趨於工整；而圖（五－2）為西周晚期的小克鼎，其有界格，但仍有文字超出一格的範圍。

〔註35〕劉釗：〈古文字中的合文、借筆、借字〉，頁402。

〔註36〕「上帝神祇4個、先公先王89個、先妣38個、王婦5個、王子6個、官職人名10個、方國地名18個、天氣年成18個、數詞20個、數量短語70個、時間55個、福禍29個、名物6個、其他8個。」暴慧芳：《漢語古文字合文研究》，頁12。

〔註37〕劉釗：〈古文字中的合文、借筆、借字〉，頁399～400。

〔註38〕暴慧芳：《漢語古文字合文研究》，頁27～28。

〔註39〕裘錫圭：《文字學概要》（臺北：萬卷樓圖書股份有限公司，2015年），頁58。

圖（五－1）〔註40〕

圖（五－2）〔註41〕

甲骨文的合文有時是兩字（或三字）緊密靠近，與其他字與字的間距不同，如此便影響到通篇的規整。至於金文，因青銅器製作費工，且多有禮器用途，文字也如裘錫圭所言較為正規，是而在書寫時，可能也更注重章法布局，也隨之較少使用合文，以免破壞行列的整齊。

此外，暴慧芳指出西周金文合文詞例上，數字、數量短語的合文較多，且出現表示祝辭的合文。〔註42〕本文認為或因許多青銅銘文內容為賞賜下屬後，下屬為紀念而作，因而內容會載明賞賜物及其數量。另外完整的銘文格式，一開始多先記錄日期，也是數字使用頻率較高的原因；而在銘文的最後，通常有祝禱「後世子孫能永遠使用」的祝禱辭，合文「子子孫孫」經常出現，便與此有關。

（三）戰國合文詞例類別

近幾十年來，由於出土大量戰國時期文獻，為先秦研究提供重要資料，其中簡帛、印璽、貨幣、青銅器、陶文等豐富材料問世，寔為研究之瑰寶，使今人能深入了解戰國之歷史文化。正因戰國文獻大量出土，相關研究成果豐碩。其中對於合文相關討論，如劉釗〈古文字中的合文、借筆、借字〉對戰國文字合文內容，區分為姓名、地名、職官、身份、吉語格言、常用語。〔註43〕又如陳立《戰國文字構形研究》中，將戰國之合文詞例分為稱謂詞、數字詞、數量詞、

〔註40〕吳鎮烽編著：《商周青銅器銘文暨圖像集成》（上海：上海古籍出版社，2012年），第十一卷，頁193。

〔註41〕吳鎮烽編著：《商周青銅器銘文暨圖像集成》，第五卷，頁301。

〔註42〕暴慧芳：《漢語古文字合文研究》，頁30。

〔註43〕劉釗：〈古文字中的合文、借筆、借字〉，頁400～402。

習用語、時間序數詞、祭品名稱、動物名稱、品物名稱、地望、其他。〔註44〕

或如暴慧芳《漢語古文字合文研究》中，對於戰國簡帛合文詞例類型，分成人稱、姓名、官名及尊稱、地名、物名、數量、時間、動詞、形容詞、動賓結構、分屬上下兩句者、其他。〔註45〕另有李佳奕《戰國文字合文研究》中，先以詞性分作名詞性合文、動詞性合文、其他固定搭配，再細分其內容類別；名詞性合文有姓名、地名、數量、時間、人稱、名物、單位，動詞性合文未細分，其他固定搭配則有箴言、卦名、常用語。〔註46〕

由此可知，相較西周金文合文，戰國合文類型較多，可能也與戰國出土材料類型豐富有關。西周出土材料絕大多數為青銅器，而戰國出土材料有青銅器、簡牘、帛書、印璽、陶文、玉石、漆器、貨幣等，用途各異，文字內容也可能隨之不同；又如簡帛，除記載隨葬物品之遣冊外，亦有典籍或文書記錄，內容豐富，所用詞語也因內容而有差別，是而戰國合文類型多於西周金文合文。至於諸多類型合文中，以名詞性詞語比例最多，當中又以姓名、數量、名物居多。〔註47〕

二、馬王堆簡帛合文詞例類別

馬王堆簡帛合文詞例類別較少，依詞性可分作「名詞性詞語」、「動詞性詞語」。名詞性詞語可細分「數字」、「人稱」、「名物」、「時間」；動詞性詞語依語素結構可分「動賓結構」、「主謂結構」。以下將各分類及詞例整理成表：

表（五－7）

類　別		詞　例
名詞性詞語	數字	一十、五十、六十、七十、八十、九十、八百
	人稱	大夫、孔子
	名物	日月、七星、營室、觜觿、牽牛、婺女、鳳鳥、米麴、雌雞、雄雞
	時間	正月、一月、二月、三月、四月、五月、六月、七月、八月、九月、十月、十一月、十二月、十三月

〔註44〕陳立：《戰國文字構形研究》（臺北：國立臺灣大學中國文學研究所博士論文，2004年），頁505～597。

〔註45〕暴慧芳：《漢語古文字合文研究》，頁44～46。

〔註46〕李佳奕：《戰國文字合文研究》，頁40～48。

〔註47〕暴慧芳：《漢語古文字合文研究》，頁46。李佳奕：《戰國文字合文研究》，頁48。

動詞性詞語	動賓結構	歙酒
	主謂結構	是謂〔註48〕

須注意的是，此處之「數字＋月」未必專指月份，有時是指「幾個月」的意思，如「十三月」表示｛十三個月｝。然無論是表達月份或幾個月，都與時間有關，故本文將此歸於時間類。

由表（五－7）可知，馬王堆簡帛合文詞例，幾乎以名詞性詞語為主，少數如「是謂」、「歙酒」則非。其中，名詞性詞語以數字有關詞語為大宗，如單純之數字詞「一十」、「五十」等；或包含數字之時間詞，如「一月」、「十三月」等；或專指月份，如「正月」。數字、時間寫成合文，乃商周甲金文、戰國簡帛等材料之常見現象，馬王堆簡帛亦可見此慣例。

綜合上述，可知商周時期合文種類多樣，但有些合文詞例類型延續整個商周時期，當中尤以名詞性詞語最為明顯，如人稱相關（人名、官職）、時空相關（時間、地名）、數字相關（數字詞、數量）、名物（動物、物品等事物）；至於漢初馬王堆簡帛，亦有人稱、數字、名物、時間之合文詞例，足見發展之一貫。

若縱觀商周到漢初馬王堆簡帛，亦可發現合文使用有逐漸減少之趨勢，推測原因，或與「漢字特性」、「行款章法」有關。漢字的特性，在於一個字便是一個音節，而合文以一個構形單位，表達兩個以上音節的詞語，與漢字特點相違；加之秦併天下後，統一文字，而「書同文」其實也是對漢字進行規範，形體皆以小篆為準，使他系文字走入歷史，也導致合文形體、詞例減少。至於行款章法，與漢字逐漸成為方塊字特徵有關，早在西周吉金銘文中發現，有些銘文會畫上界格，使文字能規整，因此正如前述「西周金文詞例類別」所言，合文可能會打破行款章法的整齊性，是而合文逐漸減少。〔註49〕此外，有些合文形體與其他漢字相近，如合文「」（一十，〈養〉32.18）與「」（干，〈方〉

〔註48〕「是謂」原句有「是謂帚彗」、「是謂竹彗」、「是謂蒿彗」、「是謂苫彗」、「是謂苫茇彗」，意為「這是～（彗星名）」，「是」為主語，「謂」為「是」之意，作動詞使用，故為主謂短語。

〔註49〕楊五銘：「漢字要求用一個構形單位表示一個音節，記錄漢語中的一個詞或詞素，而合文卻用一個構形單位表示兩個以上的音節，不符合漢字的要求。……數字的合文往往長寬不當，不合漢字的方塊形式，在形款上不規範。」楊五銘：〈兩周金文數字合文初探〉，頁142。湯餘惠：「合文，是漢字的一種特殊書寫形式，它有悖於一字一音，一個書寫單位的漢字的基本特點，所以古漢字合文由勝轉衰終致消亡是不可避免的。」湯餘惠：〈略論戰國文字形體研究中的幾個問題〉，頁26。

217.19）形近，合文「」（七十，〈衷〉43.2）與「」（才，〈十〉17.16）形近，容易混淆，故而也可能是合文書寫衰退的原因。

第四節　結　語

本文以馬王堆簡帛合文為材料，討論其書寫特點、詞例使用情況。當中發現馬王堆簡帛合文構形時，使用「不省形合文」及「省形合文」之共用筆畫、刪減偏旁、包孕合書、省形包孕合書，亦有「省略構詞詞素」之直接省去詞語中的詞素，以將二字以上詞語併成一個構形單位。至於合文符號的使用，省形合文與省略構詞詞素皆標示合文符號，僅「七星」（〈陰甲・祭一〉A10L.9）之不省形合文帶有合文符號。在合文的排列結構上，自商周以來大抵為上下結構、左右結構、包含結構、穿插結構等，但西周以後上下結構較多，而馬王堆簡帛合文亦以上下結構為大宗，推測與西周以後漢字書寫逐漸固定為直式、上至下書寫有關。

至於合文詞例類型，商周時期合文主要用在名詞性詞語，當中又以人稱相關、時空相關、數字相關、名物相關詞語為常寫作合文的詞例類型；馬王堆簡帛合文亦多為名詞性詞語，且以數字相關詞語為最，可知馬王堆簡帛合文延續商周合文使用之習慣，足見合文書寫之發展脈絡。

雖然甲骨文合文類型多樣，但至西周以後逐漸減少，甚而馬王堆簡帛僅有兩大類、六小類，共 35 個詞例而已，此現象或反映合文書寫逐漸消退的趨勢。因漢字為一個構形單位表達一個詞或詞素，但合文違背此特性；且合文在書寫上，容易使該字長寬比例與其他單字迥異，導致行款章法不規整；同時因秦統一文字，罷黜與秦篆不合的文字，使他系合文形體不再使用，減少合文構形的多樣性；另則從馬王堆簡帛文字內部比較，也發現有些合文形體與其他漢字相近，容易混淆。如此種種，皆可能為合文書寫逐漸衰退的原因。

第六章　文字書寫之筆畫分析

第一節　前　言

漢字迄今已有三千年歷史，在時間洪流中，形體多有變化，使不同時期的文字各有風貌，同時也衍生獨特的漢字書法藝術。至於漢字的演變，不僅在於字形的增繁簡省，書寫時的線條樣貌亦有改易。正如裘錫圭《文字學概要》所言：

> 古文字所使用的字符，本來大都很像圖形。古人為了書寫的方便，把它們逐漸改變成用比較平直的線條構成的、象形程度較低的符號。這可以稱為「線條化」。在從古文字演變為隸書的過程裏，字符的寫法發生了更大的變化。它們絕大多數變成了完全喪失象形意味的，用點、畫、撇、捺等筆畫組成的符號。這可以稱為「筆畫化」。〔註1〕

從殷商甲金文之圖畫象形意味較濃的文字形體，到西周時逐漸轉為以簡單、平直的線條書寫文字。對於「線條化」，裘錫圭舉出較為明顯的特徵為「方形圓形的團塊為線條所代替等現象」，目的在於讓文字形體簡化，方便書寫。〔註2〕然觀劉釗《古文字構形學．甲骨文構形的分析》：「甲骨文已是符號化程度很高的

〔註1〕裘錫圭：《文字學概要》（臺北：萬卷樓圖書股份有限公司，2015年），頁41～42。
〔註2〕裘錫圭：《文字學概要》，頁62～63。

文字系統，……文字符號線條化，是簡化文字的一個主要方面。」〔註3〕並舉出相關字例說明，可知線條化不僅發生在西周金文上，早在甲骨文已有形體線條化的現象；而裘錫圭於《文字學概要》亦指出甲骨文應為商代文字的俗體字，而商代金文大體可當作當時的正體字，而俗體字是日常使用、較為簡便的字體。〔註4〕配合二家所言，甲骨文為當時較為簡便的文字形體，而線條化為簡化的主要方式，可知線條化已出現在甲骨文中，並非為西周金文的特有現象。

戰國晚期，隸書漸興，迄於兩漢則為通行的文字。隸書在文字形體上，不僅與先秦古文字迥異，在文字書寫的線條也產生不同的樣貌。如運用毛筆提按而產生粗細變化，或拉長引曳某些筆畫，讓文字形體產生特殊的視覺效果等。這些粗細、長短等變化，促使文字所用的線條逐漸有撇、捺、鉤、點、挑等類別，即裘錫圭所言「筆畫化」。

此外，關於筆畫與線條的關係，本文認為筆畫應為線條的一種。一則文字為連續性的發展，即使演變為隸書，仍承襲自古文字，故而隸書以後的今文字書寫筆畫，亦為古文字之線條發展而來；二則諸如點、挑、撇、捺等形貌各異之筆畫，寔為毛筆受提按等動作而產生粗細變化所致，若除去提按等動作，則為無粗細變化的線條；三則就裘錫圭所述可知，先有線條化而有筆畫化，因此若無線條，形貌各異的筆畫變化也無所依從。由此可知，筆畫為線條的一種，書寫文字的線條包含筆畫。是而隸書以後的今文字所用的線條應可稱為「筆畫」，此前的古文字所用的線條，即稱作「線條」而不言「筆畫」。

至於本文所論的內容，與文字構形有關之外，亦涉及書法藝術。因此筆畫相關研究，有從文字學角度討論，亦有就書法藝術而論者。關於漢字筆畫的討論，有李松朋〈中國書法筆法的產生與書法筆法內容研究〉，指出書法是奠基在漢字書寫之實用性之上發展而來的藝術，同時對於書法筆法的分析，提及運筆過程之起筆、行筆、收筆，或筆畫型態的方圓狀、中側鋒、藏露鋒、粗細、欹正等對筆畫的影響〔註5〕；黃明理〈楷書基本筆形再認識——論寫字教育一個重要的環節〉，注意到楷書筆形對寫字的影響，並對筆畫、筆形的說明提供自身的

〔註3〕劉釗：《古文字構形學》（福州：福州人民出版社，2006年），頁32。

〔註4〕裘錫圭：《文字學概要》，頁58。

〔註5〕李松朋：〈中國書法筆法的產生與書法筆法內容研究〉，《藝術探索》第23卷第1期（2009年2月），頁100～167。

見解，特別是對於筆形的分類說明應「以描述代替定義」，此方式有其獨特之處〔註6〕；張保羅《隸書技法流變》，討論先秦兩漢隸書到清代的隸書創作中，其筆畫或佈局等技巧的演變，儼然為精簡的隸書書法史〔註7〕；吳曉懿〈戰國簡牘書法筆法探研〉，分別討論簡牘書寫時的筆鋒運用、書寫力度、書寫的節奏，討論戰國簡牘書法的運筆技法，亦提及對後世如漢代簡帛文字筆法的影響〔註8〕；黃金城〈論漢字筆畫〉〔註9〕、〈漢字筆畫理論謬誤辨證〉〔註10〕，針對現代的標準漢字討論，認為無論是筆畫的定義、筆畫的分類都有潛在的問題，並提出新的筆畫系統；張宇龍、吳小永、趙綱〈關於書法筆畫美學的形式分析〉，將筆畫依其外觀簡化其分類，分作方形、圓形、三角形，並配合歷代書法碑帖作品，討論書法筆畫的藝術性〔註11〕；任睿哲《隸書筆法淺探》，先概述隸書的發展演變，再專論不同的隸書作品的風格、筆畫特點〔註12〕；陳松長〈簡帛書迹中的筆墨趣味例說〉，針對出土簡牘帛書文字，討論戰國至漢代的簡帛文字形體與筆畫的特點，雖舉數例出土材料，但對於筆畫的分析頗為細緻。〔註13〕以上諸論，多以書法角度討論用筆技巧，亦有針對隸書或出土材料而論者；至於與文字學較為相關者，大抵如黃明理、黃金城、陳松長之論。

如前所述，正因隸書以後，文字書寫出現「筆畫化」，故可進一步討論究竟使用哪些筆畫；而馬王堆出土之簡帛，為西漢初期材料，文字不僅有漢初隸書形體，亦有接近隸書的秦篆、古隸等，對於早期隸書的研究有重要價值。雖然馬王堆簡帛文字有部分牽涉到古文字，但為使分析全面，是而皆納入討論，以觀察其筆畫書寫有何特點。

〔註6〕黃明理：〈楷書基本筆形再認識——論寫字教育一個重要的環節〉，《中國學術年刊》第31期（2009年3月），頁227～253。

〔註7〕張保羅：《隸書技法流變》（重慶：西南大學碩士學位論文，2014年）。

〔註8〕吳曉懿：〈戰國簡牘書法筆法探研〉，《書畫世界》第3期（2014年5月），頁4～15。

〔註9〕黃金城：〈論漢字筆畫〉，《雲南師範大學學報》第14卷第4期（2016年7月），頁48～61。

〔註10〕黃金城：〈漢字筆畫理論謬誤辨證〉，《漢字漢語研究》第2期（2019年6月），頁34～46。

〔註11〕張宇龍、吳小永、趙綱：〈關於書法筆畫美學的形式分析〉，《陝西廣播電視大學學報》第19卷第2期（2017年6月），頁64～67。

〔註12〕任睿哲：《隸書筆法淺探》（濟南：山東建築大學碩士學位論文，2018年）。

〔註13〕駱非凡：《漢字筆畫認知的關鍵性特徵》（杭州：杭州師範大學碩士學位論文，2020年）。

為此，本文先討論「筆畫」一詞，了解「筆畫」的相關內容；次則說明分析筆畫類型時，需注意哪些面向；再以此分析馬王堆簡帛文字之筆畫，並引圖版說明；最後歸納馬王堆簡帛文字筆畫之特點，了解漢初隸書筆畫的概況。

第二節　筆畫定義與分類相關討論

在分析馬王堆簡帛文字筆畫之前，須先了解「筆畫」相關內容。是以本節專論「筆畫」，一則先明確筆畫之定義，二則了解前人對筆畫的分類，梳理各家之言，並提出本文對筆畫的分類方式，以便後續對馬王堆簡帛文字的筆畫分析。

一、筆畫定義的討論

「筆畫」於教育部《重編國語辭典修訂本》解釋有二義，一為「我國書法家將筆畫分為點、橫、豎、撇、捺、鉤、趯、挑、折、彎等十大類。也作『筆劃』。」二為「指字跡的一筆一畫，皆為組合成『字』的要件。」〔註14〕若配合前言所述，可知第二義所指範圍較大，可包含第一義。因書法本質與漢字書寫密不可分，是而第一義之書法對筆畫的分類，本身也屬字跡的一筆一畫、組成字的要件；換言之，第二義應為前述之「線條」，第一義為「筆畫」。

又如蘇培成《現代漢字學綱要》中，對「筆畫」的定義為「筆畫是構成漢字的線條，是漢字構形的最小單位。」〔註15〕同時提出筆畫有廣義、狹義之分，廣義為「書寫工具從和書寫材料接觸到離開，這期間書寫工具的移動在書寫材料上留下的痕迹」〔註16〕，狹義為「構成隸書和楷書的線條」〔註17〕。其中廣義的「筆畫」定義，未將書寫工具、材料限定為筆、紙，且明確指出判定筆畫

〔註14〕因「筆畫」一詞使用相當廣泛，無論書法、文字學對漢字的討論，在日常指稱文字形體之線條亦使用「筆畫」一詞；且在認字識字過程中，也會接觸到「筆畫」相關概念，而《重編國語辭典修訂本》對國語文教育有一定的影響力，故此處先引《重編國語辭典修訂本》對「筆畫」的釋義討論。「筆畫」詞目檢索，教育部重編國語辭典修訂本網站，https://dict.revised.moe.edu.tw/dictView.jsp?ID=17654&q=1&word=%E7%AD%86%E7%95%AB（2022 年 10 月 17 日上網）。

〔註15〕蘇培成：《現代漢字學綱要》（北京：北京大學出版社，2001 年），頁 65。

〔註16〕蘇培成：《現代漢字學綱要》，頁 65。按：其所謂「書寫工具」應為刀、筆等，凡可留下線條、筆畫等痕跡之工具者；「書寫材料」應指承載書寫工具所留下之痕跡者，如龜甲、獸骨、簡牘、紡織品、紙等。本文提及「書寫工具」、「書寫材料」，其意皆準此。

〔註17〕蘇培成：《現代漢字學綱要》，頁 65。

的方式，在於書寫工具從接觸到離開書寫材料，期間書寫工具移動所留下的痕跡。此說涵蓋範圍較廣，但若未配合前述「構成漢字的線條」觀之，則導致任何留在書寫材料上的痕跡，都可稱作筆畫的窘境。至於狹義的「筆畫」定義，直接排除隸書之前的漢字，雖可與裘錫圭之「筆畫化」呼應，但配合前述之「構成漢字的線條」而言，可能導致古文字被排除於漢字的範疇。

然於黃金城〈漢字筆畫理論謬誤辨證〉中，提出「筆畫」的定義可能造成的問題。其針對高家鶯《現代漢字學》對「筆畫」之定義：「筆畫是構成漢字字形的最小單位。所謂一筆或一畫，指的是從落筆到提筆的過程中寫出的點或線。」〔註 18〕黃金城指出此定義之兩大重點：「最小單位」、「一筆成畫」雖較為人接受，但筆畫分類仍眾說紛紜，其原因便來自此定義的「最小單位」所指不明，至於意義較為清楚的「一筆成畫」實際上是對動態書寫的過程描述，牽涉書法範疇而非文字學所論之「漢字筆畫」。又定義中的「一筆成畫」概念，不適用於「複合筆畫」，例如複合筆畫之「㇕」（橫折），雖然書寫時為一筆完成，符合一筆成畫而可視為一個筆畫，但「㇕」（橫折）實際上為橫畫加豎畫，為兩個筆畫連寫，便產生「一個筆畫加一個筆畫等於一個筆畫」之問題。另如有些書家會將本應連筆的筆畫斷開，形成斷筆，如「匚」的「乚」或分開書寫。因此黃金城指出「一筆成畫」應為個人的書寫習慣，而非文字筆畫分類的客觀標準。〔註 19〕

綜觀蘇培成、高家鶯、黃金城之說，可知其皆以楷書為分析筆畫之對象，且針對現今之標準漢字（標準字、規範漢字）而討論。其目的可能在於教學或工具書分類檢索時，能有統一標準，使漢字書寫有所準則。然本文所論之馬王堆簡帛，其屬毛筆書寫之出土文獻，對於其中之筆畫，諸家之說不一定適用。因古代未必有「標準字」、「規範漢字」等要求，且出土之手書文獻，常因書寫方便而有連筆現象，或因書寫者之書寫習慣等，導致同一個字的書寫情況不盡相同，因此難以完全套用上述諸家之「筆畫」說解，以分析馬王堆簡帛文字之筆畫。雖然，諸家之說仍有可取之處，是以本文參考以上說法，定義本文所論之「筆畫」。

〔註 18〕高家鶯、范可育、費錦昌編著：《現代漢字學》（北京：高等教育出版社，1993 年），頁 39。

〔註 19〕黃金城：〈漢字筆畫理論謬誤辨證〉，頁 37～38。

在此之前，先需區分「線條」、「筆畫」，再定義何謂「筆畫」。如前言所述，筆畫是線條的一種，是用於隸書以後的文字（今文字），而古文字書寫所用者為「線條」。然因文字形體演變為漸進發展，推而論之則文字所用線條亦應為漸進發展成筆畫；而馬王堆簡帛屬早期隸書，為文字隸變階段，部分字形或屬篆書，或保留篆書特徵，故以「隸書以後的文字所用線條稱作筆畫」標準看待馬王堆簡帛，或有未盡之處。是以本文對「筆畫」所指範圍略為放寬，將馬王堆簡帛文字所用線條皆稱作「筆畫」。

此外，本文所謂「筆畫」即「書寫今文字時，書寫工具在書寫材料上，自接觸至離開期間所留下的痕跡」。然此定義中，對於書寫工具需另作說明。因漢字書寫工具多樣，凡可在書寫材料上留下痕跡之工具，皆可用於書寫；但隸書以後的「筆畫化」，係文字線條因毛筆之提按等動作而有不同的樣貌；換言之，即使書寫的文字為今文字，但因使用無法作出提按動作的書寫工具，使其書寫的線條無粗細變化，故而可能造成筆畫與古文字的線條形貌差異不大，但也不能就此斷言其書寫的線條並非「筆畫」。〔註 20〕至於本文因專論馬王堆簡帛文字，其文字為毛筆書寫而成，是而以下所論「筆畫」，皆以毛筆書寫為基礎而討論。〔註 21〕

二、筆畫分類的討論

對於筆畫分類的討論，可分為兩部分，一為書法部分，另一為文字學者的討論。目前書法對筆畫分類大多偏重楷書，許多書法專書論及筆畫時，往往以楷書筆畫為先，再個別說明其他書體之筆畫，如曹緯初《書學通論》〔註 22〕、楊崇福《書法知識手冊》〔註 23〕、杜忠誥《書道技法 1・2・3》〔註 24〕等。當中

〔註 20〕例如現代書寫多以硬筆（如鉛筆、原子筆、鋼筆等），即屬不易作出粗細變化的書寫工具，但今日仍可將硬筆所書之楷書、行書的線條稱作「筆畫」。

〔註 21〕至於未直接限縮本文對「筆畫」定義之範圍，是因「筆畫」一詞使用甚廣，且書寫工具多樣，不應為本文研究方便而侷限在毛筆書寫之內討論。

〔註 22〕曹緯初：〈正楷基本運筆法〉，《書學通論》（臺北：正中書局，1975 年），頁 101～107。此節為第五章〈書法〉，在此章之前為〈書史〉、〈書原〉、〈字體變遷〉、〈帖和碑〉，多為與書法、漢字相關知識概述，與筆法相關者係從第五章〈書法〉開始。

〔註 23〕楊崇福：〈基本點畫形態〉，《書法知識手冊》（北京：國際文化出版公司，1988 年），頁 15～27。此章為第三章，第一章為〈漢字〉，說明漢字起源及特點；第二章為〈書法基本技法〉，討論書寫時的姿態、手部動作等。

〔註 24〕杜忠誥：〈楷書的寫法〉，《書道技法 1・2・3》（臺北：雄獅圖書股份有限公司，2018

對於隸書筆畫分類，如楊崇福《書法知識手冊》分作點畫、平畫（即橫畫）、豎畫、撇畫、捺畫、波畫、勾畫、折畫〔註 25〕，但觀其楷書法畫分類（點、橫、豎、撇、捺、挑、鉤、折），可知其隸書筆畫分類應借自楷書而來；杜忠誥《書道技法 1・2・3》對隸書筆畫分類為橫、豎、撇、捺、右彎鉤、點〔註26〕，而楷書筆畫則為橫、豎、撇、捺、挑、右彎鉤、豎鉤、斜鉤、點，雖楷書筆畫類型較多，但仍可發現隸書筆畫類型皆可見於楷書。雖可推測因現今使用書體以楷書為準，故而書法教學多以楷書為先，也正因以楷書為先，教學上以楷書筆畫套用於隸書有其便利之處；加之就書法史而言，對於筆畫的分類大多在魏晉以後〔註 27〕，且大多以楷書為討論對象，兩漢時探討隸書筆畫之相關文獻則鮮有所聞。是而以楷書筆畫分類討論隸書筆畫，就文字發展而言，未免有以今衡古之疑。

至於文字學者對於筆畫的分類，如王寧《漢字構形學導論》提及小篆線條可分為十種：無曲、無折、無斷的左右平放直線為「橫」；無曲、無折、無斷的上下縱放直線為「豎」；向左下或右下的斜線條為「斜」；圓點、頓點及極短的橫、豎、斜線為「點」；方向沒有轉換的曲線為「弧」；一次或多次轉換方向但不封閉的曲線為「曲」；轉 90° 的折線為「折」；三面包圍的方框為「框」；除圓形外各種封閉的曲線或折線為「封」；圓形封閉的線為「圈」。〔註 28〕此處雖針對《說文》小篆，形體所用線條與本文所論「筆畫」不同，因小篆較難論其筆畫，隸書、楷書之今文字方能討論「筆畫」，但亦可得知已有學者針對古文字形體線條進行分類，且文字發展為漸進演變，線條發展到筆畫亦應如是，因此討論古文字之線條類型仍有其意義。

其後王寧亦論及楷書筆畫，並提出筆畫寫成後的樣式為「筆形」，楷書以「筆形」分「基本筆形」、「附類」。基本筆形有：橫、豎、撇、捺（分別與小篆線條

年），頁 64～71。此節為出自〈技法解析〉章之第二節，之後才個別討論行、草、篆、隸的寫法。至於在此章之前，則為書體演變、書法工具、碑帖等相關內容。

〔註25〕楊崇福：《書法知識手冊》，頁 89～92。

〔註26〕杜忠誥：《書道技法 1・2・3》，頁 106～109。

〔註27〕〈「八法」之誕生——東漢至唐書論研究〉：「至東漢時期書體可謂大致定形，此時亦方見『書論』之萌芽。該時期較著名的僅趙壹〈非草書〉、蔡邕〈筆論〉、〈筆賦〉數篇。……魏晉時期書論作品已有逐漸增加之趨勢」吳季芺：《「永字八法」研究》（臺北：國立臺灣師範大學國文學系碩士專班碩士論文，2015 年），頁 12。

〔註28〕王寧：《漢字構形學導論》（北京：商務印書館，2015 年），頁 78。

之橫、豎、向左下斜筆、向右下斜筆的定義相同)、折(方向改變的連筆)、點(不足構成橫、豎、撇、捺、提的小斷筆),附類有:提(向右上的斜筆,橫畫的附類)、豎鈎(豎畫連向左上的提,豎畫的附類)。〔註 29〕然此說仍有討論空間,其一為有些楷書筆畫未能分類在其中,如「戈」的「㇂」、「心」的「㇃」等;其二為「小斷筆」的意義不明,如「戈」右上的「㇔」,就其字形演變而言,應非來自某個線條或筆畫斷開後的結果。王寧之說雖非針對隸書,但可為本文提供參考。

又如葉書珊《里耶秦簡(壹)文字研究》中,其採郭沫若之說,將《里耶秦簡》筆勢分作圓、方、弧、直四種,並具體定義四種筆勢之別。四種筆勢可分兩類,其一為「有轉彎或轉折者」,即有明顯方折,或角度小於 90°,包含「方筆」、「圓筆」;方筆指有轉折,呈明顯角度而非圓弧者;圓筆係有轉彎但無明顯方折,且角度小於 90°者。其二為「無轉彎或轉折者」,即無明顯方折,或角度大於 90°,包含「直筆」、「弧筆」;直筆為直線而無轉折,角度大約為 180°;弧筆即無轉折之弧線,且角度介於 90°~180°。此外亦補充弧筆與圓筆之別,即在於若接合兩條相同筆畫,能否形成圓形;若可成圓形,則屬圓筆,反之則為弧筆。又若接合兩條相同筆畫,無法形成方形者,則屬圓筆。此外文中亦提及鉤筆、拉長筆畫。鉤筆指書手於書寫時,因求快捷而來,或為書寫該筆畫結束前,筆尖在離開書寫材料時,受手部動作牽帶而來;或為接續書寫右邊偏旁,於左邊偏旁末筆之尾端向右延伸,以便書寫右邊偏旁。至於拉長筆畫者,係將文字某些筆畫刻意拉長,使文字呈現修長貌;延伸筆畫分作曲筆、弧筆、直筆,除曲筆係指轉折有兩次以上之外,弧筆、直筆與前述之弧筆、直筆相同,區別在延伸長度而已。〔註 30〕

若觀葉書珊之說,可發現其以筆畫的形貌分析,且多以線條圓弧與否而區別,簡言之即其所謂:「里耶秦簡使用毛筆書寫於簡牘上,而呈現出不同的書寫筆勢,加上書寫者的不同使文字的樣貌更加龐雜,然而大致可以分為圓筆和方筆。」〔註 31〕進而細部討論里耶秦簡文字筆畫特徵,且分析書寫的過程相當

〔註 29〕王寧:《漢字構形學導論》,頁 79。

〔註 30〕葉書珊:《里耶秦簡(壹)文字研究》(嘉義:國立中正大學中國文學系碩士論文,2015 年),頁 49~97。

〔註 31〕葉書珊:《里耶秦簡(壹)文字研究》,頁 49。

細緻，可為本文筆畫分析提供參考。然此分類方式，亦有討論空間。首先方、圓或直、弧，皆指筆畫本身的形貌特徵，難以得知筆畫的實際方向；且據其定義，「一」、「｜」、「＼」筆畫皆應歸為直筆，如此涵蓋範圍過廣。另外其分類或有疏漏之處，如「」[註32]之「目」的「ㄱ」筆畫。因漢字書寫習慣為由左至右、由上至下，推測「ㄱ」應為一筆寫成，不應分作直、弧筆二筆；又察轉折處為方折，但歸於方筆或失其轉折後有弧筆之特徵，歸於弧筆則失其方折之貌。

另如邢文《楚簡書法探論——以清華簡《繫年》書法與手稿文化》[註33]中，分析楚簡書法筆畫有四大類，即橫、豎、撇、捺，當中各有小項，凡三十三種，臚列楚文字於書寫時各種筆畫的樣貌，分類甚詳；且亦有「作為豎的前身的撇」、「作為橫的前身的撇」等類別，將古文字筆畫與今文字連結，可從中得知古今文字形體關係，對文字演變有一定貢獻。然此說可待討論之處，在於以楷書筆畫分類套用在古文字，其中可能導致名實不符情況。如以「捺筆」言之，捺不僅指筆畫方向為右下之斜畫，更指運筆時需按壓筆毛，使筆畫成漸粗之狀；但觀其所舉字例，筆畫多未呈漸粗狀，反多為漸細之勢，如表（六－1）。推測邢文應以捺筆指稱筆勢右下之斜畫，未必需按壓成漸粗貌，若此則或失「捺」之意。

表（六－1）[註34]

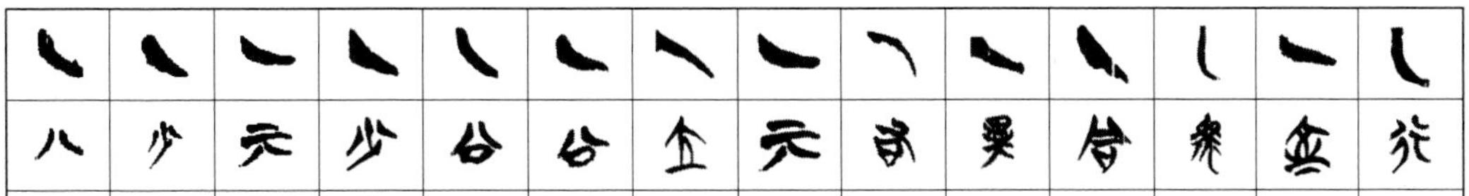

八	少	亓	少	公	公	立	亓	右	異	同	虎	室	行

又察其於撇、捺之細分中，「作為豎的前身的撇」、「作為橫的前身的撇」、「作為點的前身的撇」、「作為橫的前身的捺」、「作為豎的前身的捺」、「作為點的前身的捺」等，可知其應以今文字形體回推古文字筆畫。然古文字轉為今文

[註32] 單曉偉編著：《秦文字字形表》（上海：上海古籍出版社，2017年），頁143。

[註33] 邢文著：《楚簡書法探論——以清華簡《繫年》書法與手稿文化》（上海：中西書局，2015年），頁62～112。

[註34] 邢文著：〈楚簡書法的筆法〉，《楚簡書法探論——清華簡《繫年》書法與手稿文化》，頁99～112。此節論「捺法」，分為十四類，本文將此十四類各舉其中一例整理成表；表格中上列為捺筆，下列為該筆畫所在之字例。

字時，常有隸變，且以楷書為例，同一字之筆畫或可改易，如「飲」〔註35〕或作「飲」〔註36〕（末筆不同），故其分類方式或有商榷之處。〔註37〕

三、筆畫分類的反思

綜觀當前之筆畫分類，大多針對楷書而言，抑或以楷書筆畫分類討論隸書等其他書體文字，如此或導致無法全盤適用，或名實不符，或以今論古之疑。然筆畫的本質是線條，其形貌的變化多為運筆動作而來，未必具有表意功能，因此討論筆畫分類時，應從最根本之線條分類，再討論其因運筆而來的形貌變化。

至於未必名符其實者，除前述「捺」之外，尚有「鉤」的分類。許多書法專書對隸書筆畫分類中，皆有「鉤畫」（或鉤筆），但因隸書筆畫分類大多借自楷書筆畫分類而來，因此對於「鉤」的了解應先從楷書認識，再檢視隸書的「鉤」是否能相呼應。觀楷書的「鉤」，大致可分作橫鉤（乛）、豎鉤（亅）、臥鉤（㇃）、斜鉤（㇂）、右彎鉤（乚，或稱浮鵝鉤）等〔註38〕，不難發現所謂的「鉤」，係指筆畫末端往上挑起（除橫鉤為向下外），成短小三角形的筆畫。然觀葉書珊之「鉤筆」，為筆畫末端收筆處，筆鋒畫出筆畫外的線條，與楷書的鉤不同；或如漢隸中，被視為鉤筆的筆畫，其形狀也非短小三角形。

若將楷書帶有橫鉤（乛）、豎鉤（亅）、臥鉤（㇃）、斜鉤（㇂）、右彎鉤（乚）的文字，對比其於秦簡、漢簡、漢碑的形體，可發現橫鉤、豎鉤、臥鉤、斜鉤、右彎鉤在秦漢文字多非短小三角形的「鉤畫」，如表（六－2）：

〔註35〕〔唐〕魏徵撰、〔唐〕歐陽詢書，〔民國〕孫寶文編：《九成宮醴泉銘》（上海：上海辭書出版社，2017年），頁19。

〔註36〕〔唐〕魏徵撰、〔唐〕歐陽詢書，〔民國〕孫寶文編：《九成宮醴泉銘》，頁19。

〔註37〕若配合前述，古文字形體所用稱為「線條」而非「筆畫」之言，則楚簡應無「筆畫」可言。楚簡雖以毛筆書寫，但觀表（六－1）之字例可知楚文字之線條應無刻意作提按等動作，線條幾乎呈現起筆處較粗，收筆處較細，推測書寫時僅為單純以毛筆寫出文字線條，而不特別作粗細、延長引曳等變化。然因其分析簡帛文字中，毛筆書寫文字線條的技法特點，仍對本文討論筆畫有所啟發，故列於文中討論。

〔註38〕杜忠誥：《書道技法1·2·3》，頁67～70。《書道技法1·2·3》未有臥鉤，本文另以曹緯初《書學通論》補充。曹緯初：《書學通論》，頁106。《書學通論》將勾（鉤）分作十三種，本文則舉出《書學通論》與《書道技法1·2·3》共有的鉤筆類型，再補充「心」字所用的臥鉤（㇃）。

表（六－2）

筆畫	橫鉤（乛）	豎鉤（亅）	臥鉤（㇃）	斜鉤（㇂）	右彎鉤（乚）
例字	官	侍	心	武	元
秦簡	 《睡乙》227 貳	 《嶽為》43 正貳	 《嶽占》6 正貳	 《里》J1（16）12 貳	 《睡編》1 壹
漢簡〔註 39〕	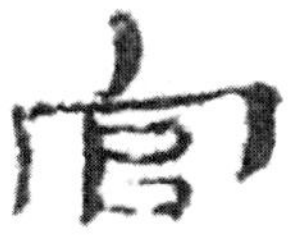 T01：097	 T23：797B	 T01：168	 T26：003	 T37：739
漢碑〔註 40〕					
楷書〔註 41〕					

「官」的「乛」，秦漢簡非作短小三角形，而較接近弧線或豎畫，於東漢《曹全碑》則縮短，至唐楷則為短小三角形的鉤畫；「寺」右下的「亅」，秦漢簡多為一筆完成，且應為豎畫之後的延伸部分，《曹全碑》的寫法與漢簡相近，惟長度縮短，唐楷則在豎畫末端作短小三角形的鉤；「心」的「㇃」，秦漢簡作似「L」形，惟末端略有向上挑起之勢，《曹全碑》僅為一筆漸粗的斜畫，至唐楷方於筆畫末端作短小三角形的鉤；「武」的「㇂」，秦漢簡與《曹全碑》皆作斜畫，間或呈漸粗狀，唐楷則明顯於筆畫末端作短小三角形的鉤；「元」的「乚」，

〔註 39〕皆引自《肩水金關漢簡》。黃艷萍、張再興編著：《肩水金關漢簡字形編》（北京：學苑出版社，2018 年），頁 26、1331、1741、1950、2206。

〔註 40〕皆引自東漢《曹全碑》。孫寶文編：《曹全碑》（上海：上海辭書出版社，2010 年），頁 4、8、15、19、25。

〔註 41〕皆引自唐朝《九成宮醴泉銘》。〔唐〕魏徵撰、〔唐〕歐陽詢書，〔民國〕孫寶文編：《九成宮醴泉銘》，頁 2、9、20、27。因此碑文無「寺」字，故以有「寺」偏旁之「侍」代替。

秦簡僅為斜畫，漢簡與《曹全碑》則作「L」形，且有漸粗之勢，唐楷或因歐陽詢書寫習慣，與漢碑寫法類似，但觀褚遂良、顏真卿等書法家，大多將此筆畫的鉤起處作短小三角形，如「光」〔註42〕、「元」〔註43〕。由此可知，秦漢簡牘乃至漢碑中，被視作「鉤筆」的筆畫多與楷書的鉤畫迥異，非作短小三角形。

是而本文認為，隸書筆畫分類中，「鉤畫」的分類或許不恰當，有名實不符之疑。然如上表（六－2）「心」字之「㇃」，其秦漢簡寫法於筆畫末端有挑起之勢，且略呈短小三角形；又如馬王堆簡帛之「信」（信，〈合〉19.10）、「發」（發，〈合〉27.9）等，「信」的「亻」豎畫末端、「發」的「弓」末端皆明顯為短小三角形，且向上挑起的「鉤」，故不能直接斷言「隸書無『鉤』」，只能認為鉤畫應將本為筆畫延長的部分縮短而來，或為書寫的連帶動作，即一筆寫完後欲寫下一筆時，筆鋒於前一筆的末端牽引連帶的部分，此係書寫速度自然而成，非刻意為之；但也由此可知，隸書的鉤畫仍在發展階段，未如楷書已將某個筆畫固定寫作鉤畫，故本文暫不將鉤畫視作隸書筆畫之一。至於書法專著之所以將隸書筆畫分出「鉤畫」，或因帶有這些筆畫的字發展為楷書後，多寫成橫鉤、豎鉤等具有短小三角形特徵之鉤畫，且為書法教學的方便或其他因素，故將這類筆畫對應至隸書形體時，也視作鉤畫。

第三節　筆畫分析應該注意的面向

分析筆畫與筆畫分類密切相關，因能分析該筆畫有何特徵，故能將相同特徵之筆畫歸類；同時也因能歸類，在描述筆畫時也能清楚說明是何種筆畫。若觀第二節討論對筆畫的分類，可發現諸家多以單一面向分類，即將各個筆畫放在同一層面討論〔註44〕，且多以楷書筆畫分類討論隸書筆畫；然筆畫形貌多變，若僅以單一面向而論，容易在分類上造成疑義。

〔註42〕〔唐〕唐太宗製、〔唐〕褚遂良書，〔民國〕孫寶文編：《雁塔聖教序》（上海：上海辭書出版社，2015年），頁9。因此碑無「元」字，故以有「乚」筆畫，與「元」皆同處於該字右下，且為末筆之「光」字代替。

〔註43〕〔唐〕顏真卿撰併書，〔民國〕孫寶文編：《顏勤禮碑》（上海：上海辭書出版社，2013年），頁20。

〔註44〕如橫、豎之名與筆畫方向有關，但撇、捺之名則指手部動作，尤以前述所論之「捺」，其帶有按壓之意，與筆畫方向較無關聯，故而橫、豎、撇、捺所屬面向不同。

若察語音學之輔音、元音的名稱，如以發音方法、發音部位說明輔音；以舌位前後、高低及唇形之展圓說明元音，皆可知非以單一面向分析發音。受此啟發，因此本文在討論筆畫時，亦不以單一面向分析，而從兩個面向討論：一為「筆畫書寫方向」，二為「筆畫書寫過程」。此二面向互相配合，希望能對筆畫分析提供較為具體而明確的方式。

一、筆畫書寫方向

分析筆畫時，首先應注意筆畫書寫的方向。參考前人對筆畫的分類，描述或可表現該筆畫的方向，如「橫」即左右向的平線筆畫、「豎」為上下方向的直線筆畫等，可見書寫方向為分析筆畫的重要關鍵。筆畫書寫方向可分兩大類，一為「單一方向」，另一為「複合方向」，以下分別討論。

（一）單一方向

所謂單一方向，即書寫筆畫時方向未作改變。依書寫方向可分為橫畫、豎畫、斜畫、點畫，與王寧《漢字構形學》中，十種小篆線條、楷書基本筆形之前四種相同，本文亦參考王寧說法。「橫畫」即由左至右（或由右至左）的線條，近似水平線；「豎畫」為由上至下的線條，近似垂直線；「斜畫」可分兩種，一為由左上至右下的「左斜畫」，二為由右上至左下的「右斜畫」；「點畫」為方向不定，且長度極短之線條，可能為極短的橫畫、極短的豎畫或極短的斜畫，甚至是墨塊（似「■」狀者）、墨點（似「●」狀者）等。

表（六－3）

筆　畫		說　明	示　意
橫畫		由左至右（或由右至左）的線條，近似水平線。	—
豎畫		由上至下的線條，近似垂直線。	│
斜畫	左斜畫	由左上至右下的斜畫。	＼
	右斜畫	由右上至左下的斜畫。	／
點畫		方向不定且長度極短的線條，或墨塊、墨點等。	、■ ●

此處補充說明「點畫」，所謂方向不定，是指有些點可能為橫向，有些為豎向，有些為左斜或右斜，有些為方向有所轉折等，只是因其長度極短，歸於橫、豎等筆畫中有些牽強；換言之，點畫不似橫畫、豎畫般，專指某個方向的筆畫。至於「斜畫」，在前述所引書法相關專著中，大多分為「撇」、「捺」，

但此名稱與筆畫方向較為無關〔註45〕，故本文未採此名，而以「斜畫」表示，再依傾斜方向細分「右斜畫」、「左斜畫」。

（二）複合方向

所謂複合方向，係指書寫筆畫時方向有所改變。分作兩類，一為方向僅改變一次者，稱作「轉折」；二為方向改變兩次以上者，稱作「繞曲」。然須注意的是，因書體的情況、書手的習慣等有所不同，因此不同書體、材料的文字，其轉折、繞曲的細項有所差異，故此處不逐一列出可能的轉折、繞曲筆畫。

「轉折」為筆畫運行時，方向改變一次者，如「㇕」、「㇗」等。轉畫與折畫皆為方向改變的筆畫，但差別在轉角處為圓轉或方折而已，方圓之別多與書手習慣有關，較無區別意義或字形功能，且在同一轉角處，方折與圓轉只能擇一，故合併為一類。至於「繞曲」，即筆畫運行時，方向改變兩次或兩次以上者，如「コ」、「S」等；且與轉折相同，無論方向轉變處為方折或圓轉，皆屬繞曲。

二、筆畫書寫過程

筆畫書寫的過程可分為「起筆」、「收筆」、「運筆」，即筆畫的開始、結束、過程。這三個階段都會直接影響筆畫最後呈現的樣貌，故而討論筆畫時，不能忽略「起筆」、「收筆」、「運筆」三階段中的書寫情況。

若觀從書法角度分析筆畫之相關討論，皆特別提及書寫過程之起筆、收筆、提按、形狀等細節，如前言提及之李松朋〈中國書法筆法的產生與書法筆法內容研究〉、陳松長〈簡帛書迹中的筆墨趣味例說〉等；或如曹緯初《書學通論》、杜忠誥《書道技法1・2・3》等書法專著，所述更為詳細。以下則參考諸家之論，針對「起筆」、「收筆」、「運筆」之筆畫書寫三階段，討論箇中細節。

〔註45〕《說文解字》對「擎」（撇）的解釋為「飾也」，段〈注〉:「飾者，㕞也。……飾者，今之拭字。……拭與拂義略同。」可知段玉裁以為「撇」與「拭」、「拂」意義相近，而此三字皆為手部的動作，與方向較無直接關聯。至於「捺」雖未見於《說文解字》，但《廣韻・曷韻》有云:「捺，手按。」可知亦為手部動作。〔漢〕許慎撰，〔清〕段玉裁注，李添富總校訂:《新添古音說文解字注》（臺北：洪葉文化事業有限公司，2016年），頁612。〔宋〕陳彭年等重修，林尹校訂:《新校正切宋本廣韻》（臺北：黎明文化事業股份有限公司，1996年），頁484。

（一）起筆

原則上只要毛筆筆鋒接觸書寫材料起，即可稱為「起筆」。然而在書寫時，並非每次在筆鋒接觸書寫材料後，直接往該筆畫方向寫去，因為這容易造成筆畫過細的情況。因此筆畫的起筆，通常是指書寫時，筆鋒接觸書寫材料後，先將毛筆略為下壓並稍作停頓，確定筆畫的粗細後，再往該筆畫的方向運行。正因如此，筆畫的開頭便會因下壓時的狀況，形成特定形狀，如平頭、圓頭、斜頭等；當然亦不排除下筆之後直接運行，筆畫開頭形成尖頭狀，但為使筆畫有一定粗細，通常會在運行時逐漸加粗筆畫。起筆的形狀如表（六－4）所示：

表（六－4）起筆形狀，以橫畫為例

起筆	平頭	圓頭	斜頭	尖頭
示意圖				

至於傳統書法教學對隸書起筆，通常有所謂的「逆筆」。舉例來說，橫畫起筆時，筆鋒需先往左，之後再返折往右運行；豎畫起筆則筆鋒需先往上，再返折向下運行。此目的在於「藏鋒」，即將筆鋒藏入筆畫之中，讓筆畫呈鈍狀，而使筆鋒接觸書寫材料時的尖端不外露；然就碑帖材料來看，書寫隸書、楷書時未必皆起筆藏鋒，有時甚至將筆鋒顯露，如表（六－5）：

表（六－5）

書　體		逆筆、藏鋒	不逆筆、露鋒
隸書	簡牘〔註 46〕	「一」T23：933 起筆呈圓鈍狀	「一」T24：102 起筆為尖狀
	刻石〔註 47〕	「仲」的「人」部的「丿」起筆非尖頭	「億」的「人」部的「丿」起筆為尖筆

〔註 46〕皆引自《肩水金關漢簡》。黃艷萍、張再興編著：《肩水金關漢簡字形編》，第一冊，頁 7。

〔註 47〕皆引自東漢《禮器碑》。〔日本〕西川寧、神田喜一郎監修：《漢禮器碑》（東京：株式會社二玄社，1984 年），頁 42、62。

楷書	書帖〔註48〕	長橫畫，其因承接前一筆的「ˊ」，故橫畫起筆時，筆鋒略作扭轉而呈圓鈍狀	橫畫起筆為筆鋒自左上切入，且留下筆鋒運行的細線
	刻石〔註49〕	最長的橫畫，起筆為圓頭	筆鋒自左上切入呈斜切狀

上表所引圖版中，因刻石作品經過加工，故未必能直接反映書寫情況，但就其起筆處之尖圓與否，或可推測其為藏鋒或露鋒；至於簡牘、書帖作品，因墨跡能直接反映書寫狀況，故而藏鋒或露鋒應無甚疑義。

（二）收筆

收筆即筆鋒離開書寫材料，而使該筆畫書寫完畢，因此照理而言，收筆只是離開書寫材料的瞬間，不需再討論其間有何動作。然此處討論收筆，係觀察收筆的位置，在該筆畫的何處。大抵而言，筆畫末端通常朝下、朝左、朝右，因此收筆出鋒的位置可分作不出鋒、中間出鋒、右上出鋒、左上出鋒、右下出鋒、左下出鋒五種，如表（六－6）所示：

表（六－6）

朝向 出鋒處	朝左	朝正下	朝右
甲			

〔註48〕二圖版皆出自《隋唐寫經集》。〔日本〕西川寧、神田喜一郎監修：《隋唐寫經集》（東京：株式會社二玄社，1980年），頁36、40。

〔註49〕逆筆藏鋒所引圖版為《顏勤禮碑》；不逆筆露鋒所引圖版為《龍門二十品．牛橛造像記》。〔唐〕顏真卿撰併書，〔民國〕孫寶文編：《顏勤禮碑》，頁11。〔日本〕西川寧、神田喜一郎監修：《北魏龍門二十品（上）》（東京：株式會社二玄社，1987年），頁3。

乙			
丙			
說明	甲為左上出鋒 乙為中間出鋒 丙為左下出鋒	甲為左側出鋒 乙為中間出鋒 丙為右側出鋒	甲為右上出鋒 乙為中間出鋒 丙為右下出鋒

所謂「不出鋒」的收筆，其邊緣會呈現平直或圓鈍狀；而有出鋒的收筆，則會明顯可看出收筆處呈漸細，且往筆畫的某一處收尖，如上表之甲、乙、丙，筆鋒會往筆畫的某一處收尖。至於有些筆畫末端是朝左上、左下、右上、右下，與朝左、朝右只是平正與欹斜的差異而已，筆畫末端朝向仍可類推，如朝左上與左下，可視同朝左；朝右上或右下，可視作朝右。

（三）運筆

所謂的運筆，嚴格而言應包含書寫筆畫之全部過程，但為區分書寫筆畫之開始、結束、中間過程，因此本文限縮「運筆」所指範圍。「運筆」，係指起筆確定筆畫粗細之後，準備往筆畫方向運行開始，直到收筆前的這段過程，如下圖（六－1）所示：

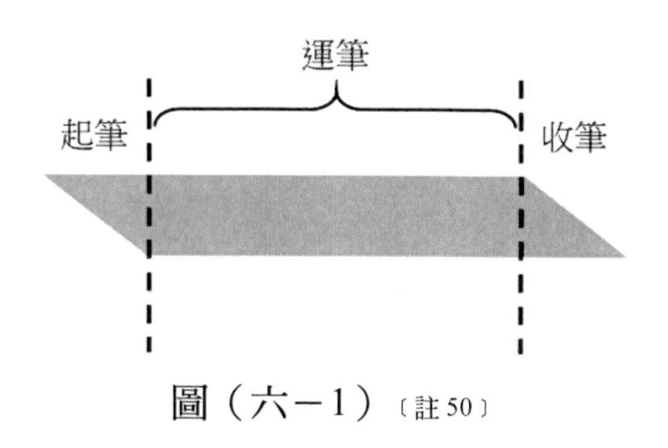

圖（六－1）〔註50〕

筆畫在此書寫階段，可討論其運行路線的長短、粗細變化、路線的平直與否，即「長度」、「厚度」、「弧度」。

〔註50〕左側虛線即「確定筆畫粗細」之處，右側虛線為「準備收筆」之處。

1. 長度

筆畫長短在運筆時，未必僅為裝飾而延長，有時更有區辨功能，如「土」與「士」，長短關係不同，可能直接影響文字的釋讀。另外，筆畫長短也可能影響筆畫分類，如橫、豎、斜、轉折等筆畫，若寫作極短狀態時則歸為「點畫」，因此長短對筆畫書寫有一定程度的影響。

2. 厚度

所謂「厚度」，即筆畫的粗細。漢字大體上不以筆畫或線條粗細區辨字形。或許因為古文字筆畫線條較無粗細變化，甚至可能不易作出粗細變化（如刀刻的甲骨文），加之毛筆書寫過程，粗細變化常因書寫者習慣、書寫狀況等有所改變，相較長度而言變動性較高，因此漢字不以線條粗細區別字形，而用長短區分，如「王」、「玉」的金文、小篆形體。雖然古文字形體或有墨點、墨塊，但也可替換作短的橫向線條，如「正」甲骨文作「」（《合》6441 賓組）、「」（《合》22086 午組），金文作「」（大盂鼎）、「」（小克鼎），楚簡作「」（《郭．老甲》32），秦簡作「」（《睡效》3），短的橫向線條與墨塊雖是線（線條）與面（團塊）的差異，但也可說是粗細的不同，即將墨塊視為加粗後的橫向線條。由此可見，筆畫的粗細變化，與文字在形體上的表意功能較無關聯。

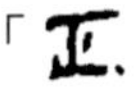

至於粗細變化的產生，源自書寫時手部的提按動作，提起筆毛則變細，按壓筆毛則加粗。然提按動作有時係因書寫過程自然產生，有時則為刻意為之，此關乎書寫時手部的運作，因此需先了解書寫時的手部運作狀況。一般而言，書寫文字時，依據手腕、手肘的情況，可分為「枕腕」、「提腕」、「懸腕」。枕腕即書寫時，手腕貼於桌面；提腕即手腕提起，不貼於桌面，但手肘或手臂貼於桌面；懸腕即手腕、手肘皆提起而使手臂懸空。〔註51〕因手指、手腕、手肘皆為書寫時會使用的關節，三者的狀態皆會影響書寫動作，進而反映在筆畫形貌上。

觀簡牘帛書文字，其寬度多在 1cm～2cm 之間，因此書寫時應為腕關節與指關節帶動毛筆運行，而肘關節、肩關節應為穩定狀態，即腕關節活動的同時，手腕的位置並不會改變。〔註52〕若以提腕、懸腕〔註53〕書寫，指關節、腕關節帶

〔註51〕曹緯初：《書學通論》，頁 90～91。

〔註52〕若書寫時是肘關節在活動，便會帶動前臂（肘關節至腕關節之間），如此手部動作幅度過大，對於書寫寬度僅 1cm～2cm 的文字而言，較為費事；因此推測書寫簡牘帛書時，應該是穩定肘關節，透過腕關節、指關節的活動來帶動毛筆。

〔註53〕懸腕書寫簡牘時，可能為左手執簡牘，右手執筆。可參見周鳳五《書法》頁 178 之

動毛筆時，筆鋒活動路線成弧線，如下圖（六－2）：

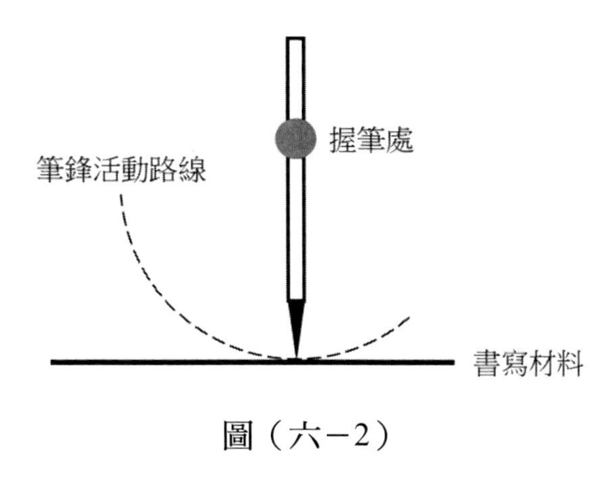

圖（六－2）

因此若不刻意按壓筆毛，則筆畫末端大多呈漸細狀。若以枕腕書寫時，因腕關節處於穩定狀態，故多以指關節帶動毛筆，其筆鋒活動路線亦與圖（六－2）相似而呈弧線形，但幅度較小，此時筆鋒遠離手腕（往左、往上、往下、往左下），筆畫則漸細，除非手部刻意下壓，便可使筆畫厚度加粗；至於筆鋒往手腕靠近時（往右、往右下），因腕關節的活動受限，手指便將筆鋒稍微往下按，使得筆畫呈現漸粗貌，除非過程中手指將筆往上提，便能使筆畫厚度變細。然而提腕、懸腕書寫筆鋒往手腕靠近（往右、往右下）的筆畫，除前述「手部刻意下壓」外，若固定手腕位置，即相當於手腕枕在平面上，惟此平面並非實物，如此便有枕腕般的自然加粗效果。

此外，筆畫於轉彎後也容易出現加粗情況，此與筆鋒運行位置有關。書寫單一方向時，筆鋒多運行在筆畫中間，即書法之「中鋒」；若遇轉彎，有時導致筆鋒在筆畫偏一側運行，即書法之「側鋒」，此時筆畫相較單一方向之中鋒用筆，較容易出現加粗情況，如表（六－7）所示：

表（六－7）〔註54〕

圖示說明		中　鋒	側　鋒	轉彎時筆鋒的變化
筆鋒	▲			

附圖，圖片雖表示唐代書寫情況，但其持紙筆的方式或可類推到書寫簡牘的情況。周鳳五：《書法》（臺北：幼獅文化事業股份有限公司，1989年），頁178。

〔註54〕依毛筆書寫情況而言，筆鋒的尖端與筆畫運行方向相反，故虛線箭頭所示的筆畫運行方向與筆鋒尖端相反。

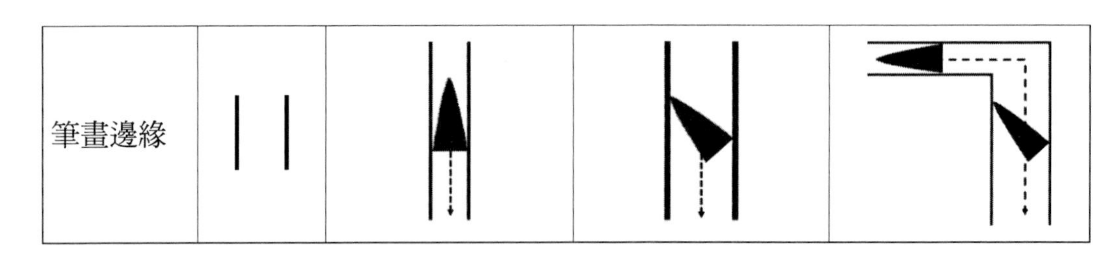

惟需注意的是，筆畫在收筆時，因筆鋒要帶離書寫材料，故而筆畫末端有時呈漸細狀，尤其以收筆為出鋒收筆最為明顯，見表（六－6）。因此在討論運筆的粗細變化時，應排除因收筆而呈漸細的情況。

至於在描述筆畫運行時的厚度變化時，可以「無粗細變化」、「漸細」、「漸粗」、「細漸粗」（即先變細再加粗）、「粗漸細」（即先加粗再變細）說明。然此對敘述單一方向之筆畫較為方便，因複合方向之筆畫在不同方向的部分，可能厚度變化有所不同，加之複合方向筆畫的方向描述較單一方向筆畫複雜，若再加入粗細變化的說明，恐敘述愈加繁複，是而對複合方向之筆畫，不再討論其厚度。

3. 弧度

筆畫是否帶有弧度通常不影響字形的區辨，即「一」寫作「︵」、「︶」，皆可視為同一字，只是受書寫習慣或書寫情況所致；但若有字形係以筆畫直曲辨別，則不視為「帶弧度的筆畫」，而是歸作「轉折」，以確保弧度與否不影響字形區別的原則。

統合上述，分析筆畫時，應先確認該筆畫的方向，次則觀察起筆、收筆、運筆等書寫過程，以此盡量避免分類或描述筆畫時的疑義，或指稱不明確的情況。然而筆畫的分析，不僅與書寫方向、書寫過程有關，更涉及執筆方式、書寫用具的性質，甚至身體姿勢、坐具、几案等亦有關聯。如楊崇福《書法知識手冊》第二章敘述書法技法時，分「姿勢」、「執筆」、「運腕」、「用筆」四部分說明，第七章專論書寫工具。〔註 55〕由此可知對書法而言，書寫所牽涉的面向相當廣泛，但秦漢時期書寫情況難以探其全貌〔註 56〕，故本文僅以書寫方向、書寫過程分析。

〔註 55〕楊崇福：《書法知識手冊》，頁 6～14、76～83。

〔註 56〕且幸考古出土之文物，可窺探一二，如天水放馬灘一號墓出土毛筆、居延出土漢代毛筆等，可知秦漢時期毛筆樣貌；或如放馬灘紙（西漢初期）、灞橋紙（西漢初期）等，可知西漢初期已使用紙作書寫材料。

第四節　馬王堆簡帛文字筆畫分析

藉由以上討論，並整理出分析筆畫的方式，本節則以方式，針對馬王堆簡帛文字進行筆畫分析。以下先就前述「筆畫書寫方向」提及的筆畫為主，再以「筆畫書寫過程」所論起筆、收筆、運筆為輔，藉此掌握馬王堆簡帛文字筆畫樣貌，了解當時書寫的情況。

一、橫畫

橫畫即方向為左右、呈平臥狀的筆畫。幾乎大部分的橫畫為由左至右書寫，亦有可能由右至左書寫，但較為少見。橫畫的細類，依書寫過程，起筆有平頭、圓頭、斜頭、尖頭，收筆有不出鋒、中間出鋒、右上出鋒、右下出鋒，運筆有無粗細變化、漸細、漸粗、細漸粗、粗漸細，以及弧度與否，橫畫理論上應有 160 種寫法。〔註 57〕以下為能清楚觀察橫畫，故表（六－8）中所引字例，盡量以主要由橫畫構成的字為主，如「一」、「二」、「三」等，加之這類文字在馬堆簡帛的使用頻率很高，以此觀察橫畫書寫具有一定代表性。

表（六－8）〔註 58〕

起筆	收筆	運筆		圖版	備註
		厚度	弧度		
平頭	不出鋒	無變化	有	〈陰甲．祭三〉1.14	
平頭	不出鋒	無變化	無	〈方〉297.10	
平頭	不出鋒	漸細	有		
平頭	不出鋒	漸細	無	〈方〉25.23	第二筆橫畫
平頭	不出鋒	漸粗	有		
平頭	不出鋒	漸粗	無		
平頭	不出鋒	細漸粗	有		

〔註 57〕即 4 種起筆×4 種收筆×5 種粗細變化×2 種帶弧度與否的可能＝160 種。

〔註 58〕第四節所有筆畫類型的表格中，並非將所有馬王堆簡帛文字的每個筆畫全部列出，僅舉二、三字例代表，故而表格之空白欄位不代表馬王堆簡帛中無此筆畫類型。

平頭	不出鋒	細漸粗	無		
平頭	不出鋒	粗漸細	有		
平頭	不出鋒	粗漸細	無		
平頭	中間出鋒	無變化	有	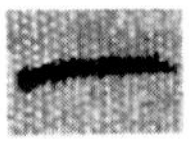 〈陰甲・天一〉1.24	
平頭	中間出鋒	無變化	無	 〈遣三〉51.9	
平頭	中間出鋒	漸細	有	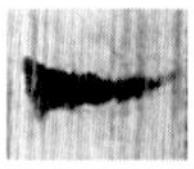 〈遣一〉20.4	
平頭	中間出鋒	漸細	無	 〈遣一〉45.3	需略為轉向
平頭	中間出鋒	漸粗	有		
平頭	中間出鋒	漸粗	無		
平頭	中間出鋒	細漸粗	有		
平頭	中間出鋒	細漸粗	無		
平頭	中間出鋒	粗漸細	有		
平頭	中間出鋒	粗漸細	無		
平頭	右上出鋒	無變化	有	 〈遣一〉123.3	除去收筆往右上時的漸細
平頭	右上出鋒	無變化	無	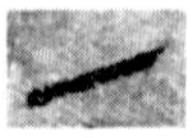 〈養・殘〉2.4	需轉正
平頭	右上出鋒	漸細	有	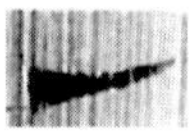 〈遣一〉161.3	
平頭	右上出鋒	漸細	無	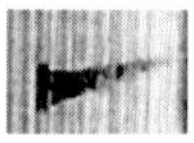 〈遣一〉161.7	
平頭	右上出鋒	漸粗	有		
平頭	右上出鋒	漸粗	無	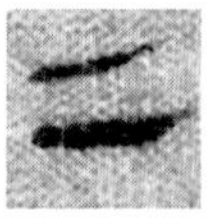 〈相〉19.58	
平頭	右上出鋒	細漸粗	有		
平頭	右上出鋒	細漸粗	無		
平頭	右上出鋒	粗漸細	有		

平頭	右上出鋒	粗漸細	無		
平頭	右下出鋒	無變化	有		
平頭	右下出鋒	無變化	無		
平頭	右下出鋒	漸細	有	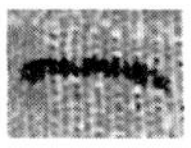 〈陰甲・祭一〉A10L.17	
平頭	右下出鋒	漸細	無		
平頭	右下出鋒	漸粗	有		
平頭	右下出鋒	漸粗	無		
平頭	右下出鋒	細漸粗	有		
平頭	右下出鋒	細漸粗	無		
平頭	右下出鋒	粗漸細	有		
平頭	右下出鋒	粗漸細	無		
圓頭	不出鋒	無變化	有		
圓頭	不出鋒	無變化	無	 〈足〉21.11	第一筆橫畫
圓頭	不出鋒	漸細	有		
圓頭	不出鋒	漸細	無		
圓頭	不出鋒	漸粗	有		
圓頭	不出鋒	漸粗	無	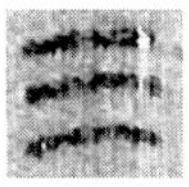 〈陰甲・雜四〉3.18	第一筆橫畫
圓頭	不出鋒	細漸粗	有		
圓頭	不出鋒	細漸粗	無		
圓頭	不出鋒	粗漸細	有		
圓頭	不出鋒	粗漸細	無		
圓頭	中間出鋒	無變化	有		
圓頭	中間出鋒	無變化	無		
圓頭	中間出鋒	漸細	有		
圓頭	中間出鋒	漸細	無		
圓頭	中間出鋒	漸粗	有		
圓頭	中間出鋒	漸粗	無		
圓頭	中間出鋒	細漸粗	有		
圓頭	中間出鋒	細漸粗	無		
圓頭	中間出鋒	粗漸細	有		

圓頭	中間出鋒	粗漸細	無		
圓頭	右上出鋒	無變化	有		
圓頭	右上出鋒	無變化	無	〈養〉35.19	第三筆橫畫
圓頭	右上出鋒	漸細	有		
圓頭	右上出鋒	漸細	無		
圓頭	右上出鋒	漸粗	有		
圓頭	右上出鋒	漸粗	無	〈五〉54.4	
圓頭	右上出鋒	細漸粗	有		
圓頭	右上出鋒	細漸粗	無		
圓頭	右上出鋒	粗漸細	有		
圓頭	右上出鋒	粗漸細	無		
圓頭	右下出鋒	無變化	有		
圓頭	右下出鋒	無變化	無	〈陰甲・天一〉2.43	第三筆橫畫
圓頭	右下出鋒	漸細	有		
圓頭	右下出鋒	漸細	無		
圓頭	右下出鋒	漸粗	有		
圓頭	右下出鋒	漸粗	無		
圓頭	右下出鋒	細漸粗	有		
圓頭	右下出鋒	細漸粗	無		
圓頭	右下出鋒	粗漸細	有		
圓頭	右下出鋒	粗漸細	無		
斜頭	不出鋒	無變化	有	〈陰甲・諸日〉3.17	因橫畫帶有弧度，故而起筆的斜頭似成尖頭
斜頭	不出鋒	無變化	無		
斜頭	不出鋒	漸細	有		
斜頭	不出鋒	漸細	無		
斜頭	不出鋒	漸粗	有		
斜頭	不出鋒	漸粗	無		
斜頭	不出鋒	細漸粗	有		
斜頭	不出鋒	細漸粗	無		

斜頭	不出鋒	粗漸細	有		
斜頭	不出鋒	粗漸細	無		
斜頭	中間出鋒	無變化	有		
斜頭	中間出鋒	無變化	無		
斜頭	中間出鋒	漸細	有	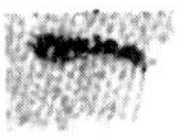 〈陰甲・式圖〉1.42	
斜頭	中間出鋒	漸細	無	 〈遣三〉22.3	需轉正
斜頭	中間出鋒	漸粗	有		
斜頭	中間出鋒	漸粗	無		
斜頭	中間出鋒	細漸粗	有		
斜頭	中間出鋒	細漸粗	無		
斜頭	中間出鋒	粗漸細	有		
斜頭	中間出鋒	粗漸細	無		
斜頭	右上出鋒	無變化	有		
斜頭	右上出鋒	無變化	無	 〈方〉49.1	
斜頭	右上出鋒	漸細	有	 〈戰〉126.41	第三筆橫畫
斜頭	右上出鋒	漸細	無	 〈方〉26.9	
斜頭	右上出鋒	漸粗	有	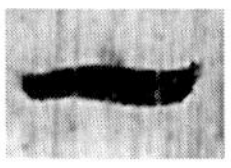 〈遣三〉61.4	
斜頭	右上出鋒	漸粗	無	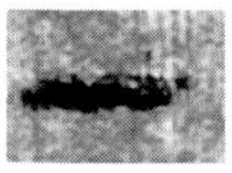 〈方〉167.1	
斜頭	右上出鋒	細漸粗	有		
斜頭	右上出鋒	細漸粗	無		
斜頭	右上出鋒	粗漸細	有		
斜頭	右上出鋒	粗漸細	無		
斜頭	右下出鋒	無變化	有	 〈方〉409.1	

斜頭	右下出鋒	無變化	無	〈陰甲・祭二〉11L.10	
斜頭	右下出鋒	漸細	有	〈方〉90.4	
斜頭	右下出鋒	漸細	無		
斜頭	右下出鋒	漸粗	有		
斜頭	右下出鋒	漸粗	無		
斜頭	右下出鋒	細漸粗	有		
斜頭	右下出鋒	細漸粗	無		
斜頭	右下出鋒	粗漸細	有		
斜頭	右下出鋒	粗漸細	無		
尖頭	不出鋒	無變化	有		
尖頭	不出鋒	無變化	無		
尖頭	不出鋒	漸細	有		
尖頭	不出鋒	漸細	無		
尖頭	不出鋒	漸粗	有		
尖頭	不出鋒	漸粗	無		
尖頭	不出鋒	細漸粗	有		
尖頭	不出鋒	細漸粗	無		
尖頭	不出鋒	粗漸細	有		
尖頭	不出鋒	粗漸細	無		
尖頭	中間出鋒	無變化	有		
尖頭	中間出鋒	無變化	無		
尖頭	中間出鋒	漸細	有		
尖頭	中間出鋒	漸細	無		
尖頭	中間出鋒	漸粗	有		
尖頭	中間出鋒	漸粗	無	〈遣三〉178.6	第二筆橫畫
尖頭	中間出鋒	細漸粗	有		
尖頭	中間出鋒	細漸粗	無		
尖頭	中間出鋒	粗漸細	有		
尖頭	中間出鋒	粗漸細	無		
尖頭	右上出鋒	無變化	有		

尖頭	右上出鋒	無變化	無	〈氣〉6.159	推測僅由筆鋒書寫，故歸為尖頭
尖頭	右上出鋒	漸細	有		
尖頭	右上出鋒	漸細	無		
尖頭	右上出鋒	漸粗	有	〈戰〉128.32	第三筆橫畫
尖頭	右上出鋒	漸粗	無	〈戰〉151.12	
尖頭	右上出鋒	細漸粗	有		
尖頭	右上出鋒	細漸粗	無		
尖頭	右上出鋒	粗漸細	有		
尖頭	右上出鋒	粗漸細	無		
尖頭	右下出鋒	無變化	有		
尖頭	右下出鋒	無變化	無		
尖頭	右下出鋒	漸細	有		
尖頭	右下出鋒	漸細	無		
尖頭	右下出鋒	漸粗	有		
尖頭	右下出鋒	漸粗	無		
尖頭	右下出鋒	細漸粗	有		
尖頭	右下出鋒	細漸粗	無		
尖頭	右下出鋒	粗漸細	有		
尖頭	右下出鋒	粗漸細	無		

總觀上表，馬王堆簡帛的「一」、「二」、「三」之橫畫寫法，皆可發現四種起筆方式，而筆畫整體走向則是右上、正右、右下皆有。然則粗細變化，幾乎不太出現細漸粗、粗漸細的情況；收筆方式則不常見不出鋒、右下出鋒，而以中間出鋒、右上出鋒較為常見。

收筆的出鋒位置，或與筆畫弧度有關，若弧度為「︶」者，收筆時往往順著弧度走向而為右上出鋒；若弧度為「︵」者，收筆時順著弧度走向則為右下出鋒；但弧度為「︵」的橫畫較少，因此右下出鋒也隨之少見。又或與筆鋒之中鋒、側鋒有關，觀「」（〈遣一〉51.4）的筆畫上緣與下緣，上緣的部分較為完整，而下緣部分則邊緣不完整，且出現墨色不均的情況，推測書寫筆畫時，筆鋒偏側在筆畫上緣，故使上緣的邊緣較為完整，而下緣因為並非筆鋒控制，且書寫時該側也容易被筆毛遮擋，因此也容易造成邊緣不完整的情況；同時也因為筆鋒偏在筆畫上緣，收筆時相較筆毛的其他部分，筆鋒是最後離開書寫材料的，也因此導致筆畫為右上出鋒的現象。

此外，橫畫為右上出鋒習見於馬王堆簡帛文字中，此與之後隸書橫畫之「雁尾」，如「」（「三」的第三筆橫畫的收筆，《曹全碑》〔註 59〕）有密切關聯，雖馬王堆簡帛文字未如東漢以後的隸書，將有雁尾的橫畫多用於字形中最長的橫畫，但可視為雁尾的前身。至於有些橫畫常縮短長度，甚至幾近於點畫，如「」（三，〈遣三〉266.9）；若與後世草書相比，如「」（三，〈遊目帖〉〔註 60〕），雖二者方向不同，但橫畫的形狀相似，可反映草書與隸書在筆畫上的關係。

二、豎畫

豎畫即方向為上下、呈直立狀的筆畫，而豎畫為由上至下書寫，幾乎不太有由下至上書寫的情況。豎畫的細類與橫畫相同，起筆有平頭、圓頭、斜頭、尖頭，收筆有不出鋒、中間出鋒、右側出鋒、左側出鋒，運筆有無粗細變化、漸細、漸粗、細漸粗、粗漸細，以及弧度與否，是而豎畫理論上亦有 160 種寫法。為能清楚觀察豎畫，故表（六－9）中所引字例，盡量以包含豎畫且筆畫較少的字為主，如「中」、「十」。

表（六－9）

起　筆	收　筆	運　筆		圖　版	備　註
		厚度	弧度		
平頭	不出鋒	無變化	有	〈出〉31.23	
平頭	不出鋒	無變化	無	〈相〉13.24	
平頭	不出鋒	漸細	有		
平頭	不出鋒	漸細	無		

〔註 59〕〔民國〕孫寶文編：《曹全碑》，頁 15。

〔註 60〕〔晉〕王羲之，〔民國〕孫寶文編：《王羲之墨蹟選》（上海：上海辭書出版社，2017 年），頁 10。

平頭	不出鋒	漸粗	有	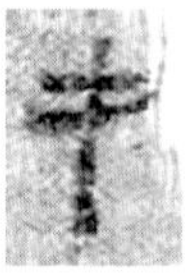 〈養〉161.5	
平頭	不出鋒	漸粗	無		
平頭	不出鋒	細漸粗	有		
平頭	不出鋒	細漸粗	無		
平頭	不出鋒	粗漸細	有		
平頭	不出鋒	粗漸細	無		
平頭	中間出鋒	無變化	有		
平頭	中間出鋒	無變化	無	 〈方〉261.5	
平頭	中間出鋒	漸細	有		
平頭	中間出鋒	漸細	無		
平頭	中間出鋒	漸粗	有		
平頭	中間出鋒	漸粗	無		
平頭	中間出鋒	細漸粗	有		
平頭	中間出鋒	細漸粗	無		
平頭	中間出鋒	粗漸細	有		
平頭	中間出鋒	粗漸細	無		
平頭	右側出鋒	無變化	有		
平頭	右側出鋒	無變化	無	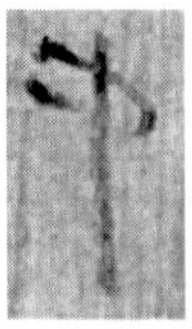 〈禁〉11.7	
平頭	右側出鋒	漸細	有		
平頭	右側出鋒	漸細	無		
平頭	右側出鋒	漸粗	有		
平頭	右側出鋒	漸粗	無	 〈足〉31.7	
平頭	右側出鋒	細漸粗	有		
平頭	右側出鋒	細漸粗	無		

平頭	右側出鋒	粗漸細	有		
平頭	右側出鋒	粗漸細	無		
平頭	左側出鋒	無變化	有	 〈陰甲・天地〉1.13	
平頭	左側出鋒	無變化	無	 〈相〉13.24	
平頭	左側出鋒	漸細	有	 〈陰甲・堪法〉13.15	
平頭	左側出鋒	漸細	無		
平頭	左側出鋒	漸粗	有	 〈談〉26.38	
平頭	左側出鋒	漸粗	無		
平頭	左側出鋒	細漸粗	有		
平頭	左側出鋒	細漸粗	無		
平頭	左側出鋒	粗漸細	有		
平頭	左側出鋒	粗漸細	無		
圓頭	不出鋒	無變化	有		
圓頭	不出鋒	無變化	無	 〈相〉63.21	
圓頭	不出鋒	漸細	有		
圓頭	不出鋒	漸細	無		
圓頭	不出鋒	漸粗	有		
圓頭	不出鋒	漸粗	無	 〈出〉34.39	
圓頭	不出鋒	細漸粗	有		
圓頭	不出鋒	細漸粗	無		
圓頭	不出鋒	粗漸細	有		
圓頭	不出鋒	粗漸細	無		

圓頭	中間出鋒	無變化	有		
圓頭	中間出鋒	無變化	無	 〈二〉35.31	
圓頭	中間出鋒	漸細	有		
圓頭	中間出鋒	漸細	無		
圓頭	中間出鋒	漸粗	有		
圓頭	中間出鋒	漸粗	無		
圓頭	中間出鋒	細漸粗	有		
圓頭	中間出鋒	細漸粗	無		
圓頭	中間出鋒	粗漸細	有		
圓頭	中間出鋒	粗漸細	無		
圓頭	右側出鋒	無變化	有		
圓頭	右側出鋒	無變化	無		
圓頭	右側出鋒	漸細	有		
圓頭	右側出鋒	漸細	無		
圓頭	右側出鋒	漸粗	有		
圓頭	右側出鋒	漸粗	無	 〈遣三〉297.3	
圓頭	右側出鋒	細漸粗	有		
圓頭	右側出鋒	細漸粗	無		
圓頭	右側出鋒	粗漸細	有		
圓頭	右側出鋒	粗漸細	無		
圓頭	左側出鋒	無變化	有		
圓頭	左側出鋒	無變化	無	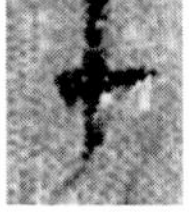 〈陰甲・殘〉171.2	
圓頭	左側出鋒	漸細	有		
圓頭	左側出鋒	漸細	無		
圓頭	左側出鋒	漸粗	有		
圓頭	左側出鋒	漸粗	無	 〈談〉1.13	

圓頭	左側出鋒	細漸粗	有		
圓頭	左側出鋒	細漸粗	無		
圓頭	左側出鋒	粗漸細	有		
圓頭	左側出鋒	粗漸細	無		
斜頭	不出鋒	無變化	有		
斜頭	不出鋒	無變化	無	 〈遣三〉52.5	
斜頭	不出鋒	漸細	有		
斜頭	不出鋒	漸細	無		
斜頭	不出鋒	漸粗	有		
斜頭	不出鋒	漸粗	無		
斜頭	不出鋒	細漸粗	有		
斜頭	不出鋒	細漸粗	無		
斜頭	不出鋒	粗漸細	有		
斜頭	不出鋒	粗漸細	無		
斜頭	中間出鋒	無變化	有		
斜頭	中間出鋒	無變化	無		
斜頭	中間出鋒	漸細	有		
斜頭	中間出鋒	漸細	無	 〈遣三〉216.30	
斜頭	中間出鋒	漸粗	有		
斜頭	中間出鋒	漸粗	無		
斜頭	中間出鋒	細漸粗	有		
斜頭	中間出鋒	細漸粗	無		
斜頭	中間出鋒	粗漸細	有		
斜頭	中間出鋒	粗漸細	無		
斜頭	右側出鋒	無變化	有		
斜頭	右側出鋒	無變化	無	 〈戰〉134.36	

斜頭	右側出鋒	漸細	有		
斜頭	右側出鋒	漸細	無		
斜頭	右側出鋒	漸粗	有		
斜頭	右側出鋒	漸粗	無		
斜頭	右側出鋒	細漸粗	有		
斜頭	右側出鋒	細漸粗	無		
斜頭	右側出鋒	粗漸細	有		
斜頭	右側出鋒	粗漸細	無		
斜頭	左側出鋒	無變化	有		
斜頭	左側出鋒	無變化	無	 〈合〉32.3	
斜頭	左側出鋒	漸細	有		
斜頭	左側出鋒	漸細	無	 〈繫〉27.51	
斜頭	左側出鋒	漸粗	有		
斜頭	左側出鋒	漸粗	無	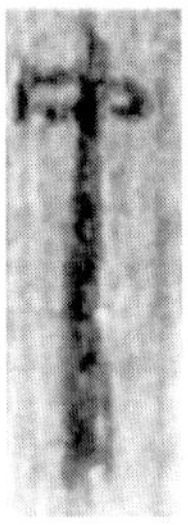 〈遣三〉216.70	
斜頭	左側出鋒	細漸粗	有		
斜頭	左側出鋒	細漸粗	無	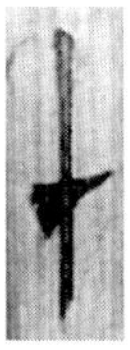 〈遣一〉138.2	
斜頭	左側出鋒	粗漸細	有		
斜頭	左側出鋒	粗漸細	無		
尖頭	不出鋒	無變化	有		
尖頭	不出鋒	無變化	無		
尖頭	不出鋒	漸細	有		
尖頭	不出鋒	漸細	無		

尖頭	不出鋒	漸粗	有	〈養〉166.7	
尖頭	不出鋒	漸粗	無	〈星〉144.18	
尖頭	不出鋒	細漸粗	有		
尖頭	不出鋒	細漸粗	無		
尖頭	不出鋒	粗漸細	有		
尖頭	不出鋒	粗漸細	無		
尖頭	中間出鋒	無變化	有		
尖頭	中間出鋒	無變化	無		
尖頭	中間出鋒	漸細	有		
尖頭	中間出鋒	漸細	無		
尖頭	中間出鋒	漸粗	有		
尖頭	中間出鋒	漸粗	無	〈出〉2.14	
尖頭	中間出鋒	細漸粗	有		
尖頭	中間出鋒	細漸粗	無		
尖頭	中間出鋒	粗漸細	有		
尖頭	中間出鋒	粗漸細	無		
尖頭	右側出鋒	無變化	有		
尖頭	右側出鋒	無變化	無		
尖頭	右側出鋒	漸細	有		
尖頭	右側出鋒	漸細	無		
尖頭	右側出鋒	漸粗	有		
尖頭	右側出鋒	漸粗	無	〈合〉28.2	
尖頭	右側出鋒	細漸粗	有		
尖頭	右側出鋒	細漸粗	無		

尖頭	右側出鋒	粗漸細	有		
尖頭	右側出鋒	粗漸細	無		
尖頭	左側出鋒	無變化	有		
尖頭	左側出鋒	無變化	無		
尖頭	左側出鋒	漸細	有		
尖頭	左側出鋒	漸細	無		
尖頭	左側出鋒	漸粗	有	〈合〉27.13	
尖頭	左側出鋒	漸粗	無	〈遣一〉184.8	
尖頭	左側出鋒	細漸粗	有		
尖頭	左側出鋒	細漸粗	無		
尖頭	左側出鋒	粗漸細	有		
尖頭	左側出鋒	粗漸細	無		

觀上表所列之馬王堆簡帛「中」、「十」的豎畫寫法，可發現皆有四種起筆方式，粗細變化與橫畫相同，較無兩種以上的粗細變化，如細漸粗、粗漸細等；收筆則少見不出鋒與右側出鋒，其中若收筆為左側出鋒，且厚度為漸粗，便與後世草書的其中一種豎畫〔註61〕形狀相似，如下圖：

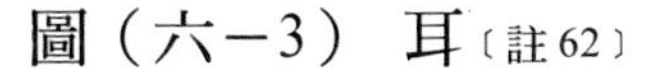

圖（六－3） 耳〔註62〕

圖（六－4） 軍〔註63〕

〔註61〕通常對應到楷書的「懸針豎」或「豎鉤」。所謂「懸針豎」即該豎畫的收筆在正中，且末端呈錐狀，如懸於空中的針，如「中」、「千」、「羊」、「軍」中間的豎畫；或邑部作「阝」時，其豎畫亦可寫作懸針豎。至於此處提及的豎鉤，通常用於字（或偏旁）的中間且為最後一筆的豎鉤，如「乎」、「宇」、「序」、「行」（豎鉤在「亍」的中間且為末筆）等。

〔註62〕〔晉〕王羲之，〔民國〕孫寶文編：《王羲之墨蹟選》，頁 26。

〔註63〕〔晉〕王獻之，〔民國〕孫寶文編：《王獻之墨蹟選》（上海：上海辭書出版社，2018年），頁 19。

三、斜畫

斜畫分右斜畫、左斜畫，以起筆在收筆相對位置區分，即右斜畫的起筆在收筆的右上方（如「／」），左斜畫的起筆在收筆的左上方（如「＼」）。至於斜畫起筆方式，圓頭與尖頭較無疑義，平頭起筆與斜頭起筆或因筆畫方向而易混淆，為區分二者差異，故先定義斜畫之平頭、斜頭之別。觀表（六－4）之平頭起筆，其起筆筆的邊緣與筆畫行進方向大致成垂直關係，而斜頭則否，如下表（六－10）圈起處：

表（六－10）

起　筆	平　頭	斜　頭
示意圖		

由圈起處可明顯看出平頭起筆在起筆邊緣與筆畫方向呈垂直關係，而斜頭起筆之起筆邊緣則不呈垂直關係，藉此可類推斜畫的平頭、斜頭起筆。

（一）右斜畫

右斜畫即起筆在收筆右上方的斜向筆畫。右斜畫的細類，與橫畫、豎畫相同，依書寫過程，起筆有平頭、圓頭、斜頭、尖頭，收筆有不出鋒、中間出鋒、左上出鋒、左下出鋒，運筆有無粗細變化、漸細、漸粗、細漸粗、粗漸細，以及弧度與否，故右斜畫亦有 160 種寫法。以下舉「小」、「少」為例，觀察馬王堆簡帛中右斜畫的寫法：

表（六－11）

起　筆	收　筆	運　筆		圖　版	備　註
		厚度	弧度		
平頭	不出鋒	無變化	有		
平頭	不出鋒	無變化	無		
平頭	不出鋒	漸細	有		
平頭	不出鋒	漸細	無	〈陰甲・堪表〉4.6	
平頭	不出鋒	漸粗	有		
平頭	不出鋒	漸粗	無		
平頭	不出鋒	細漸粗	有		

平頭	不出鋒	細漸粗	無		
平頭	不出鋒	粗漸細	有		
平頭	不出鋒	粗漸細	無		
平頭	中間出鋒	無變化	有		
平頭	中間出鋒	無變化	無	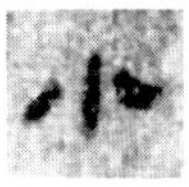 〈經〉26.2	
平頭	中間出鋒	漸細	有	 〈養目〉3.10	最後一筆
平頭	中間出鋒	漸細	無		
平頭	中間出鋒	漸粗	有		
平頭	中間出鋒	漸粗	無		
平頭	中間出鋒	細漸粗	有		
平頭	中間出鋒	細漸粗	無		
平頭	中間出鋒	粗漸細	有		
平頭	中間出鋒	粗漸細	無		
平頭	左上出鋒	無變化	有		
平頭	左上出鋒	無變化	無		
平頭	左上出鋒	漸細	有		
平頭	左上出鋒	漸細	無		
平頭	左上出鋒	漸粗	有	 〈周〉5.29	最後一筆
平頭	左上出鋒	漸粗	無	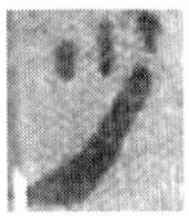 〈繆〉7.29	最後一筆
平頭	左上出鋒	細漸粗	有	 〈相〉66.65	最後一筆
平頭	左上出鋒	細漸粗	無		
平頭	左上出鋒	粗漸細	有		
平頭	左上出鋒	粗漸細	無		
平頭	左下出鋒	無變化	有		
平頭	左下出鋒	無變化	無		

平頭	左下出鋒	漸細	有		
平頭	左下出鋒	漸細	無		
平頭	左下出鋒	漸粗	有		
平頭	左下出鋒	漸粗	無		
平頭	左下出鋒	細漸粗	有		
平頭	左下出鋒	細漸粗	無		
平頭	左下出鋒	粗漸細	有		
平頭	左下出鋒	粗漸細	無		
圓頭	不出鋒	無變化	有		
圓頭	不出鋒	無變化	無		
圓頭	不出鋒	漸細	有		
圓頭	不出鋒	漸細	無		
圓頭	不出鋒	漸粗	有		
圓頭	不出鋒	漸粗	無		
圓頭	不出鋒	細漸粗	有		
圓頭	不出鋒	細漸粗	無		
圓頭	不出鋒	粗漸細	有		
圓頭	不出鋒	粗漸細	無		
圓頭	中間出鋒	無變化	有		
圓頭	中間出鋒	無變化	無		
圓頭	中間出鋒	漸細	有		
圓頭	中間出鋒	漸細	無		
圓頭	中間出鋒	漸粗	有		
圓頭	中間出鋒	漸粗	無		
圓頭	中間出鋒	細漸粗	有		
圓頭	中間出鋒	細漸粗	無		
圓頭	中間出鋒	粗漸細	有		
圓頭	中間出鋒	粗漸細	無		
圓頭	左上出鋒	無變化	有	 〈陰乙·天一〉20.2	
圓頭	左上出鋒	無變化	無		
圓頭	左上出鋒	漸細	有	 〈遣一〉181.3	

圓頭	左上出鋒	漸細	無		
圓頭	左上出鋒	漸粗	有		
圓頭	左上出鋒	漸粗	無		
圓頭	左上出鋒	細漸粗	有		
圓頭	左上出鋒	細漸粗	無		
圓頭	左上出鋒	粗漸細	有		
圓頭	左上出鋒	粗漸細	無		
圓頭	左下出鋒	無變化	有		
圓頭	左下出鋒	無變化	無		
圓頭	左下出鋒	漸細	有		
圓頭	左下出鋒	漸細	無		
圓頭	左下出鋒	漸粗	有		
圓頭	左下出鋒	漸粗	無		
圓頭	左下出鋒	細漸粗	有		
圓頭	左下出鋒	細漸粗	無		
圓頭	左下出鋒	粗漸細	有		
圓頭	左下出鋒	粗漸細	無		
斜頭	不出鋒	無變化	有	〈經〉27.17	
斜頭	不出鋒	無變化	無		
斜頭	不出鋒	漸細	有		
斜頭	不出鋒	漸細	無		
斜頭	不出鋒	漸粗	有		
斜頭	不出鋒	漸粗	無		
斜頭	不出鋒	細漸粗	有		
斜頭	不出鋒	細漸粗	無		
斜頭	不出鋒	粗漸細	有		
斜頭	不出鋒	粗漸細	無		
斜頭	中間出鋒	無變化	有		
斜頭	中間出鋒	無變化	無		
斜頭	中間出鋒	漸細	有		
斜頭	中間出鋒	漸細	無		
斜頭	中間出鋒	漸粗	有		
斜頭	中間出鋒	漸粗	無		

斜頭	中間出鋒	細漸粗	有		
斜頭	中間出鋒	細漸粗	無		
斜頭	中間出鋒	粗漸細	有		
斜頭	中間出鋒	粗漸細	無		
斜頭	左上出鋒	無變化	有		
斜頭	左上出鋒	無變化	無		
斜頭	左上出鋒	漸細	有	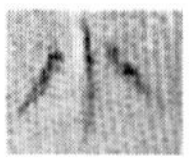 〈陰甲・堪表〉1.7	
斜頭	左上出鋒	漸細	無		
斜頭	左上出鋒	漸粗	有	 〈相〉14.52	
斜頭	左上出鋒	漸粗	無		
斜頭	左上出鋒	細漸粗	有		
斜頭	左上出鋒	細漸粗	無		
斜頭	左上出鋒	粗漸細	有		
斜頭	左上出鋒	粗漸細	無		
斜頭	左下出鋒	無變化	有		
斜頭	左下出鋒	無變化	無		
斜頭	左下出鋒	漸細	有	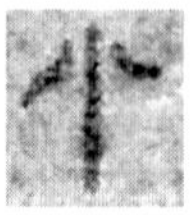 〈養〉83.27	
斜頭	左下出鋒	漸細	無	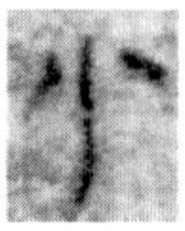 〈戰〉286.19	
斜頭	左下出鋒	漸粗	有		
斜頭	左下出鋒	漸粗	無		
斜頭	左下出鋒	細漸粗	有		
斜頭	左下出鋒	細漸粗	無		
斜頭	左下出鋒	粗漸細	有		
斜頭	左下出鋒	粗漸細	無		
尖頭	不出鋒	無變化	有		
尖頭	不出鋒	無變化	無		
尖頭	不出鋒	漸細	有		

尖頭	不出鋒	漸細	無		
尖頭	不出鋒	漸粗	有		
尖頭	不出鋒	漸粗	無		
尖頭	不出鋒	細漸粗	有		
尖頭	不出鋒	細漸粗	無		
尖頭	不出鋒	粗漸細	有		
尖頭	不出鋒	粗漸細	無		
尖頭	中間出鋒	無變化	有		
尖頭	中間出鋒	無變化	無	〈戰〉202.13	
尖頭	中間出鋒	漸細	有		
尖頭	中間出鋒	漸細	無		
尖頭	中間出鋒	漸粗	有		
尖頭	中間出鋒	漸粗	無		
尖頭	中間出鋒	細漸粗	有		
尖頭	中間出鋒	細漸粗	無		
尖頭	中間出鋒	粗漸細	有	〈戰〉280.12	最後一筆
尖頭	中間出鋒	粗漸細	無		
尖頭	左上出鋒	無變化	有		
尖頭	左上出鋒	無變化	無		
尖頭	左上出鋒	漸細	有		
尖頭	左上出鋒	漸細	無		
尖頭	左上出鋒	漸粗	有	〈養〉105.14	最後一筆
尖頭	左上出鋒	漸粗	無		
尖頭	左上出鋒	細漸粗	有		
尖頭	左上出鋒	細漸粗	無		
尖頭	左上出鋒	粗漸細	有		
尖頭	左上出鋒	粗漸細	無		
尖頭	左下出鋒	無變化	有		
尖頭	左下出鋒	無變化	無		
尖頭	左下出鋒	漸細	有		

尖頭	左下出鋒	漸細	無		
尖頭	左下出鋒	漸粗	有		
尖頭	左下出鋒	漸粗	無		
尖頭	左下出鋒	細漸粗	有		
尖頭	左下出鋒	細漸粗	無		
尖頭	左下出鋒	粗漸細	有		
尖頭	左下出鋒	粗漸細	無		

總觀上表，可知馬王堆簡帛之「小」、「少」之右斜畫皆有四種起筆方式；至於粗細變化則以漸細居多，因右斜畫的筆畫方向為遠離手腕，正如前述之書寫時筆鋒遠離手腕時，筆畫愈細；然亦有漸粗者，或因書寫時刻意按壓筆毛，使筆畫加粗所致，若再拉長筆畫，在視覺上便相當醒目，因相較其他筆畫而言，長短、粗細成鮮明對比，可營造出藝術張力。反映馬王堆簡帛在書寫時，已有運用筆畫長短、粗細，表現出特殊的視覺藝術效果。至於收筆位置，則以左上出鋒較為常見，因右斜畫多帶有弧度，且多為下凹狀（即「ノ」），而為順應此運行方向，故筆鋒受手腕活動影響，便導致多以左上出鋒的現象。

（二）左斜畫

左斜畫即起筆在收筆左上方的斜向筆畫。左斜畫的細類，與橫畫、豎畫相同，依書寫過程，起筆有平頭、圓頭、斜頭、尖頭，收筆有不出鋒、中間出鋒、右上出鋒、右下出鋒，運筆有無粗細變化、漸細、漸粗、細漸粗、粗漸細，以及弧度與否，因此左斜畫亦有 160 種寫法。以下舉「又」、「必」為例，觀察馬王堆簡帛中左斜畫的寫法：

表（六－12）

起　筆	收　筆	運　筆		圖　版	備　註
		厚度	弧度		
平頭	不出鋒	無變化	有		
平頭	不出鋒	無變化	無		
平頭	不出鋒	漸細	有		
平頭	不出鋒	漸細	無		
平頭	不出鋒	漸粗	有		
平頭	不出鋒	漸粗	無		
平頭	不出鋒	細漸粗	有		

平頭	不出鋒	細漸粗	無		
平頭	不出鋒	粗漸細	有		
平頭	不出鋒	粗漸細	無		
平頭	中間出鋒	無變化	有		
平頭	中間出鋒	無變化	無		
平頭	中間出鋒	漸細	有		
平頭	中間出鋒	漸細	無		
平頭	中間出鋒	漸粗	有		
平頭	中間出鋒	漸粗	無		
平頭	中間出鋒	細漸粗	有		
平頭	中間出鋒	細漸粗	無		
平頭	中間出鋒	粗漸細	有		
平頭	中間出鋒	粗漸細	無		
平頭	右上出鋒	無變化	有		
平頭	右上出鋒	無變化	無		
平頭	右上出鋒	漸細	有		
平頭	右上出鋒	漸細	無		
平頭	右上出鋒	漸粗	有	〈繆〉37.59	
平頭	右上出鋒	漸粗	無	〈氣〉4.7	
平頭	右上出鋒	細漸粗	有		
平頭	右上出鋒	細漸粗	無		
平頭	右上出鋒	粗漸細	有		
平頭	右上出鋒	粗漸細	無		
平頭	右下出鋒	無變化	有		
平頭	右下出鋒	無變化	無		
平頭	右下出鋒	漸細	有		
平頭	右下出鋒	漸細	無		
平頭	右下出鋒	漸粗	有		
平頭	右下出鋒	漸粗	無		
平頭	右下出鋒	細漸粗	有		
平頭	右下出鋒	細漸粗	無		
平頭	右下出鋒	粗漸細	有		

平頭	右下出鋒	粗漸細	無		
圓頭	不出鋒	無變化	有		
圓頭	不出鋒	無變化	無		
圓頭	不出鋒	漸細	有		
圓頭	不出鋒	漸細	無		
圓頭	不出鋒	漸粗	有		
圓頭	不出鋒	漸粗	無		
圓頭	不出鋒	細漸粗	有		
圓頭	不出鋒	細漸粗	無		
圓頭	不出鋒	粗漸細	有		
圓頭	不出鋒	粗漸細	無		
圓頭	中間出鋒	無變化	有		
圓頭	中間出鋒	無變化	無		
圓頭	中間出鋒	漸細	有		
圓頭	中間出鋒	漸細	無		
圓頭	中間出鋒	漸粗	有		
圓頭	中間出鋒	漸粗	無		
圓頭	中間出鋒	細漸粗	有		
圓頭	中間出鋒	細漸粗	無		
圓頭	中間出鋒	粗漸細	有		
圓頭	中間出鋒	粗漸細	無		
圓頭	右上出鋒	無變化	有		
圓頭	右上出鋒	無變化	無		
圓頭	右上出鋒	漸細	有	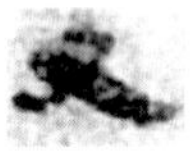 〈繫〉42.4	
圓頭	右上出鋒	漸細	無		
圓頭	右上出鋒	漸粗	有		
圓頭	右上出鋒	漸粗	無	〈要〉23.13	
圓頭	右上出鋒	細漸粗	有		
圓頭	右上出鋒	細漸粗	無		
圓頭	右上出鋒	粗漸細	有		
圓頭	右上出鋒	粗漸細	無		
圓頭	右下出鋒	無變化	有		
圓頭	右下出鋒	無變化	無		

圓頭	右下出鋒	漸細	有		
圓頭	右下出鋒	漸細	無		
圓頭	右下出鋒	漸粗	有		
圓頭	右下出鋒	漸粗	無		
圓頭	右下出鋒	細漸粗	有		
圓頭	右下出鋒	細漸粗	無		
圓頭	右下出鋒	粗漸細	有		
圓頭	右下出鋒	粗漸細	無		
斜頭	不出鋒	無變化	有		
斜頭	不出鋒	無變化	無		
斜頭	不出鋒	漸細	有		
斜頭	不出鋒	漸細	無		
斜頭	不出鋒	漸粗	有		
斜頭	不出鋒	漸粗	無		
斜頭	不出鋒	細漸粗	有		
斜頭	不出鋒	細漸粗	無		
斜頭	不出鋒	粗漸細	有		
斜頭	不出鋒	粗漸細	無		
斜頭	中間出鋒	無變化	有		
斜頭	中間出鋒	無變化	無		
斜頭	中間出鋒	漸細	有		
斜頭	中間出鋒	漸細	無		
斜頭	中間出鋒	漸粗	有		
斜頭	中間出鋒	漸粗	無		
斜頭	中間出鋒	細漸粗	有		
斜頭	中間出鋒	細漸粗	無		
斜頭	中間出鋒	粗漸細	有		
斜頭	中間出鋒	粗漸細	無		
斜頭	右上出鋒	無變化	有		
斜頭	右上出鋒	無變化	無	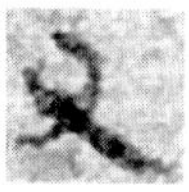 〈氣〉4.23	
斜頭	右上出鋒	漸細	有		
斜頭	右上出鋒	漸細	無		
斜頭	右上出鋒	漸粗	有	 〈相 4.16〉	

斜頭	右上出鋒	漸粗	無		
斜頭	右上出鋒	細漸粗	有		
斜頭	右上出鋒	細漸粗	無		
斜頭	右上出鋒	粗漸細	有		
斜頭	右上出鋒	粗漸細	無		
斜頭	右下出鋒	無變化	有		
斜頭	右下出鋒	無變化	無		
斜頭	右下出鋒	漸細	有		
斜頭	右下出鋒	漸細	無		
斜頭	右下出鋒	漸粗	有		
斜頭	右下出鋒	漸粗	無		
斜頭	右下出鋒	細漸粗	有		
斜頭	右下出鋒	細漸粗	無		
斜頭	右下出鋒	粗漸細	有		
斜頭	右下出鋒	粗漸細	無		
尖頭	不出鋒	無變化	有		
尖頭	不出鋒	無變化	無		
尖頭	中間出鋒	漸細	有		
尖頭	中間出鋒	漸細	無		
尖頭	不出鋒	漸粗	有	 〈問〉45.22	
尖頭	不出鋒	漸粗	無		
尖頭	中間出鋒	細漸粗	有		
尖頭	中間出鋒	細漸粗	無		
尖頭	不出鋒	粗漸細	有		
尖頭	不出鋒	粗漸細	無		
尖頭	中間出鋒	無變化	有		
尖頭	中間出鋒	無變化	無	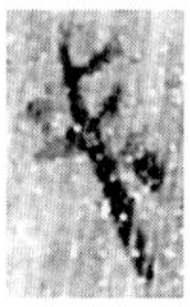 〈問〉68.4	
尖頭	中間出鋒	漸細	有		
尖頭	中間出鋒	漸細	無		
尖頭	中間出鋒	漸粗	有		

尖頭	中間出鋒	漸粗	無		
尖頭	中間出鋒	細漸粗	有		
尖頭	中間出鋒	細漸粗	無		
尖頭	中間出鋒	粗漸細	有		
尖頭	中間出鋒	粗漸細	無		
尖頭	右上出鋒	無變化	有	〈問〉30.4	
尖頭	右上出鋒	無變化	無		
尖頭	右上出鋒	漸細	有		
尖頭	右上出鋒	漸細	無		
尖頭	右上出鋒	漸粗	有		
尖頭	右上出鋒	漸粗	無		
尖頭	右上出鋒	細漸粗	有		
尖頭	右上出鋒	細漸粗	無		
尖頭	右上出鋒	粗漸細	有		
尖頭	右上出鋒	粗漸細	無		
尖頭	右下出鋒	無變化	有		
尖頭	右下出鋒	無變化	無		
尖頭	右下出鋒	漸細	有		
尖頭	右下出鋒	漸細	無		
尖頭	右下出鋒	漸粗	有		
尖頭	右下出鋒	漸粗	無		
尖頭	右下出鋒	細漸粗	有		
尖頭	右下出鋒	細漸粗	無		
尖頭	右下出鋒	粗漸細	有		
尖頭	右下出鋒	粗漸細	無		

觀上表可發現就「又」、「必」二字之左斜畫之書寫情況，與橫畫、豎畫、右斜畫比之較少，並非是左斜畫較為罕見〔註 64〕，而是在馬王堆簡帛中左斜畫書寫情況較為固定，尤其是大多呈現漸粗、右上出鋒的寫法。依據《全編》所錄之「又」字有 172 例，其中僅有〈方〉出現的 3 例「又」字及〈氣〉的 4、5 例

〔註 64〕至於馬王堆簡帛之「必」字，其左斜畫（對應到楷書為臥鈎「㇃」筆畫）常替換作轉折或繞曲筆畫。

「又」字之左斜畫為漸細狀，其餘 160 多例「又」字之左斜畫幾乎為漸粗、右上出鋒；若察「父」字（共 56 例），除去大部分的非作左斜畫的情況外，其餘 17 例作左斜畫之「又」字幾乎皆為漸粗、右上出鋒；或如 41 例之「夬」字，除去〈戰〉186.9 非作左斜畫外，其餘 40 例之左斜畫皆為漸粗、右上出鋒；再如 81 例的「及」字，其中寫作左斜畫的情況中，大約有 40 例亦為漸粗、右上出鋒；另如 122 例之「貞」字，除有 2 例圖版漫漶不清外，其餘之右下筆畫皆作左斜畫，且幾乎都呈漸粗、右上出鋒的情況。〔註 65〕

雖本文未將馬王堆簡帛中帶有左斜畫之字例全數討論，但就上述所論之現象，應可推知在馬王堆簡帛中，已有將左斜畫固定寫作漸粗、右上出鋒的情況；且上述所舉之例，「又」、「父」、「夬」、「及」字，其左斜畫在後世楷書中，也常寫作「捺畫」（即「㇏」）；而「必」字雖於楷書中已改作「臥鉤」（即「㇃」），但在東漢隸書中，其寫法與「捺」相近，如「」（毖，從比必聲，《曹全碑》〔註 66〕）；至於「貞」字之左斜畫，到後世大多寫作點畫，因其左斜畫在整個字的最右下角，而捺通常需要較大的空間書寫，以便於拉長加粗，故「貞」字之左斜畫演變至楷書大多不作捺畫，而改為點畫，如下圖：

圖（六－5）《九成宮醴泉銘》〔註 67〕

圖（六－6）《雁塔聖教序》〔註 68〕

圖（六－7）《顏勤禮碑》〔註 69〕

〔註 65〕劉釗主編，鄭健飛、李霜潔、程少軒協編：《馬王堆漢墓簡帛文字全編》（北京：中華書局，2020 年），頁 314～319、336～338。

〔註 66〕〔民國〕孫寶文編：《曹全碑》，頁 7。

〔註 67〕〔唐〕魏徵撰、〔唐〕歐陽詢書，〔民國〕孫寶文編：《九成宮醴泉銘》，頁 2。

〔註 68〕〔唐〕唐太宗製、〔唐〕褚遂良書，〔民國〕孫寶文編：《雁塔聖教序》，頁 12。

〔註 69〕〔唐〕顏真卿撰并書，〔民國〕孫寶文編：《顏勤禮碑》，頁 18。

圖中「貞」的右下角之「丶」為楷書之點畫而非捺畫。由此可知左斜畫固定寫作漸粗、右上出鋒，再逐漸演變為後世楷書之捺畫或點畫的過程。

至於左斜畫逐漸固定寫作漸粗，大抵與手部運動有關。如第三節討論筆畫厚度中，提及書寫時的手部運動狀況，若筆鋒往手腕方向運行，則因腕關節活動限制，自然會將筆毛往下壓，以此便產生漸粗的情況。是而左斜畫逐漸固定寫作漸粗貌，或許為順應書寫時手部運動情況而來，同時也藉由壓粗筆畫，在視覺上與其他筆畫形成鮮明對比，達到一定程度的視覺效果。

四、點畫

點畫係指筆畫長度極短且方向不固定者，因無固定的書寫方向且形貌多樣，故而難以具體指出其書寫過程有何情況，及推算出理論上有多少種類。是而下表以該點畫的方向為目，再輔以字例圖版說明。

表（六－13）

方　向	字　例	圖　版		說　明
與橫畫相同	具	〈遣三〉259.4	〈遣三〉298.3	「目」內的兩橫畫因快寫而縮短成橫向的點
	皆	〈周〉30.15	〈遣三〉249.5	下半內部的兩橫畫因快寫而縮短成橫向的點
	胃	〈五〉28.2	〈遣三〉195.3	「肉」內的兩橫畫因快寫而縮短成橫向的點
	資	〈遣三〉107.4	〈遣三〉109.4	「貝」內的兩橫畫因快寫而縮短成橫向的點

	滑	 〈合〉6.13	 〈合〉30.8	「水」省形本作三橫畫，又因快寫而縮短成橫向的點
與豎畫相同	稻	 〈遣一〉117.1	 〈遣一〉130.1	「舀」下半內部的筆畫因簡省作兩豎畫，又因快寫而縮短成豎向的點
	朕	 〈經〉62.61	 〈刑乙〉19.7	上半本近似三豎畫，縮短作成豎向的點
	序	 〈問〉32.8	 〈問〉37.20	「广」上的短豎作豎向的點，
	水	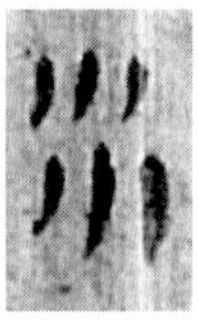 〈問〉97.22	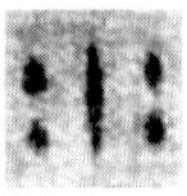 〈星〉9.3	〈問〉97.22 的「水」，上半三筆成豎向的點；〈星〉9.3 的「水」則為左右兩側的四筆成豎向的點
	四	 〈遣三〉6.5	 〈遣三〉30.4	「四」內部的筆畫作豎向的點
與斜畫相同	羊	 〈胎〉8.5	 〈遣三〉191.1	「羊」上半的「丷」分別與左斜畫、右斜畫方向相同
	米	 〈方〉92.12	 〈遣三〉175.2	「米」上半的兩點分別與右斜畫、左斜畫方向相同
	炎	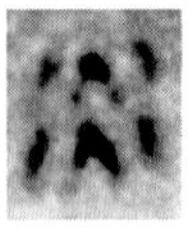 〈刑乙・小游〉1.90	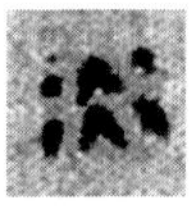 〈相〉30.20	「炎」的形體為兩「火」相疊；而此處的「火」為兩個右斜向的點與兩個左斜向的點構成

	奠	〈戰〉197.35	〈五〉39.18	「酋」上半的兩點分別與右斜畫、左斜畫方向相同
墨塊、墨點	才	〈陰甲・天地〉1.16	〈九〉48.14	「才」的橫畫下有墨塊筆畫
	瓜	〈方〉330.7	〈遣一〉156.1	「瓜」為楚文字寫法，中間為墨塊（墨點）
	山	〈方〉82.9	〈稱〉12.71	「山」的下半為墨塊
	悤	〈五〉14.23	〈五〉29.11	「悤」的上半為墨塊（墨點）
	卯	〈方〉105.15、	〈遣一〉84.4	「卯」左右兩側為墨塊（墨點）
	勺	〈陰甲・堪法〉4.23	〈戰〉106.38	「勺」內部為墨點
	丁	〈陰甲・徙〉7.17	〈陰乙・兇〉9.37	「丁」上半部為墨塊
	巴	〈房〉20.5		「巴」在「卩」形成的空間寫成墨塊

點畫形狀十分多樣，扣除墨塊、墨點的情況，其餘多為筆畫線條縮短或快寫而來；也正因書寫速度快，且來自不同筆畫縮短而來，導致點畫的形貌紛呈的現象。至於墨塊、墨點，如前言引裘錫圭「線條化」之說，即方形、圓形團塊改作線條方式書寫，但因文字為漸進發展，故兩周金文、簡牘文字亦保有方塊、團塊或墨塊、墨點的情況，甚至延續至馬王堆簡帛中，反映漢初文字形體、筆畫仍受戰國文字影響。然到後世，這些墨塊、墨點也逐漸被線條型的筆畫（橫畫、豎畫、斜畫等）取代甚至消失，如表（六－14）：

表（六－14）

	才	山	丁
馬王堆簡帛	〈陰甲・天地〉1.16	〈方〉82.9	〈陰甲・徙〉7.17
	〈九〉48.14	〈稱〉12.71	〈陰乙・兇〉9.37
漢碑〔註70〕			
楷書〔註71〕			

上表中的「才」，於馬王堆簡帛中有墨塊，但於後世之隸書則作橫畫，楷書則作漸細之右斜畫；「山」的下半本有近似三角狀的墨塊，但於後世之隸書則取消，將豎畫與橫畫直接相接，或如《曹全碑》以筆畫線條寫出三角形邊緣，作

〔註70〕「才」、「山」皆引自《張遷碑》，「丁」引自《魯峻碑》。〔日本〕西川寧、神田喜一郎監修：《漢張遷碑》（東京：株式會社二玄社，1984年），頁41、59。〔日本〕西川寧、神田喜一郎監修：《漢魯峻碑》（東京：株式會社二玄社，1988年），頁35。

〔註71〕「才」、「丁」引自智永《關中本千字文》，「山」引自《九成宮醴泉銘》。〔隋〕智永，〔日本〕角井博解說，大野修作釋文：《關中本千字文》（東京：株式會社二玄社，2018年），頁10、30。〔唐〕魏徵撰、〔唐〕歐陽詢書，〔民國〕孫寶文編：《九成宮醴泉銘》，頁3。

「」〔註72〕；「丁」的上半本有墨塊，但後世之隸書、楷書則改作橫畫。

五、轉折

轉折即筆畫方向有所改變，且僅改變一次者，又因筆畫的弧度與否不影響字形區別，故無論是方折或圓轉，皆同屬轉折。因文字形體各有不同，且又受書寫者的習慣等，因此馬王堆簡帛文字之轉折筆畫難以臚列於下，此處則盡量將其中常見的轉折筆畫列出，並輔以圖版說明。另須說明的是，以下所謂「某筆畫轉某筆畫」的「轉」，是指「方向轉變」之意，與轉折處之圓轉意義不同。

馬王堆簡帛文字之轉折筆畫，依方向可分為「橫畫轉下行」、「豎畫轉右行」、「豎畫轉左行」、「橫畫轉右斜畫」、「右斜畫轉左斜畫」、「左斜畫轉右斜畫」六種，如表（六－15）：

表（六－15）

類　型	示意圖	字　例	圖　版		說　明
橫畫轉下行	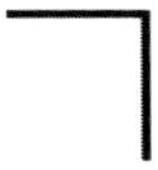 ┐	中	 〈陰甲・刑日〉2.5	 〈足〉10.8	「中」的「口」部件由「┐」、「└」組成
		為	 〈衷〉30.25	 〈十〉5.12	「為」的中間有三個「┐」
		鳥	 〈二〉2.30	 〈相〉50.53	「鳥」的下半有「┐」
		日	 〈陰甲・殘〉6.12	 〈戰〉233.4	「日」的「口」部件由「┐」、「└」組成
		官	 〈戰〉53.17	 〈周〉66.12	「官」的「宀」有「┐」

〔註72〕〔民國〕孫寶文編：《曹全碑》，頁25。

豎畫轉右行	└	世	 〈戰〉208.39	 〈十〉44.47	「世」的左側有「└」
		臣	 〈戰〉8.26	 〈稱〉4.21	「臣」的左側有「└」
		凶	 〈出〉30.43	 〈繫〉3.23	「凶」的「凵」有「└」
		門	 〈陰甲・室〉9.2	 〈繆〉70.30	「門」的右上有「└」
		亡	 〈陰甲・天一〉2.17	 〈周〉77.61	「止」的左側有「└」
豎畫轉左行	┘	壯	 〈陰乙・三合〉2.6	 〈周〉33.27	「壯」的「爿」有「┘」
		行	 〈五〉93.5	 〈稱〉10.45	「行」的左下有「┘」
		登	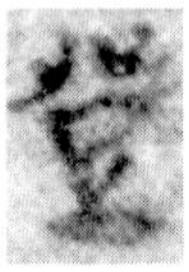 〈老甲〉129.13	 〈相〉54.52	「登」的「癶」左側有「┘」
		則	 〈經〉19.38	 〈十〉49.44	「則」的「刀」右側有「┘」
		門	 〈陰甲・室〉9.2	 〈繆〉70.30	「門」的左上有「┘」
橫畫轉右斜畫	7	為	 〈陰甲・天一〉2.13	 〈繆〉35.68	「為」的最上面橫畫接右斜畫，一筆寫成「7」

		取	〈方〉23.8	〈養〉18.6	「取」的「又」有「7」
		更	〈方〉31.24	〈養〉35.22	「更」的「攴」的「又」有「7」
右斜畫轉左斜畫		桃	〈遣三〉407.45	〈相〉24.18	「桃」的「兆」有三個「く」
		采	〈遣三〉318.3	〈老乙〉15.28	「采」的「爫」有「く」
		女	〈陰甲・上朔〉1.44	〈胎〉6.1	「女」有「く」
		母	〈胎〉34.4	〈十〉21.10	「母」有「く」
		五	〈陰甲・堪法〉7.21	〈陰甲・殘〉2.7	「五」的中間應為「く」、「>」組成
左斜畫轉右斜畫		夕	〈方〉249.2	〈星〉140.7	「夕」有「>」
		女	〈陰甲・上朔〉1.44	〈胎〉6.1	「女」有「>」
		母	〈胎〉34.4	〈十〉21.10	「母」有「>」

		力	 〈胎〉30.14	 〈戰〉205.11	「力」有「〉」
		五	 〈陰甲・堪法〉7.21	 〈陰甲・殘〉2.7	「五」的中間應為「〈」、「〉」組成

上表中需特別說明者，即「五」中間的寫法。本文認為表中所引「五」之圖版中間的「ɤ」部件或非一筆完成，一則筆畫粗細變化較為一致，若一筆完成則在下半圓弧轉上時容易偏鋒，導致筆畫加粗；二則「」（〈陰甲・堪法〉7.21）的「ɤ」部件，其下半並非呈圓轉狀，而略呈如「V」的尖角狀，推測應為「〈」、「〉」在此處接合所致；三則「」（〈陰甲・殘〉2.7）的「ɤ」部件，上半兩端與斜畫起筆的情況較為類似，若為一筆完成，則其中有一端應漸細或可能有出鋒的狀況。基於上述，表中所引「五」之圖版中間的「ɤ」部件應非一筆完成，而是由「〈」、「〉」組成；然亦不排除一筆完成的情況，如「」（〈五〉182.5）、「」（〈德〉1.14），中間的「ɤ」部件下半圓弧轉上處為圓弧狀，且有突然壓粗情況，推測可能為一筆完成。

六、繞曲

繞曲即筆畫方向有所改變，且改變兩次或兩次以上者，又因筆畫的弧度與否不影響字形區別，故無論方折或圓轉皆同屬繞曲。與前述之「轉折」情況相同，因文字形體各有不同，且受書寫者的習慣等，是而馬王堆簡帛文字之繞曲筆畫亦難以臚列於下，此處則盡量將其中常見的轉折筆畫列出，並輔以圖版說明。

馬王堆簡帛文字的繞曲，依筆畫方向可分作「正 C 形繞曲」、「反 C 形繞曲」、「正 S 形繞曲」、「反 S 形繞曲」、「正ㄣ形繞曲」、「反ㄣ形繞曲」、「ㄕ字形繞曲」、「ㄅ字形繞曲」、「3 字形繞曲」等九種，如表（六－16）：

表（六－16）

類　型	示意圖	字　例	圖　版		說　明
正 C 形繞曲		此	 〈十〉46.55	 〈相〉19.45	「此」的「匕」左側為「(」

		之	 〈合〉18.6	 〈合〉32.1	「之」的右下連筆呈「」
		矛	 〈刑甲．小游〉1.220	 〈遣三〉11.4	「矛」的左側有「」
反C形繞曲		司	 〈春〉78.19	 〈老甲〉81.12	「司」有「」
		貴	 〈問〉61.12	 〈禁〉2.12	「貴」下的「貝」右側為「」
		力	 〈昭〉12.66	 〈十〉43.19	「力」的右側為「」
		勺	 〈戰〉71.20	 〈戰〉95.38	「勺」有「」
正S形繞曲		后	 〈五〉15.23	 〈九〉51.29	「后」有「」
		巵	 〈遣三〉252.5	 〈遣三〉255.4	「巵」有「」
反S形繞曲		元	 〈刑甲．大游〉2.114	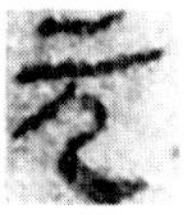 〈星〉90.8	「元」下的「儿」右側為「」

		設	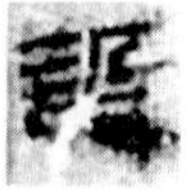 〈繫〉45.44	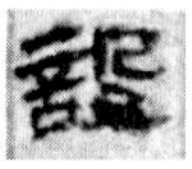 〈繆〉36.20	「設」的「殳」上半有「ㄹ」，惟轉折處為方折
		死	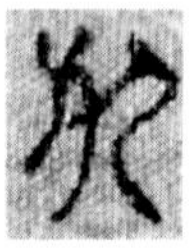 〈陰甲・天一〉2.12	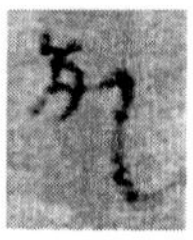 〈出〉11.2	「死」的「人」右側為「ㄹ」
		肌	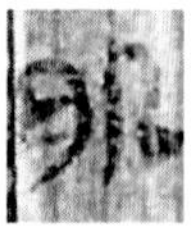 〈問〉5.26	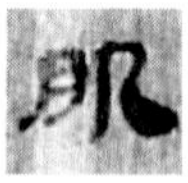 〈談〉4.30	「肌」的「几」右側為「ㄹ」
		抵	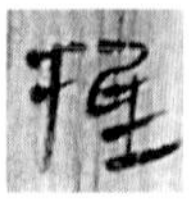 〈合〉2.2	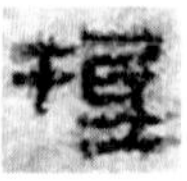 〈星〉48.14	「抵」的「氐」上半有「ㄹ」，〈星〉48.14 的轉折為方折
		九	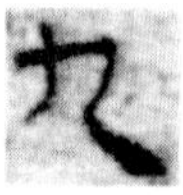 〈戰〉67.19	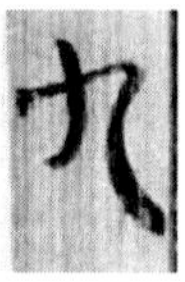 〈遣一〉112.6	「九」有「ㄹ」，惟上面作橫畫而不帶弧度
正ㄣ形繞曲	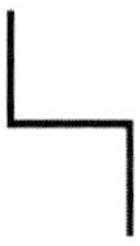	弟	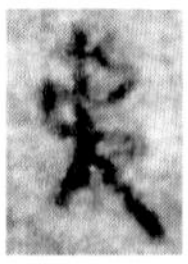 〈五〉82.27	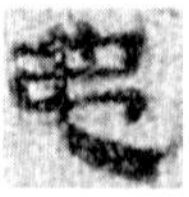 〈要〉13.6	「弟」的中間應分三筆，即「ㄱ」、「一」、「ㄣ」
		弱	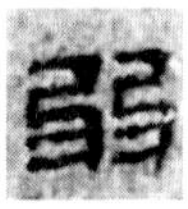 〈衷〉24.30	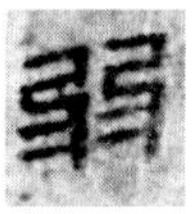 〈十〉62.16	「弱」的「弓」應分三筆，即「ㄱ」、「一」、「ㄣ」
		弗	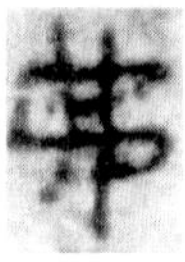 〈戰〉195.8	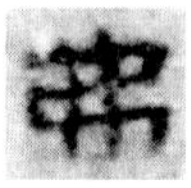 〈老乙〉75.63	「弗」的中間應分三筆，即「ㄱ」、「一」、「ㄣ」
反ㄣ形繞曲	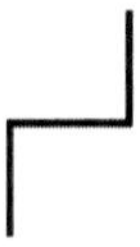	廁	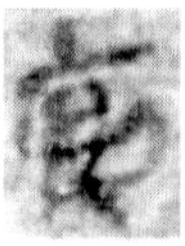 〈五〉172.12	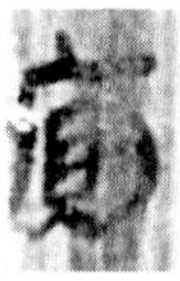 〈談〉38.30	「廁」的「广」左側應為「┌」與「一」組成
		官	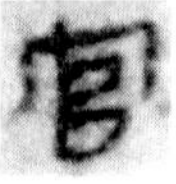 〈戰〉53.17	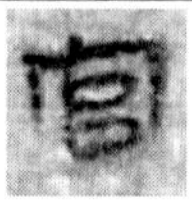 〈周〉66.12	「官」的「宀」應為「┌」、「ㄱ」組成

ㄕ字形繞曲		兵	〈十〉39.39	〈刑乙〉70.58	「兵」的上半有「⺆」
		居	〈戰〉303.4	〈五〉151.9	「居」的上半有「⺆」
		次	〈繆〉18.14	〈十〉11.9	「次」的「欠」上半與「儿」的第一筆合併作「⺆」
		尉	〈方〉46.25	〈射〉23.10	「尉」的上半有「⺆」
ㄅ字形繞曲		于	〈周〉18.22	〈二〉1.30	「于」有「㇉」
		功	〈刑丙・刑〉18.3	〈刑丙・刑〉19.7	「功」的「力」有「㇉」
		勺	〈陰甲・堪法〉4.23	〈遣一〉199.3	「勺」有「㇉」
3 字形繞曲		及	〈五〉85.21	〈合〉21.15	「及」上的「人」與下半的「又」連筆作「3」
		乃	〈方〉426.23	〈九〉7.12	「乃」的右側有「3」

		邦	〈九〉22.15	〈氣〉5.16	「邦」的「邑」省作「阝」，右側為「」
		矛	〈刑甲・小游〉1.220	〈遣三〉7.14	「矛」的右側有「」

總觀轉折與繞曲，可發現有些字形在書寫相同部件時，可能使用不同筆畫，或因筆畫是否有明顯轉折而有差異，如「力」可寫作「」，亦可寫作「」；又或是筆畫替換而有差異，如「勹」的「丩」可寫作「」，亦可寫作「」。此現象在馬王堆簡帛中相當常見，或因書手的書寫習慣所致，或因古文字在隸變時，文字形體來源差異所致，如「力」的甲骨文為「」（《合》22322 子組），楚簡作「」（《郭・六》16），秦簡作「」（《睡為》19 壹），小篆作「」，而馬王堆簡帛作「」（〈十〉43.19）、「」（功，〈刑丙・刑〉19.7），「」（〈十〉43.19）與秦簡牘形體相近，而「」（功，〈刑丙・刑〉19.7）的「力」與楚簡相近，此即文字來源不同，導致隸變時形體筆畫有所差異的情況。

另外，有些筆畫因弧度與否、方折圓轉之別，雖看似差異頗大，但避免分類上過於瑣碎，故歸為同一類，如「反 S 形繞曲」之「抵」、「九」等，又如「」（是，〈陽乙〉17.16）、「」（是，〈老甲〉90.15）的下半呈「Z」字形的連筆部分，歸類上也屬「反 S 形繞曲」。甚至也有筆畫在分類上有模糊空間，尤以「」、「」與「」、「」這二組筆畫，若書寫時將「」、「」的斜畫都帶有弧度，而轉折處又作圓轉，則幾乎與「」、「」無甚區別，如「」（台，〈陰甲・刑日圖〉1.18）的上半左側，既可歸為「右斜畫轉左斜畫」，亦可視為「正 C 形繞曲」。這或可反映早期隸書並非將筆畫寫法先作規範，之後再以此規範書寫，而是隨個人書寫習慣，或當下書寫情況而差異；而後逐漸對於某個筆畫或一定條件下，習慣將某個筆畫以特定形式書寫，如對於文字中最長的橫畫則作「雁尾」（漸粗、右上出鋒），或如左斜畫則大多作漸粗、右上出鋒，到後來演變為楷書的「捺」（即「㇏」）。

第五節　馬王堆簡帛文字筆畫特點

在第四節中，已分析馬王堆簡帛文字筆畫之情況，本節則歸納其筆畫書寫的特點，以此了解當時書手的書寫情況，或可一探早期隸書的書寫樣貌，進而了解漢字筆畫演變脈絡。

一、用筆靈活形貌多變

藉由第四節的分析，可知馬王堆簡帛文字的筆畫形貌相當多變，反映書手用筆相當靈活，可能在書寫時，書手依據當下情況自然而成，而非刻意安排；若與後世隸書、楷書相比，或可反映此時的筆畫的形貌尚未完全固定。如以橫畫而言，後世隸書大多呈「」或「」，起筆處則有平頭、斜頭、圓頭之別，而楷書則大多為「」，起筆與收筆處呈現左上至右下的斜切狀。若觀書法專著之筆畫書寫方式，可知大多對於起筆、收筆、運筆皆有一定要求，其中隸書教學常要求筆畫起筆需「藏鋒」，如《書法知識手冊》:「如『二』字的平畫（按：即橫畫），落筆藏鋒逆入，行筆要豎鋒入紙」〔註73〕，又如《書道技法1·2·3》:「隸書是由篆書衍化而來，有些用筆方法，與篆書相通，如起筆時的『藏鋒逆入』，便與篆法無異。」〔註74〕具體寫法可參見下圖（六－8）、圖（六－9）：

圖（六－8）〔註75〕　　圖（六－9）〔註76〕

圖中橫畫在起筆處皆先將筆鋒略為往左帶，繞一圈後再往右運行，此即「藏鋒逆入」；相較之下，馬王堆簡帛文字之筆畫起筆處未必藏鋒，甚至不避鋒芒，直接顯露筆鋒，如「」（一，〈遣三〉84.5）、「」（一，〈遣三〉186.4），是而馬王堆簡帛文字之筆畫，其用筆較無特定要求，端看書手當下情況。對於藏鋒與否，則牽涉用筆方式，啟功《書法概論·執筆和運筆》論及：

〔註73〕楊崇福編著：《書法知識手冊》，頁89。

〔註74〕杜忠誥著：《書道技法1·2·3》，頁106。

〔註75〕杜忠誥著：《書道技法1·2·3》，頁106。

〔註76〕杜忠誥著：《書道技法1·2·3》，頁106。

> 更須破除的是有一種運筆方法：「什麼欲右先左，欲下先上」。……還有，把運筆方法死死地局限在「須中鋒運筆，下筆要藏鋒，收筆要回鋒」的這種方法上。而實際並非這樣，隨著字體的演變沿革，具體筆道形狀變了，運筆的方法也要跟著變。〔註 77〕

此說相當中肯，可見無論傳世書法碑帖抑或出土簡帛文字，須仔細觀察其書寫方式，因不同字體的筆畫書寫方式或有差異，是而不應侷限於「筆筆藏鋒」。

至於筆畫厚度，因粗細變化不影響字形區辨，因此馬王堆簡帛文字中，許多筆畫雖方向相同，但粗細變化不同，如「」（敬，〈戰〉263.12）、「」（敬，〈五〉97.27）、「」（敬，〈昭〉5.65）右下角之「又」的左斜畫，其粗細變化不同，使筆畫的形貌差異頗大。同時粗細變化也受手部動作而影響，即書寫時筆畫方向愈往手腕靠近，往往呈漸粗狀。另外，若察楷書筆畫，可發現其筆畫的粗細多有一定要求，如長橫畫、長豎畫的中間多變細，撇畫大多漸細，捺畫需逐漸壓粗等等，如下六－17）：

表（六－17）〔註 78〕

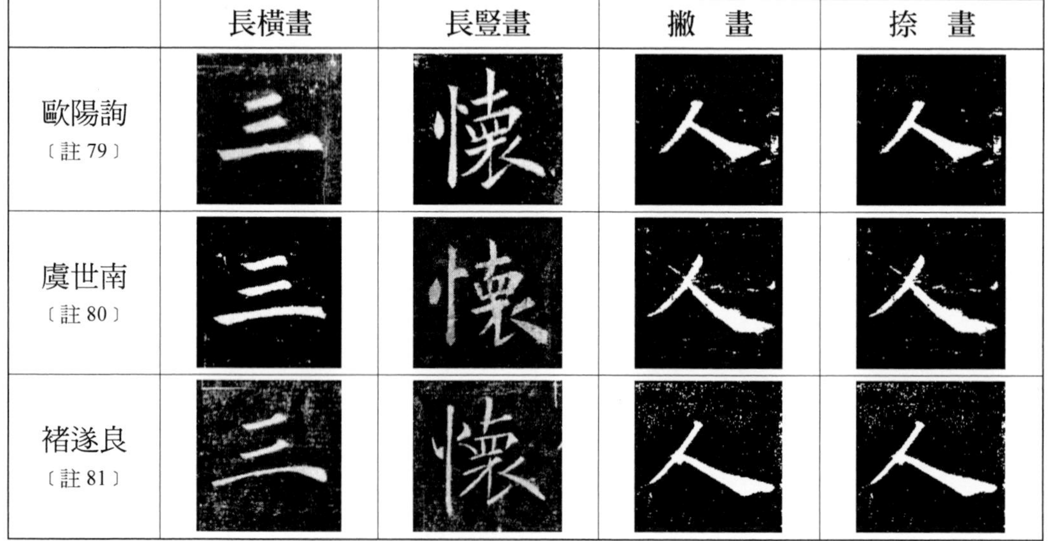

	長橫畫	長豎畫	撇　畫	捺　畫
歐陽詢〔註 79〕				
虞世南〔註 80〕				
褚遂良〔註 81〕				

〔註 77〕啟功主編：《書法概論》（北京：北京師範大學出版社，1990 年），頁 55～56。

〔註 78〕歐陽詢、虞世南、褚遂良、顏真卿、柳公權不僅為唐代知名書法家，其書法作品亦為當時及後世楷書臨習之範本，有一定的影響力，故舉此五家為代表。

〔註 79〕〔唐〕魏徵撰、〔唐〕歐陽詢書，〔民國〕孫寶文編：《九成宮醴泉銘》，頁 5、21、24。

〔註 80〕〔唐〕虞世南撰并書，〔民國〕孫寶文編：《孔子廟堂碑》（上海：上海辭書出版社，2015 年），頁 8、9、27。

〔註 81〕〔唐〕唐太宗製、〔唐〕褚遂良書，〔民國〕孫寶文編：《雁塔聖教序》，頁 9、12。

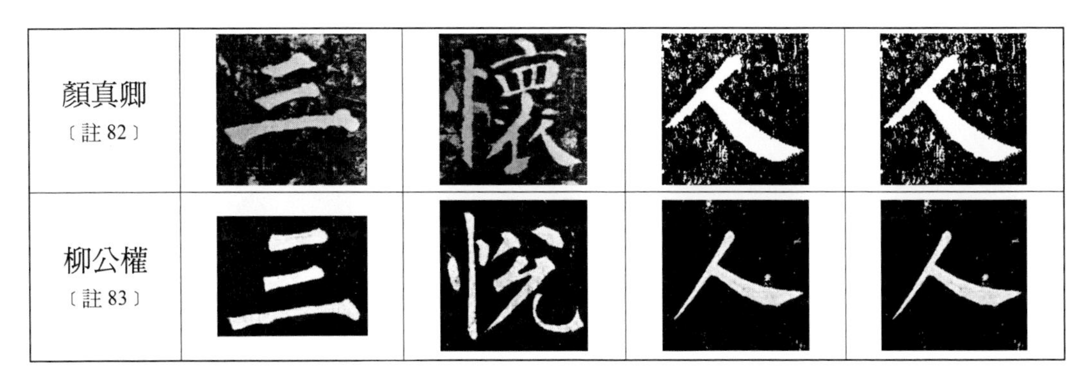

由表中圖版可知，「三」字最下的橫畫（長橫畫），五家的寫法皆於中間變細，之後再加粗；「懷」、「悅」的「忄」的豎畫（長豎畫），除顏真卿較不明顯外，其餘四家皆在長豎畫中間變細；「人」的撇畫（左斜畫），五家皆作漸細狀，而捺畫則皆作漸粗狀。然而在馬王堆簡帛中，未發現要求筆畫須作粗細變化的情況，因此筆畫的粗細應可由書手習慣而改變。

二、筆畫寫法趨於一致

如前所述，雖然馬王堆簡帛文字中，因書手用筆靈活，使其筆畫在形貌上相當多變，但也可觀察到部分筆畫之寫法或有共性，例如橫畫常以右上出鋒，而左斜畫甚至多作漸粗、右上出鋒的情況，顯示當時對於少數筆畫的寫法，已有逐漸固定的用筆方式。除了達到視覺藝術的效果外，也與配合書寫時的手部運動有關，對於早期隸書之筆畫研究有重要意義。

若就書寫筆畫時的行進路線而言，豎畫、斜畫的行進方向幾乎為「由上到下」書寫，推測受到漢字為由上到下的行款書寫，故而豎畫、斜畫亦以由上到下書寫較為方便。至於橫畫則多以「由左至右」書寫，少有「由右至左」的方向，推測應與大多數人屬右手慣用手有關。因右手書寫橫畫時，由左至右的行進路線，筆畫都會在筆鋒的左側，能保證書寫筆畫的過程都能被觀察到；反之，由右到左的行徑路線，筆畫容易被毛筆擋住，導致過程中不知筆畫書寫的情況。

另若以書寫動作之「枕腕」、「提腕」、「懸腕」三者分析，以枕腕書寫由右往左的方向，對於手腕的活動較為不便，因枕腕時小指外側延伸至手掌的部位

〔註 82〕〔唐〕顏真卿撰并書，〔民國〕孫寶文編：《顏勤禮碑》，頁 4、20、26。

〔註 83〕因《玄秘塔碑》無「懷」字，故以「忄」旁的「悅」字代替。〔日本〕西川寧、神田喜一郎監修：《唐柳公權玄秘塔碑》（東京：株式會社二玄社，1981 年），頁 21、26、32。

會與桌面接觸〔註84〕，腕關節要將毛筆往左運行較為受限；而對於提腕、懸腕書寫而言，此書寫方向雖不會造成腕關節的活動限制，但簡牘帛書的文字大小多在 1cm～2cm，為書寫方便會穩定肘關節，而以腕關節、指關節帶動毛筆，此時筆鋒的活動路線為圓弧形，如圖（六－2），如此由右至左的書寫方向容易造成筆鋒過早離開書寫材料，導致筆畫過短的情況。由此可知因右手慣用的情況下，無論枕腕、提腕、懸腕皆不便以「由右至左」方向書寫橫畫，而為使右手書寫的動作順暢，漢字橫畫寫法方向幾乎為「由左至右」。

以「石」字為例，此字較為快捷的寫法應為橫畫由右往左書寫，再接左側豎畫，但觀《全編》所收 64 例「石」字〔註85〕，其上的橫畫幾乎以由左至右書寫，如下表（六－18）。推測應與上述原因有關，使得書手不以「橫畫由右往左書寫，再接左側豎畫」之較為快捷的書寫路線。

表（六－18）

文字	甲骨文	西周金文	楚　簡	秦　簡	馬王堆簡帛
圖版	 《合》6952 正賓組	 己侯貉子簋蓋	 《郭・緇》35	 《龍簡》187	 〈房〉22.8
	 《合》22048 午組		 《包》80	 《嶽為》84 正壹	 〈遣一〉142.4

三、文字筆畫或可替換

在馬王堆簡帛文字中，文字的書寫可能受到個人習慣，與書寫情況等影響，使同一個字使用的筆畫或有不同。如在第四節中，對於轉折與繞曲的討論，發現「力」的「㇆」可寫作「〉」，亦可寫作「)」；或如「勺」的「丩」

〔註84〕因本文未能確定當時書寫帛書時，書手係以何種方式書寫，故將枕腕、提腕、懸腕的情況一併討論。先秦、秦漢時期為席地而坐，當時几案等器具應較為低矮，對於簡牘則可如本章注 53 所述，左手持簡而右手書寫；但帛書為紡織品，材質柔軟，推測難以懸腕書寫，又因几案低矮，枕腕書寫亦有不便。至於當時如何書寫帛書，可能有架子支撐，或有較高的几案，或有其他處理方式等，但因無實物證明，故而當時書寫帛書的情況，需待考古研究方能得知。

〔註85〕劉釗主編，鄭健飛、李霜潔、程少軒協編：《馬王堆漢墓簡帛文字全編》，頁 1021～1022。

可寫作「⌒」，亦可寫作「㇉」等。筆畫替換的情況亦延續至楷書，如前述曾引《九成宮醴泉銘》之「飲」字，可寫作「飲」〔註 86〕或「飲」〔註 87〕。又如「司」字，其右側之「㇆」可作「反 C 形繞曲」，如「司」（〈陰甲・上朔〉5.31）、「司」（〈老甲〉81.7），亦可作「橫畫轉下行」，如「司」（〈星〉14.14）、「司」（〈刑乙〉82.6）。若審「力」、「勹」、「司」字，甚至楷書之「飲」字，其可替換的筆畫，彼此之間有其共通點，即對於「力」字形體而言，「〉」、「⌒」二者的筆畫走向大致相同，且替換後不與其他字形混淆；對於「勹」字形體而言，「⌒」的筆畫方向與「㇉」的下半部相同，而二者替換之後，「勹」亦不與其他字形相混；對於「司」字形體而言，無論是「反 C 形繞曲」或「橫畫轉下行」，二者在筆畫方向上有相近之處，只差在筆畫最後是否往左，將字的下半部圍起，且「反 C 形繞曲」、「橫畫轉下行」替換後，「司」字亦不與其他字形相混；至於楷書之「飲」字，其末筆的「㇏」（捺畫）與「丶」（點畫，或視為「反捺」）二者筆畫方向相同，且皆為漸粗狀，只差在收筆為往筆畫的右方（捺畫）抑或右下（點畫）而已。是而可推測筆畫替換，應在不與其他文字相混的前提下，凡筆畫方向相同者，無論其圓轉方折、平直圓弧，甚至筆畫長短粗細，皆有可能用作替換的筆畫。

四、已有草書筆畫寫法

馬王堆簡帛雖為早期隸書之材料，但其文字已有草書的形體，而筆畫上亦與草書有關聯。例如前述提及的「三」，馬王堆簡帛可作「三」（〈遣三〉266.9），草書可作「三」（三，〈遊目帖〉〔註 88〕），二者形體的方向雖有差異，但單就個別筆畫而言，形貌則有相似之處，寫法皆與點畫相近。又如帶有「□」或「▢」部件的文字，其寫法或與草書相同，如馬王堆簡帛之「因」（因，〈九〉50.2）、「因」（因，〈遣三〉350.2）、「貴」（貴，〈問〉61.12）、「貴」（貴，〈禁〉2.12）等，與草書之「因」（因）、「因」（因）、「賁」（賁）、「負」（負）〔註 89〕，

〔註 86〕〔唐〕魏徵撰、〔唐〕歐陽詢書，〔民國〕孫寶文編：《九成宮醴泉銘》，頁 19。

〔註 87〕〔唐〕魏徵撰、〔唐〕歐陽詢書，〔民國〕孫寶文編：《九成宮醴泉銘》，頁 19。

〔註 88〕〔晉〕王羲之，〔民國〕孫寶文編：《王羲之墨蹟選》，頁 10。

〔註 89〕「因」、「貴」、「負」草書皆引自《草字彙》；因《草字彙》所收「貴」字，其「貝」形體近似「大」，與本文舉證情況不同，故引其他「貝」部字，且「貝」在下方者。〔清〕石梁集：《草字彙》（上海：上海書店出版社，2021 年），頁 96、576、629。

其「口」、「貝」的「□」或「▢」皆作「D」形。另如「中」字，馬王堆簡帛有作「」（〈出〉34.7）、「」（〈禁〉11.7）、「」（〈遣三〉216.43）者，其「口」應為先寫「┐」，再寫「└」，而「└」或因書寫時追求快捷而縮短作點畫，使得此形體幾乎與草書「中」字相同，如「」、「」〔註 90〕。

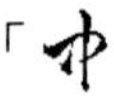

第六節　結　語

本文針對馬王堆簡帛文字之筆畫分析，在分析筆畫之前，須先討論「筆畫」相關內容，在爬梳學者對於筆畫的討論後，定義「筆畫」所指；次則比較當前書法、文字學對筆畫的分類，發現各家分類或有其疑義之處，是而提出在分析筆畫時需注意的面向，即「筆畫書寫方向」、「筆畫書寫過程」，其中以筆畫方向為筆畫分類的主體，而以起筆、收筆、運筆之書寫過程中的形狀、長度、弧度、厚度等為輔，進而分析馬王堆簡帛文字之筆畫。

透過分析之後，發現馬王堆簡帛文字筆畫有四大特點，其一為用筆靈活形貌多變，即書寫文字筆畫時，起筆、運筆、收筆未有固定要求，使得橫、豎、斜畫起筆皆有平頭、圓頭、斜頭、尖頭，而粗細變化則受書寫時的手部運動，或書手的習慣等影響，與後世隸書、楷書對筆畫起筆、收筆、粗細等漸趨規範有所不同。其二則為筆畫寫法趨於一致，此指對於部分筆畫而言，如橫畫大多為右上出鋒，為後世隸書的「雁尾」的雛形；又如左斜畫，因筆畫書寫方向為逐漸靠近手腕，故而筆毛隨著運筆時的手部運作而逐漸加粗，此筆畫便逐漸成為後世的「捺畫」；此外，筆畫的加粗除與手部運作有關之外，也因其相較其他筆畫更為顯眼，在視覺上可營造出特殊效果，反映當時書寫或已加入一定的藝術性，使文字不僅有記錄語言之用，更有藝術的審美價值。其三為文字筆畫或可替換，在馬王堆簡帛文字中，有些筆畫可替換成其他筆畫，但彼此之間的筆畫方向仍有共同點，且不能與其他文字相混，其餘之長短、方折圓轉、粗細、弧度等，皆可靈活運用。其四為已有草書筆畫寫法，有些文字的筆畫，或因書寫時追求快捷，使筆畫縮短作點畫，進而影響整個文字的形體，甚至有些文字形體因此與後世草書寫法相近，可佐證某些文字的草書形體淵源。

藉由以上討論，可知馬王堆簡帛文字不僅反映早期隸書的樣貌，其筆畫形

〔註 90〕「中」字草書皆引自〔清〕石梁集：《草字彙》，頁 4。

貌亦可反映當時書寫的情況，無論在漢字形體演變的研究，抑或隸書書法、書法筆畫寫法的討論，皆有重要的價值。

第七章　結　論

第一節　馬王堆簡帛文字形體特點

本論文旨在研究馬王堆簡帛文字的形體演變方式，亦論其書寫文字之筆畫的類型等。本節則就「字形演變方式」、「筆畫線條特點」兩部分總結，前者相當第二章至第五章所論範圍，後者即第六章討論內容。

一、字形演變方式

馬王堆簡帛之字形演變方式，可分成「單字形體」、「合文書寫」兩部分說明，前者指單一漢字的形體改變方式，後者係合文書寫的構形方式。二者各有不同，以下分別說明。

（一）單字形體的改變方式

單字形體的改變方式，大抵如目前所見文字形體研究所論，仍不離繁簡、易位、轉向、替換偏旁、改變造字方式、訛誤與混同等，從中又可發現許多形體的改變，與書寫過程密切相關。

1. 簡省與增繁

馬王堆簡帛文字之簡省與增繁的情況，以「文字形體的簡省或增繁」、「書寫過程的簡省或增繁」兩面向分析，前者針對字形的筆畫線條、偏旁部件，後者則針對書寫過程反映在筆畫的分裂與合併、縮短與延長、平直與彎曲。大體而言，馬王堆簡帛文字在形體的增省，以簡省為主要趨勢；書寫過程的增省中，也以簡省為主，如筆畫合併、筆畫拉平。雖連筆看似延長筆畫長度，但因其可減少書寫動作，故應視作簡省。另如拉平文字筆畫，就筆畫長度而言，直線型筆畫應較曲線型筆畫短，故平直化可縮短書寫長度，亦可減少書寫材料對筆毛的阻力，更因筆畫平直後，使文字整體趨向四邊形，既能縮短文字長度，提高書寫材料的空間利用，也有助於安排版面的整齊。

至於筆畫的長短變化，雖常見屬於增繁的延長筆畫，但依其出現的情況，推測與簡帛文字書寫時，文字寬度限制較大而長度可自由調整有關，加之書手或營造書寫藝術表現，故而刻意拉長文字筆畫。

2. 結構的改變

馬王堆簡帛文字在結構上的改變，有偏旁易位、形體轉向、替換偏旁、改變造字方式等。「改變偏旁位置」有左右位置互換、上下位置互換、左右改作上下、上下改作左右、改變包圍結構、改變穿插結構等六種，其中最為常見者，當屬左右改作上下，應與避免文字過寬，以致破壞行距，故將左右結構的文字作此調整。另外，左右位置互換、上下位置互換的字例，發現改變結構後的文字，多先寫聲符再寫形符，推測書手記錄時，或先記其以語言聲音部分，後書其意義相關部分，與文字（視覺、書面表達）為記錄語言（聽覺、口語表達）的工具有關。

「改變形體方向」有形體上下顛倒、形體左右相反、豎立橫臥之變三種，不僅改變的方式較少，字例也較少，推測與文字演變逐漸固定有關。其中豎立橫臥之變者，調整後的形體，或將文字外框趨於四邊形，或文字輪廓的上、下、左、右側儘量趨向平直，對行款版面的工整能作更好的安排，此可謂繼承西周以降，文字逐漸有方塊字、一字佔一格的趨勢有關。

「替換文字偏旁」可分作替換聲符、替換形符兩大類。替換聲符依據聲韻關係，可細分成同聲符的形聲字互替、聲符之間的聲紐有關、聲符之間的韻部有關、聲符聲紐韻部皆有關四種，最多者為同聲符的形聲字互替，反映當時替換聲符時，多以有相同諧聲偏旁的字代替，且聲符之間的韻部有關聯的替換佔最大宗，或能呼應唐蘭對於漢語語音提出「對於元音的感覺佔優勢」之說。替換形符可細分形體有相同部分、形體無相同部分兩種，若形體有相同之處，而意義或有類似概念，為形符替換提供一定的條件，同時替換形符也可反映對於相同事物的概念，書寫者或以不同角度理解，故而造成形符的替換。

「改變造字方式」字例最少，可分作表意字改作形聲字、形聲字改作表意字兩種，其中一半的字例可徵於《說文》所收重文，可能與秦統一後書同文有關，文字以秦文字為準，而形體也逐漸固定有關。

3. 訛誤與混同

馬王堆簡帛文字之訛誤與混同的情況，討論 18 例之「個別訛誤」與 53 例之「集體訛誤」，並歸納原因有七：改變筆畫形貌、連接或分割筆畫、簡省或增繁形體、形體或寫法相近、改變形體的寫法、改變形體的方向、改變偏旁的位置。發現最常見的訛誤原因為形體或寫法相近，可知形體的訛誤常因形體的相近或寫法的類似所致；同時馬王堆簡帛文字的訛誤情況，除前有所承外，對後世隸楷文字亦有影響，此部分於第二節詳細說明。

（二）合文構形與詞例使用

馬王堆簡帛之合文書寫，可從合文構形方式、詞例使用情況兩面向說明，了解早期隸書對商周合文書寫的繼承與演變趨勢，並探究其中原因。

1. 合文構形方式

合文構形可分作三類，即「不省形合文」、「省形合文」、「省略構詞詞素」。「不省形合文」係將二字以上詞語直接合併作一個構形單位，詞語所用的文字形體不作省略；「省形合文」則簡省詞語所用的文字形體，有共用筆畫、刪減偏旁、包孕合書、省形包孕合書四種方式；「省略構詞詞素」更將詞語所用的詞素直皆省略。同時「省形合文」與「省略構詞詞素」皆標示合文符號，「不省形合文」僅有一例「七星」（〈陰甲・祭一〉A10L.9）帶有合文符號，目的或提醒讀者該形體為合文，不至於誤讀或不知所云。

至於合文的組合結構，自商周以來為上下、左右、包含、穿插等結構，而西周以降上下結構合文較多，馬王堆簡帛合文結構亦以上下結構為最，故推測與西周以後漢字書寫逐漸固定為直式、上至下書寫有關。

2. 合文使用情況

商周的合文詞例類型為名詞性詞語，且以人稱相關、時空相關、數字相關、名物相關詞語為常見合文詞例類型。馬王堆簡帛合文詞例亦多為名詞性詞語，最多者為數字相關詞語，可知馬王堆簡帛合文承繼商周合文使用習慣。

然觀馬王堆簡帛合文詞例不過 35 例，相較商周合文使用情況明顯減少，反映合文書寫逐漸消退的趨勢。因漢字為一個構形單位表達一個詞或詞素，但合文違背此特性；且與其他單字相較，合文書寫的長寬比例較為突兀，造成行款版面不規整；加之秦統一文字，天下皆以秦系文字為準，使他系合文形體不再使用，減少合文構形的多樣性；另則從馬王堆簡帛文字內部比較，也發現有些合文形體與其他文字相近或致混淆，皆可能為合文書寫逐漸衰退的原因。

二、筆畫線條特點

本論文從「筆畫書寫方向」、「筆畫書寫過程」兩面向分析馬王堆簡帛文字的筆畫，發現其特點有四：用筆靈活形貌多變、筆畫寫法趨於一致、文字筆畫或可替換、已有草書筆畫寫法。

（一）用筆靈活形貌多變

觀馬王堆簡帛書寫文字筆畫，其起筆、運筆、收筆無固定要求，使橫畫、豎畫、斜畫起筆皆有平頭、圓頭、斜頭、尖頭等變畫，而粗細差異則受書寫時的手部運動、書手習慣等影響，與後世隸書、楷書對筆畫起筆、收筆、粗細等漸趨規範有所不同。

（二）筆畫寫法趨於一致

此乍看與「用筆靈活形貌多變」有所牴觸，但細審馬王堆簡帛文字筆畫，發現對部分筆畫而言，橫畫大多為右上出鋒，為後世隸書的「雁尾」的雛形；又如左斜畫因筆畫書寫方向為逐漸靠近手腕，故筆毛隨運筆時手部運作而漸粗，從而逐漸形成後世的「捺畫」。同時筆畫的加粗與手部運作有關之外，也因粗細變化相較其他筆畫更為突出，可產生視覺對比效果，反映當時書寫或已加入一定的藝術性，使文字不單為記錄語言之用，更賦予藝術審美的價值。

（三）文字筆畫或可替換

馬王堆簡帛文字的部分筆畫，或可替換成其他筆畫，但彼此的筆畫方向仍有共同點，且不能與其他文字相混；至於長短、方圓、粗細、弧度等皆可靈活運用，此亦呼應其用筆靈活的特徵。

（四）已有草書筆畫寫法

簡帛文字或因書寫時追求快捷，使得筆畫形貌改變。例如馬王堆簡帛有些文字因縮短筆畫而作點畫，影響整個文字的形體，甚而有些文字形體因此與後世草書寫法相近，從而可知部分文字的草書形體之源頭。

第二節　馬王堆簡帛文字研究價值

馬王堆簡帛問世不久，便引起學術界廣泛討論，不僅因其豐富的文獻，更因其材料書寫年代橫跨戰國晚期至西漢初期，此時文字正處於由古文字逐漸轉向今文字的時期，故而屬早期隸書的材料；但此前未曾出土同時期的材料，使得世人無從得知古今文字轉變的過程，寔為漢字研究的一大空白；且幸馬王堆簡帛之出土，使今人得以一探文字演變之究竟。

馬王堆簡帛文字形體的研究，不僅對漢字形體研究有重要價值，對書法的影響亦不容忽視。因漢字書法係由漢字發展而來的藝術表現，故而文字形體的演變也直接影響書法藝術的發展。因此本節從「了解早期隸書的形體」、「了解後世文字的淵源」、「了解筆畫形貌與寫法」、「重探『隸變』的意涵」、「反映古人的語言認知」五點說明。

一、了解早期隸書的形體

在馬王堆簡帛出土之前，世人可見的隸書材料多為東漢以後碑碣，但此皆屬成熟隸書的形體，對於秦篆轉變至隸書的過程，因無相關材料而無從得知，僅能以秦簡文字或小篆與成熟隸書比對，因材料的時代差異，使字形演變過程難以知曉；後因馬王堆簡帛出土，以其屬早期隸書，且書寫年代跨越戰國、秦朝、西漢初期，故使今人得以一睹早期隸書字形，填補漢字發展研究的空白。

馬王堆簡帛文字所反映的早期隸書形體特點，大體上字形承襲秦簡文字，同時部分文字保留戰國文字的特徵，但相較戰國文字形體的變化紛呈，馬王堆簡帛文字形體差異明顯較少，此或與秦統一後推行書同文有關，使文字形體皆以秦系文字為準，亦可解釋大多數文字形體接承襲秦簡之由。至於形體的變化上，無論形體的筆畫線條、部件偏旁，抑或書寫過程等，與秦簡文字或馬王堆簡帛內部比較後，皆可發現其有簡省的趨勢。

另可知早期隸書對古文字的改變，有繁簡、轉向、易位、替換偏旁、改變造字方式、訛誤等，但此皆以書寫後的結果而論，若細究背後原因，不難發現書寫過程是造成文字形體改變的重要因素之一。例如第二章針對書寫過程而有筆畫分合、長短、曲直之變，又如第四章分析訛誤與混同之因，其中有改變筆畫形貌、筆畫分合、改變形體寫法的改變筆順等，是而可知早期隸書對古文字的改變，應與書寫過程的改變有密切關聯。

二、了解後世文字的淵源

自秦代書同文以後，漢字發展承襲秦系文字而來；若現今所用的某字起於秦代甚或更早，照理應可追溯其秦篆、甲金文的形體，得知該字形體演變脈絡。然部分隸楷文字形體究其源頭時，彼此其形體關係難以聯繫，此或可從馬王堆簡帛文字形體，補充其從古文字演變至隸書甚或楷書之脈絡。

如第三章〈形體與偏旁改易分析〉發現馬王堆簡帛從「参」之字，其「参」或作横臥形，如「參」作「」(〈衷〉20.9)、「」(〈昭〉7.74)，「瘳」作「」(〈刑甲．刑日〉7.4)、「」(〈經〉45.19)，此或可作後世文字「参」作「尒」(非「爾」字)的由來，如「參」作「叅」、「珍」作「珎」等。甚至此現象可補充朱熹指出《詩經．陳風．月出》中，「慘」字為「懆」之誤。因馬王堆簡帛從「参」之字，其「参」轉向後或與「木」相近，而「木」旁寫法或可作如「操」之「」(〈十〉46.63)、「柜」之「」(〈要〉15.58)；加之秦簡、馬王堆簡帛或將「口」、「厶」混同，故使「喿」訛作「叅」，導致《詩經》傳抄謬誤。

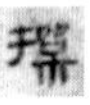

又第四章〈形體訛誤與混同分析〉最後指出後世隸楷文字形體寫法，可追溯於馬王堆簡帛文字。如「類」或將「犬」訛作「分」，從「弜」的字左旁皆訛從「弓」，「衡」或將中間的「角」與「大」合併訛作「魚」，「薊」或將「魚」訛作「角」；「責」的上半「朿」因草寫而作三個上下相疊的「ㄟ」或「∠」，規整化後為「丄」而作「龶」；「奇」的「大」、「覺」的「爻」或訛為「文」，「口」(或「吅」、「品」)、「厶」(或「厸」、「厽」)或可替換，「台」所從的「以」後世皆作「厶」，「月」、「肉」旁的字混同，的「囟」、「由」、「囱」、「図」訛作「田」，從「止」的字或作「䒑」、「Z」，從「𠂇」、「艸」、「竹」的字或訛從「䒑」，「寡」因壓縮書寫空間而將下半訛作「火」形；從「火」之字或訛從「大」，而「大」又或訛作「土」，故後世有些從「火」之字訛從「土」；「尉」、「票」所從「火」訛作「示」；從「昷」之字，其「囚」或訛作「日」；「日」、「曰」、「甘」或訛作

同形，「之」訛作「土」，「屰」的「U」拉平而使的「㡿」訛作「厈」，「老」、「孝」、「者」訛從「耂」，從「水」的字因轉向而訛作「三」(「氵」)，從「丮」的字或先訛作「凡」後再訛作「丸」，從「釆」之字或訛從「米」，「萬」因割裂形體而訛從「艸」、「禺」，從「艸」、「廾」、「戏」、「丌」或有混同現象，「壬」、「玉」、「㞷」、「主」或訛作「王」，「泉」、「京」、「巠」、「県」或訛從「小」，「鼎」、「明」或訛從「目」，「京」中間訛作「曰」形，「朩」因形體分割且改變筆畫位置而作「𠦄」，「廿」形的字多作「𠔼」，「烏」、「鳥」、「焉」、「馬」、「為」、「魚」等字下半訛作四道豎畫或訛作「灬」，「奉」、「秦」、「奏」、「春」上半訛作相同形體，「虎」字下半訛從「巾」而作「𠰭」，「朮」、「市」、「市」訛作形近等。

三、了解筆畫形貌與寫法

因書法本質在於漢字的書寫，而如裘錫圭《文字學概要》提及西周金文對甲骨文的改變在於「線條化」，而隸書對古文字的改變在於「筆畫化」，筆畫化即利用毛筆的提按等手部動作，製造文字線條的各種粗細變化等形貌。馬王堆簡帛屬早期隸書材料，同時因其書寫材料為簡帛，能很大程度地反映書寫的樣貌，可藉此了解當時書寫的實際情況。

馬王堆簡帛文字的起筆方式，在觀察橫畫、豎畫、右斜畫、左斜畫的起筆處後，發現皆包含平頭、圓頭、斜頭、尖頭四種，顯示當時書寫並無要求起筆方式，與後世認為隸書筆畫需逆鋒起筆不同。至於筆畫的收筆、運筆，橫畫收筆方式常見右上出鋒，推測或與書寫時筆鋒因側鋒而處在橫畫上緣所致，或為成熟隸書橫畫的「雁尾」由來；同時也有因書寫速度較快，使橫畫縮短而與點畫相近的情況，此亦可見於後世草書，可知隸書與草書之間的關係。豎畫收筆方式則多為左側出鋒，若左側出鋒的同時，筆畫粗細加粗，則與後世文字的懸針豎、豎鉤在行草的寫法相同。右斜畫收筆多以左上出鋒，大抵因其書寫時筆畫弧度為下凹形，而筆鋒順此路徑而在筆畫的左上位置出鋒，同時也因此筆畫的書寫路徑屬遠離手腕，而遠離手腕的筆畫常有漸細的特徵，此或為後世楷書撇畫的由來。左斜畫最常見右上出鋒、漸粗，少見其他方式，或可謂馬王堆簡帛文字中，左斜畫已可能固定寫作右上出鋒、漸粗的方式；其漸粗之由，應為書寫時逐漸靠近手腕所致，此筆畫或逐漸發展出楷書之「捺畫」。

是而可知馬王堆簡帛文字筆畫不僅反映早期隸書筆畫的寫法，亦可得知隸楷文字部分筆畫的源頭；且藉由筆畫形貌與書寫動作的比對，可知筆畫寫法與書寫時手部的動作息息相關，對於漢字筆畫及其書法藝術的研究有所啟發。

四、重探「隸變」的意涵

馬王堆簡帛為西漢初年材料，文字屬早期隸書，本論文研究其字形演變時，常與秦簡文字比較，發現其形體大多承秦簡而來，演變脈絡有跡可循，此與趙平安《隸變研究》之「隸變不是一種突變」呼應。本論文第一章〈緒論〉及第四章〈形體訛誤與混同分析〉曾引趙平安《隸變研究》所述，指出「隸變」一詞出自玄度《九經字樣》，且多作名詞使用，意為「變成隸書的字」，作動詞則為「篆書變成隸書」；同時認為隸變不是一種突變，並指出研究隸書「拿《說文》小篆當參照有所問題」等。

究其根本，大抵因「隸變」一詞目前可見始於唐朝，唐朝通行文字為楷書，當時所見的古文大抵為《說文解字》或少數刻有古文字的金石材料，至於簡牘帛書則難得一睹；且所見的隸書多應為東漢以後，屬成熟隸書，而成熟隸書與楷書形體較為相近，故於唐人而言，成熟隸書與楷書之形體關係應燦然可循，而隸書之於秦文字的關係只能參照《說文解字》，但與小篆比較的隸書為東漢以後的隸書，形體已有明顯落差，故而特以「隸變」說明「篆書演變為隸書」之字形變化。總上推測，或許唐人對漢字演變的認識，應為小篆轉為隸書，但因二者形體頗有差異，故以「隸變」說明；而唐人所謂的「隸變」，或將其視為一種突變，係因未能得見西漢初期簡帛材料所致。

現今因有出土秦漢之際的簡帛，可觀察篆書演變為隸書的過程，從字形上仍見帶有篆書意味的隸書，顯示篆書演變為隸書是漸進的過程，而非突變；另於字形的變化，仍不離簡省、增繁、轉向、易位、訛誤等，與目前對古文字形體研究大致相同。因此使用「隸變」指稱篆書變作隸書的過程，容易使人有「篆書變作隸書」是突變，以及演變方式與此前的古文字有所不同的誤解。

然本論文並非否定漢字演變之「隸變」現象，而是需重新認識「隸變」一詞。「隸變」仍可說明「秦系文字轉變為隸書」的過程，惟須注意此為漸進式的改變；且此過程的改變方式仍與過去古文字階段的改變方式大致相同，不外乎簡省、增繁、易位、轉向、替換偏旁、訛誤等，但因古文字與今文字在形體與筆畫線條上有明顯差異，故而「隸變」一詞亦可強調古文字階段的字形演變，與古文字轉為今文字的演變差異。

五、反映古人的語言認知

在形體替換偏旁情況中，替換聲符以「同聲符的形聲字互替」為最，次為「聲符之間的韻部有關」、「聲符聲紐韻部」皆有關，反映當時替換聲符時，原則以有相同諧聲偏旁的字代替，其次則以與韻部相關的偏旁代替，僅與聲紐相關之偏旁則不常使用，與唐蘭之「對於元音的感覺佔優勢」呼應，此可探知當時古人對漢語語音的感受，或有助於上古漢語語音的研究；至於替換形符則分作「形體有相同部分」、「形體無相同部分」兩類，大致上若形體有相同之處，且意義或有類似概念，可為形符替換提供一定的條件，此亦反映當時書手對事物認知的角度不同，故而產生形符替換的現象，且此現象未因書同文而消失，甚至小篆也存在或體，藉此可知古人認識事物的不同面向。

第三節　文字形體研究方法的調整

除馬王堆簡帛文字形體演變方式的研究成果外，本論文在部分章節亦調整研究文字形體的方法，或為詞彙的界定及反思，或為字形分析的面向等。在文字形體的比較上，盡量以出土材料之間作比較，雖或引用《說文》小篆，但僅作字形說解或形體參考，因《說文》的時代晚於馬王堆簡帛，在字形比較上能否反映秦代篆書，或是否具有標準地位而得以作形體比較對象，皆有商榷之處，故本論文在字形比較之表格中，原則上不引小篆，僅以秦簡文字作外部比較，或以馬王堆簡帛本身作內部比較。

在第二章討論形體繁簡時，本論文亦調整分析方式。因常見的文字形體研究多將簡省（或簡化）、增繁（或繁化）個別分章討論，但如前所述，古代未必有標準字的觀念，分別討論的問題在於易使讀者有參照的文字為標準字的誤解，是以本論文將簡省、增繁視作相互關係而於同章討論。

至於名詞界定上，如第三章討論「異體字」的定義，因其或牽涉標準字的問題，或牽涉「形體差異」的所指問題（即是否包含筆畫線條的差異）；而「異化」定義雖依何琳儀之說，係指形體在筆畫、偏旁的變異上，但本論文將筆畫的分合視作繁簡的表現，與何琳儀定義有所差異，故而該章標題未使用「異體字」、「異化」二詞。又於第四章中，「訛變」視作「訛誤」的一種，因學者們對

「訛變」定義多有「訛體廣泛使用」的條件，但該章所論亦包含偶然的訛誤，加之「訛變」的本質即訛誤，故以「訛誤」指稱而不用「訛變」。

另外，本論文亦特別針對「書寫過程」的角度，分析文字形體改變的可能原因或影響。因簡牘帛書皆為毛筆書寫而成，故能很大程度地反映當時書寫情況；而書寫工具、書寫材料，甚至書寫過程的動作等，皆能影響文字最後呈現的形體；因此本論文不單以書寫的結果，即文字最後呈現的形體作比較，亦須考慮書寫材料、書寫過程對形體的影響，如此較能清楚認識字形變化的可能原因。

在第六章中，對於筆畫的分析則跳脫常見的「橫」、「豎」、「點」、「挑」、「撇」、「捺」、「鉤」等分類，改以「筆畫書寫方向」、「筆畫書寫過程」兩面向分析，以此避免「以今衡古」、「名實不符」之疑；同時也透過手部的動作對書寫的影響，分析筆畫形貌的產生原因。

第四節　研究限制

本論文之研究限制主要有三，其一為既指出馬王堆簡帛之各篇文獻書寫年代差異，但未能細究不同書寫年代的文獻在字形、筆畫的演變關係；其二為古人書寫或追求變化，故而可能對同一行、列、面的相同文字改變其形體，而文字形體的差異，本論文雖已從「書寫過程」分析，但未就「書寫時追求字形變化」的面向討論；其三為雖明確指出《說文解字》在研究隸書的問題，即該書時代在馬王堆簡帛之後，未必能反映秦國或秦朝文字的實況，及能否作形體比較的標準參考等問題，但以目前對文字形體的分析，無論字形、字義的說解，實難捨《說文解字》而不用，故而本論文在論述上，仍大量引用《說文解字》的小篆及字形、字義的說解，亦足見其於文字學的重要地位。

參考文獻

以下分「專書」、「引用論文」、「電子資源」三類，「專書」分成「傳統文獻」、「近人論著」，前者分經、史、子、集四類，並依該文獻之成書年代排序，後者則依作者姓氏筆畫數分類（筆畫數相同則依其部首，姓氏相同則依名字筆畫數），再依出版年代排序。「引用論文」分「期刊論文」、「學位論文」，前者皆依出刊時間排序，後者先依年代，再依作者姓名筆畫數排序（同近人論著編排方式）。

壹、專　書

一、傳統文獻

（一）經

1. 〔周〕左丘明傳，〔晉〕杜預注，〔唐〕孔穎達正義：《春秋左傳注疏》，臺北：藝文印書館，1997年，嘉慶二十年江西南昌府學雕本。
2. 〔漢〕孔安國傳，〔唐〕孔穎達正義：《尚書注疏》，臺北：藝文印書館，1997年，嘉慶二十年江西南昌府學雕本。
3. 〔漢〕毛亨傳，鄭玄箋，〔唐〕孔穎達正義：《毛詩注疏》，臺北：藝文印書館，1997年，嘉慶二十年江西南昌府學雕本。
4. 〔漢〕鄭玄注，〔唐〕賈公彥疏：《周禮注疏》，臺北：藝文印書館，1997年，嘉慶二十年江西南昌府學雕本。
5. 〔漢〕趙岐注，〔宋〕孫奭疏：《孟子注疏》，臺北：藝文印書館，1997年，嘉慶二十年江西南昌府學雕本。

6. 〔漢〕鄭玄注，〔唐〕孔穎達正義：《禮記注疏》，臺北：藝文印書館，1997 年，嘉慶二十年江西南昌府學雕本。
7. 〔漢〕許慎撰，〔宋〕徐鉉校定：《說文解字》，北京：中華書局，2013 年。
8. 〔漢〕許慎撰，〔清〕段玉裁注，李添富總校訂：《新添古音說文解字注》，臺北：洪葉文化事業有限公司，2016 年。
9. 〔晉〕郭璞注，〔宋〕邢昺疏：《爾雅注疏》，臺北：藝文印書館，1997 年，嘉慶二十年江西南昌府學雕本。
10. 〔宋〕陳彭年等重修，林尹校訂：《新校正切宋本廣韻》，臺北：黎明文化事業股份有限公司，1996 年。
11. 〔宋〕朱熹：《詩集傳》，臺北：臺灣學生書局，1970 年。

（二）史部

1. 〔周〕左丘明：《國語》，臺北：九思出版有限公司，1978 年。
2. 〔漢〕司馬遷，〔南朝宋〕裴駰集解，〔唐〕司馬貞索隱，〔唐〕張守節正義，〔日本〕瀧川龜太郎考證：《史記會注考證》，臺北：洪氏出版社，1986 年。
3. 〔漢〕班固撰，〔唐〕顏師古注，〔清〕王先謙補注：《漢書補注》，臺北：藝文印書館，1996 年。
4. 〔北魏〕酈道元注，王國維校：《水經注校》，臺北：新文豐出版公司，1987 年。
5. 〔唐〕李隆基撰，〔唐〕李林甫注，〔日本〕廣池千九郎校注，內田智雄補訂：《大唐六典》，西安：三秦出版社，1991 年。

（三）子部

1. 〔周〕莊周，〔晉〕郭象注，〔唐〕成玄英疏，〔清〕郭慶藩集釋：《莊子集釋》，臺北：河洛圖書出版社，1974 年。
2. 〔周〕荀況，〔唐〕楊倞注，〔清〕王先謙集解：《荀子集解》，臺北：藝文印書館，1967 年。
3. 〔周〕韓非，〔清〕王先慎注：《韓非子集解》，臺北：華正書局，1975 年。
4. 〔周〕秦越人，〔明〕王九思：《難經集註》，收錄於臺灣商務印書館編審委員會主編：《宛委別藏》，臺北：臺灣商務印書館，1981 年。
5. 〔晉〕王薈、王羲之、王徽之、王獻之、〔南朝齊〕王僧虔、王慈、王志，〔唐〕弘文館摹，〔民國〕孫寶文編：《萬歲通天帖》，上海：上海辭書出版社，2010 年。
6. 〔晉〕王羲之，〔民國〕孫寶文編：《王羲之墨蹟選》，上海：上海辭書出版社，2017 年。
7. 〔晉〕王獻之，〔民國〕孫寶文編：《王獻之墨蹟選》，上海：上海辭書出版社，2018 年。
8. 〔隋〕智永，角井博解說，大野修作釋文：《關中本千字文》，東京：株式會社二玄社，2018 年。
9. 〔唐〕尹知章注，〔清〕戴望校正：《管子校正》，臺北：世界書局，1966 年。
10. 〔唐〕王冰編注，〔宋〕高保衡、林億、孫奇校正：《黃帝內經素問靈樞》，臺南：大孚書局有限公司，1992 年。
11. 〔唐〕虞世南撰并書，〔民國〕孫寶文編：《孔子廟堂碑》，上海：上海辭書出版社，2015 年。
12. 〔唐〕魏徵撰、〔唐〕歐陽詢書，〔民國〕孫寶文編：《九成宮醴泉銘》，上海：上海辭書出版社，2017 年。
13. 〔唐〕唐太宗製、〔唐〕褚遂良書，〔民國〕孫寶文編：《雁塔聖教序》，上海：上海辭書出版社，2015 年。
14. 〔唐〕顏真卿撰併書，〔民國〕孫寶文編：《顏勤禮碑》，上海：上海辭書出版社，2013 年。
15. 〔唐〕懷素，〔民國〕孫寶文編：《懷素草書千字文》，上海：上海辭書出版社，2011 年。
16. 〔唐〕張彥遠集：《法書要錄》，北京：中華書局，1985 年。
17. 〔清〕石梁集：《草字彙》，上海：上海書店出版社，2021 年。
18. 〔清〕皮錫瑞著：《經學歷史》，北京：朝華出版社，2019 年。
19. 〔民國〕孫寶文編：《曹全碑》，上海：上海辭書出版社，2010 年。
20. 〔日本〕西川寧、神田喜一郎監修：《漢禮器碑》，東京：株式會社二玄社，1984 年。
21. 〔日本〕西川寧、神田喜一郎監修：《漢魯峻碑》，東京：株式會社二玄社，1988 年。
22. 〔日本〕西川寧、神田喜一郎監修：《漢張遷碑》，東京：株式會社二玄社，1984 年。
23. 〔日本〕西川寧、神田喜一郎監修：《北魏龍門二十品（上）》，東京：株式會社二玄社，1987 年。
24. 〔日本〕西川寧、神田喜一郎監修：《隋唐寫經集》，東京：株式會社二玄社，1980 年。
25. 〔日本〕西川寧、神田喜一郎監修：《唐柳公權玄秘塔碑》，東京：株式會社二玄社，1981 年。

（四）集部

1. 〔清〕劉熙載撰，劉立人、陳文和點校：《劉熙載集》，上海：華東師範大學出版社，1993 年。

二、近人論著

1. 于省吾主編，姚孝遂按語編撰：《甲骨文字詁林》，北京：中華書局，1999 年。

2. 中國藝術研究院中國書法院：《秦漢篆隸研究》，北京：榮寶齋出版社，2013 年。
3. 王力：《王力文集》，濟南：山東教育出版社，1985 年。
4. 王貴元：《馬王堆帛書漢字構形系統研究》，南寧：廣西教育出版社，1999 年。
5. 王寧：《漢字構形學導論》，北京：商務印書館，2015 年。
6. 白于藍：《簡帛古書通假字大系》，福州：福建人民出版社，2017 年。
7. 何琳儀：《戰國文字通論（訂補）》，南京：江蘇教育出版社，2003 年。
8. 吳鎮烽編著：《商周青銅器銘文暨圖像集成》，上海：上海古籍出版社，2012 年。
9. 沙宗元：《文字學術語規範研究》，合肥：安徽大學出版社，2008 年。
10. 李志賢等編著：《中國正書大字典》，上海：上海書畫出版社，2009 年。
11. 杜忠誥：《書道技法 1．2．3》，臺北：雄獅圖書股份有限公司，2018 年。
12. 邢文著：《楚簡書法探論——以清華簡《繫年》書法與手稿文化》，上海：中西書局，2015 年。
13. 周鳳五：《書法》，臺北：幼獅文化事業股份有限公司，1989 年。
14. 林澐：《古文字研究簡論》，長春：吉林大學出版社，1986 年。
15. 范韌庵等編著：《中國隸書大字典》，上海：上海書畫出版社，1991 年。
16. 唐蘭：《中國文字學》，臺北：洪氏出版社，1980 年。
17. 唐蘭：《古文字學導論（增訂本）》，濟南：齊魯書社，1981 年。
18. 孫合肥：《戰國文字形體研究》，北京：中華書局，2020 年。
19. 徐在國、程燕、張振謙編著：《戰國文字字形表》，上海：上海古籍出版社，2017 年。
20. 高亨、董治安：《古字通假會典》，北京：齊魯書社，1989 年。
21. 高家鶯、范可育、費錦昌編著：《現代漢字學》，北京：高等教育出版社，1993 年。
22. 張桂光：《漢字學簡論（第 2 版）》，廣州：廣東高等教育出版社，2017 年。
23. 啟功主編：《書法概論》，北京：北京師範大學出版社，1990 年。
24. 曹緯初：《書學通論》，臺北：正中書局，1975 年。
25. 曹錦炎著：《鳥蟲書通考》，上海：上海書畫出版社，1999 年。
26. 郭錫良：《漢字古音手冊》，北京：北京大學出版社，1986 年。
27. 郭錫良：《古代漢語（修訂本）》，北京：商務印書館，1999 年。
28. 陳松長：《馬王堆帛書藝術》，上海：上海書店出版社，1996 年。
29. 陳松長：《馬王堆簡帛文字編》，北京：文物出版社，2001 年。
30. 陳建明主編：《馬王堆漢墓研究》，長沙：岳麓書社，2013 年。
31. 陳煒湛：《甲骨文簡論》，上海：上海古籍出版社，1999 年。
32. 陳煒湛、唐鈺明：《古文字學綱要》，廣州：中山大學出版社，1988 年。
33. 陳夢家：《殷墟卜辭綜述》，北京：中華書局，1988 年。
34. 單曉偉編著：《秦文字字形表》，上海：上海古籍出版社，2017 年。
35. 湖南省博物館、復旦大學出土文獻與古文字研究中心編纂，裘錫圭主編：《長沙馬王堆漢墓簡帛集成》，北京：中華書局，2014 年。

36. 裘錫圭：《裘錫圭學術文集》，上海：復旦大學出版社，2012 年。
37. 裘錫圭：《文字學概要》，臺北：萬卷樓圖書股份有限公司，2015 年。
38. 黃侃：《黃侃論學雜著》，臺北：學藝出版社，1969 年。
39. 黃惇總主編：《秦代印風》，重慶：重慶出版社，1999 年。
40. 黃德寬：《古文字學》，上海：上海古籍出版社，2015 年。
41. 黃艷萍、張再興編著：《肩水金關漢簡字形編》，北京：學苑出版社，2018 年。
42. 楊崇福：《書法知識手冊》，北京：國際文化出版公司，1988 年。
43. 臧克和主編，朱葆華著：《中國文字發展史．秦漢文字卷》，上海：華東師範大學出版社，2014 年。
44. 裴普賢：《經學概述》，臺北：三民書局股份有限公司，2006 年。
45. 趙平安：《隸變研究修訂版》，上海：上海古籍出版社，2020 年。
46. 劉洪濤：《形體特點對古文字考釋重要性研究》，北京：商務印書館，2019 年。
47. 劉釗：《古文字構形學》，福州：福建人民出版社，2006 年。
48. 劉釗主編，鄭健飛、李霜潔、程少軒協編：《馬王堆漢墓簡帛文字全編》，北京：中華書局，2020 年。
49. 劉翔、陳抗、陳初生、董琨編著：《商周古文字讀本》，北京：語文出版社，1989 年。
50. 蔡信發：《六書釋例》，桃園：臺灣學生書局有限公司，2006 年。
51. 蔣善國：《漢字學》，上海：上海教育出版社，1987 年。
52. 鄭惠美：《漢簡文字的書法研究》，臺北：國立故宮博物院，1984 年。
53. 蘇培成：《現代漢字學綱要》，北京：北京大學出版社，2001 年。
54. 〔瑞士〕費爾迪南．德．索緒爾著，沙．巴利、阿．薛施藹、阿．里德林格合作編印，高明凱譯，岑麒祥、葉蜚聲校注：《普通語言學教程》，北京：商務印書館，2007 年。

貳、引用論文

一、期刊論文

1. 郭沫若：〈古代文字之辯證的發展〉，《考古學報》1972 年第 1 期，1972 年，頁 1～13。
2. 裘錫圭：〈從馬王堆一號漢墓「遣冊」談關於古隸的一些問題〉，《考古》1974 年第 1 期，1974 年，頁 46～55，下轉頁 76～77。
3. 楊五銘：〈兩周金文數字合文初探〉，《古文字研究》第五輯，北京：中華書局，1981 年，頁 139～149。
4. 湯餘惠：〈略論戰國文字形體研究中的幾個問題〉，《古文字研究》第十五輯，北京：中華書局，1986 年，頁 9～100。

5. 張桂光：〈古文字中的形體訛變〉，《古文字研究》第十五輯，北京：中華書局，1986 年，頁 153～184。
6. 吳振武：〈古文字中的借筆字〉，《古文字研究》第二十輯，北京：中華書局，1999 年，頁 308～336。
7. 党懷興：〈漢字發展演變規律芻議〉，《陝西師範大學成人教育學院學報》第 16 卷第 3 期，1999 年 9 月，頁 53～54。
8. 游國慶：〈馬王堆簡牘帛書之書法藝術〉，《故宮文物月刊》203 期，2000 年 2 月，頁 102～129。
9. 蔡國妹：〈試論漢字構造中的繁化現象〉，《湘潭大學社會科學學報》第 24 卷增刊，2000 年 12 月，頁 118～119，下轉頁 121。
10. 劉釗：〈古文字中的合文、借筆、借字〉，《古文字研究》第二十一輯，北京：中華書局，2001 年，頁 397～410。
11. 李運富：〈關於「異體字」的幾個問題〉，《語言文字應用》2006 年第一期，2006 年 2 月，頁 71～78。
12. 李松朋：〈中國書法筆法的產生與書法筆法內容研究〉，《藝術探索》第 23 卷第 1 期，2009 年 2 月，頁 100～167。
13. 黃明理：〈楷書基本筆形再認識——論寫字教育一個重要的環節〉，《中國學術年刊》第 31 期，2009 年 3 月，頁 227～253。
14. 黃文杰：〈馬王堆簡帛異構字初探〉，《中山大學學報（社會科學版）》2009 年第 4 期，2009 年，頁 66～79。
15. 吳曉懿：〈戰國簡牘書法筆法探研〉，《書畫世界》第 3 期，2014 年 5 月，頁 4～15。
16. 范常喜：〈馬王堆簡帛古文遺迹述議〉，《出土文獻研究》第十三輯，2014 年 12 月，頁 158～207。
17. 張宇龍、吳小永、趙綱：〈關於書法筆畫美學的形式分析〉，《陝西廣播電視大學學報》第 19 卷第 2 期，2017 年 6 月，頁 64～67。
18. 黃金城：〈論漢字筆畫〉，《雲南師範大學學報》第 14 卷第 4 期，2016 年 7 月，頁 48～61。
19. 高罕鈺：〈戰國文字簡化現象探因——以戰國楚簡為中心〉，《中國書法》總 350 期，2019 年 3 月，頁 50～53。
20. 黃金城：〈漢字筆畫理論謬誤辨證〉，《漢字漢語研究》第 2 期，2019 年 6 月，頁 34～46。
21. 陳典提：〈馬王堆帛書對後世書法產生的深遠影響〉，《漢字文化》2020 年第 2 期，2020 年 1 月，頁 69～70。
22. 李瀟：〈馬王堆帛書《周易》書法特徵賞析〉，《湖南省博物館館刊》第 16 輯，2020 年 9 月，頁 14～22。

23. 魯普平：〈馬王堆簡帛訛字類型論析〉，《湖南省博物館館刊》第 16 輯，2020 年 9 月，頁 4～13。
24. 程鵬萬：〈馬王堆帛書抄寫問題研究綜述〉，《中國書法》2021 年第 1 期，2021 年 1 月，頁 85～86、89、91～92、95～98、100～102、105～111、114～115。
25. 陳松長：〈《戰國縱橫家書》的書手與書體〉，《中國書法》2021 年第 1 期，2021 年 1 月，頁 4～13，下轉頁 77～84。
26. 張嘯東：〈西漢馬王堆 M3 出土帛書之間暨與同一墓葬出土簡策字體的綜合分析與關聯性研究〉，《中國書法》2021 年第 1 期，2021 年 1 月，頁 126、128～129、131～134、137～138、140～142、144、147～148、150～152、154～155。
27. 孫鶴：〈馬王堆帛書的樣態及其波勢芻議〉，《中國書法》2021 年第 1 期，2021 年 1 月，頁 190～191。
28. 魯普平：〈馬王堆簡帛文字「隸定」的統一問題〉，《語文學刊》2021 年第 2 期，2021 年 4 月，頁 37～40，下轉頁 114。

二、學位論文

1. 杜忠誥：《睡虎地秦簡研究》，筑波：筑波大學藝術學研究所碩士論文，1990 年。
2. 黄靜吟：《秦簡隸變研究》，嘉義：國立中正大學中國文學系碩士論文，1993 年。
3. 李淑萍：《漢字篆隸演變研究》，桃園：國立中央大學中國文學研究所碩士論文，1995 年。
4. 蕭世瓊：《馬王堆帛書文字研究》，臺北：國立臺灣師範大學國文學系碩士論文，1997 年。
5. 陳立：《戰國文字構形研究》，臺北：國立臺灣大學中國文學研究所博士論文，2004 年。
6. 歐陽彩蓉：《馬王堆簡帛書法初論》，北京：中央美術學院書法藝術形式美研究碩士學位論文，2006 年。
7. 高文英：《古漢字形體訛變現象的考察與分析》，保定：河北大學漢語言文字學碩士學位論文，2008 年。
8. 王忠仁：《帛書《戰國縱橫家書》之書法研究》，新北：國立臺灣藝術大學造形藝術研究所碩士論文，2009 年。
9. 暴慧芳：《漢語古文字合文研究》，重慶：西南大學碩士學位論文，2009 年。
10. 李憲專：《馬王堆帛書醫書卷書法研究》，彰化：明道大學國學研究所碩士論文，2010 年。
11. 江柏萱：《竹帛書《周易》書法比較研究》，新北：國立臺灣藝術大學書畫藝術學系碩士班碩士論文，2012 年。
12. 張樂：《馬王堆簡帛文字的隸變研究》，南昌：南昌大學中文系漢語言文字學碩士學位論文，2012 年。

13. 劉聖美：《馬王堆帛書文字研究》，煙臺：魯東大學漢語言文字學碩士學位論文，2012 年。
14. 魏曉艷：《簡帛早期隸書字體研究——從書寫角度進行考察》，石家莊：河北師範大學漢語言文字學博士學位論文，2012 年。
15. 楊蒙生：《戰國文字簡化研究》，合肥：安徽大學碩士學位論文，2012 年。
16. 王玉蛟：《兩漢簡帛異體字研究》，重慶：西南大學碩士學位論文，2013 年。
17. 吳弘鈞：《馬王堆帛書《式法》書法研究》，新北：國立臺灣藝術大學書畫藝術學系碩士班碩士論文，2013 年。
18. 羅秋燕：《漢字訛變現象綜論》，福州：福建師範大學漢語言文字學碩士學位論文，2013 年。
19. 張保羅：《隸書技法流變》，重慶：西南大學碩士學位論文，2014 年。
20. 吳季芙：《「永字八法」研究》，臺北：國立臺灣師範大學國文學系碩士專班碩士論文，2015 年。
21. 李麗姣：《馬王堆簡帛文字筆形變化論析》，石家莊：河北師範大學漢語言文字學碩士學位論文，2015 年。
22. 葉書珊：《里耶秦簡（壹）文字研究》，嘉義：國立中正大學中國文學系碩士論文，2015 年。
23. 任睿哲：《隸書筆法淺探》，濟南：山東建築大學碩士學位論文，2018 年。
24. 高靜：《甲骨文合文研究》，杭州：浙江師範大學碩士學位論文，2018 年。
25. 馮倩：《秦隸訛變研究》，徐州：江蘇師範大學藝術學碩士學位論文，2018 年。
26. 李佳奕：《戰國文字合文研究》，福州：福建師範大學碩士學位論文，2020 年。
27. 林國良：《《長沙馬王堆漢墓簡帛集成·老子》文字編暨相關問題研究》，臺中：國立臺中教育大學語文教育學系碩士論文，2020 年。
28. 陳怡彬：《馬王堆簡帛用字研究》，上海：華東師範大學漢語言文字學碩士學位論文，2020 年。
29. 駱非凡：《漢字筆畫認知的關鍵性特徵》，杭州：杭州師範大學碩士學位論文，2020 年。

參、電子資源

1. 教育部重編國語辭典修訂本網站，https://dict.revised.moe.edu.tw/dictView.jsp?ID=17654&q=1&word=%E7%AD%86%E7%95%AB。
2. 北京故宮博物院網站，網址：https://www.dpm.org.cn/collection/impres/231851.html。
3. 文物山東網站，網址：http://www.wwsdw.net/#/collect/detail?id=3700000201862128A091105093257515。

知見目錄

以下依論著主題分類，分作「釋文校讀」、「材料綜述」、「思想研究」、「語言研究」、「醫學研究」、「歷史研究」、「文化研究」、「天文研究」、「書法研究」等，並以出刊發表時間先後為序，且學位論文在前，單篇論文在後；若時間相同，則依姓名筆畫排序（筆畫數相同則依其部首，姓氏相同則依名字筆畫數）。

一、釋文校讀

1. 〈長沙馬王堆漢墓出土《老子》乙本卷前古佚書釋文〉，《文物》，1974 年 10 月。
2. 〈馬王堆漢墓出土《老子》釋文〉，《文物》，1974 年 11 月。
3. 〈馬王堆漢墓出土帛書《戰國策》釋文〉，《文物》，1975 年 4 月。
4. 〈馬王堆漢墓出土醫書釋文（一）〉，《文物》，1975 年 6 月。
5. 〈馬王堆漢墓出土醫書釋文（二）〉，《文物》，1975 年 9 月。
6. 〈馬王堆漢墓出土帛書《春秋事語》釋文〉，《文物》，1977 年 1 月。
7. 張政烺：〈《春秋事語》解題〉，《文物》，1977 年 1 月。
8. 〈馬王堆漢墓帛書《相馬經》釋文〉，《文物》，1977 年 8 月。
9. 〈馬王堆帛書《六十四卦》釋文〉，《文物》，1984 年 3 月。
10. 張修桂：〈馬王堆漢墓出土地形圖拼接復原中的若干問題〉，《自然科學史研究》，1984 年 3 月。
11. 趙逵夫：〈馬王堆漢墓出土《相馬經·大光破章故訓傳》發微〉，《江漢考古》，1989 年 3 月。
12. 趙逵夫：〈馬王堆漢墓帛書《相馬經》發微〉，《文獻》，1989 年 4 月。

13. 池田知久，牛建科：〈馬王堆漢墓帛書《周易》之《要》篇釋文（上）〉，《周易研究》，1997 年 2 月。
14. 池田知久，牛建科：〈馬王堆漢墓帛書《周易》之《要》篇釋文（下）〉，《周易研究》，1997 年 3 月。
15. 黄武智：《「黃老帛書」考證》，國立中山大學中國文學系碩士學位論文，1998 年。
16. 〈馬王堆帛書《式法》釋文摘要〉，《文物》，2000 年 7 月。
17. 戎輝兵：《《馬王堆漢墓帛書》（《老子》乙本卷前古佚書）校讀札記》，南京師範大學學位論文，2005 年。
18. 楊椀清：《戰國縱橫家書彙釋及其相關問題研究》，國立臺南大學國語文學系碩士論文，2006 年。
19. 連劭名：〈馬王堆帛書《要》考述〉，《周易研究》，2009 年 5 月。
20. 王化平：〈讀馬王堆漢墓帛書《衷》篇札記〉，《周易研究》，2010 年 2 月。
21. 黄人二：〈馬王堆帛書經法君正章試解——兼論老子乙卷前古佚書之性質與先秦漢初論語之傳〉，《考古》，2012 年 5 月。
22. 孫桂彬：《《易經》異文研究》，山東大學學位論文，2013 年。
23. 連劭名：〈馬王堆帛書叢釋〉，《北京教育學院學報》，2013 年 1 月。
24. 魏宜輝：〈北大漢簡《老子》異文校讀五題〉，《安徽大學學報（哲學社會科學版）》，2013 年 6 月。
25. 〈帛書《老子》與今本《老子》〉，《國學》，2013 年 12 月。
26. 楊學祥：〈《馬王堆帛書〈周易〉釋文校注》簡介〉，《周易研究》，2015 年 2 月。
27. 張杰：〈《馬王堆漢墓帛書》校讀《管子》〉，《管子學刊》，2015 年 3 月。
28. 周波：〈馬王堆帛書與傳世古籍對讀札記二則〉，《中國語文》，2015 年 5 月。
29. 費小兵、劉雄：〈異本合刊之《老子》：楚簡本＋馬王堆帛書本——兼論建立《老子》批判性版本〉，《荊楚學刊》，2016 年 2 月。
30. 范常喜：〈馬王堆漢墓遣冊「甘羹」新釋〉，《中原文物》，2016 年 5 月。
31. 李維睿：〈「為父期」與五服差等：再讀馬王堆漢墓《喪服圖》題記〉，《湖南科技學院學報》，2017 年 8 月。
32. 劉彬：〈帛書《衷》篇斷裂缺行問題考論〉，《周易研究》，2018 年 5 月。
33. 張海波：〈《稱》《小稱》《四稱》《武稱》篇名新解〉，《文學遺產》，2020 年 1 月。
34. 侯臺風：〈馬王堆漢墓帛書《老子》與王弼本對讀札記〉，《柳州職業技術學院學報》，2020 年 4 月。
35. 聶菲：〈馬王堆漢墓漆器「素」銘及相關問題研究〉，《江漢考古》，2020 年 4 月。

二、材料綜述

1. 曉菡：〈長沙馬王堆漢墓帛書概述〉，《文物》，1974 年 9 月。
2. 高亨、池曦朝：〈試談馬王堆漢墓中的帛書《老子》〉，《文物》，1974 年 11 月。

3. 劉云友:〈中國天文史上的一個重要發現——馬王堆漢墓帛書中的《五星占》〉,《文物》,1974年11月。
4. 凌襄:〈試論馬王堆漢墓帛書《伊尹・九主》〉,《文物》,1974年11月。
5. 唐蘭:〈馬王堆帛書《卻穀食氣篇》考〉,《文物》,1975年6月。
6. 詹立波:〈馬王堆漢墓出土的守備圖探討〉,《文物》,1976年1月。
7. 謝成俠:〈關於長沙馬王堆漢墓帛書《相馬經》的探討〉,《文物》,1977年8月。
8. 席澤宗:〈馬王堆漢墓帛書中的彗星圖〉,《文物》,1978年2月。
9. 龐樸:〈七十年代出土文物的思想史和科學史意義〉,《文物》,1981年5月。
10. 李學勤:〈帛書《五行》與《尚書・洪範》〉,《學術月刊》,1986年11月。
11. 溫公翊:〈讀馬王堆帛書《周易》〉,《內蒙古民族師院學報(社會科學漢文版)》,1987年2月。
12. 顧鐵符:〈馬王堆帛書《天文氣象雜占》內容簡述〉,《文物》,1978年2月。
13. 朱德熙、裘錫圭:〈七十年代出土的秦漢簡冊和帛書〉,《語文研究》,1982年1月。
14. 陳湘萍:〈《五十二病方》研究概況〉,《中醫雜志》,1987年5月。
15. 張玉春:〈略論簡帛文獻對古籍整理研究的重要作用〉,《古籍整理研究學刊》,1989年5月。
16. 李零:〈馬王堆漢墓「神祇圖」應屬辟兵圖〉,《考古》,1991年10月。
17. 陳松長:〈馬王堆漢墓帛畫「神祇圖」辨正〉,《江漢考古》,1993年1月。
18. 林慶彰:〈《周易》研究著述分類目錄(七)〉,《周易研究》,1993年3月。
19. 周世榮:〈馬王堆古地圖不是秦代江圖〉,《地圖》,1993年3月。
20. 啟良:〈馬王堆漢墓「非衣帛畫」主題被揭〉,《求索》,1994年2月。
21. 曹學群:〈馬王堆漢墓《喪服圖》簡論〉,《湖南考古輯刊》,1994年4月。
22. 〈馬王堆漢墓裏的「地下圖書館」〉,《內蒙古社會科學(文史哲版)》,1995年6月。
23. 方健:〈關於馬王堆漢墓出土物考辨二題——兼與周世榮先生商榷〉,《中國歷史地理論叢》,1997年1月。
24. 呂茂烈:〈馬王堆帛書《老子》優於傳世諸本的實例剖析〉,《東方論壇》(青島大學學報),1998年1月。
25. 劉薔:〈帛書述略〉,《四川圖書館學報》,1998年5月。
26. 鄭艷娥:〈馬王堆漢墓文獻及其定名〉,《圖書館》,2000年2月。
27. 陳松長:〈馬王堆帛書《刑德》甲、乙本的比較研究〉,《文物》,2000年3月。
28. 白艷:〈馬王堆漢墓出土「馬醬」之謎〉,《食品與健康》,2000年7月。
29. 方旭東:〈影響思想史的20世紀出土古書(上)〉,《哲學動態》,2000年9月。
30. 廖名春:〈從郭店楚簡和馬王堆帛書論「晚書」的真偽〉,《北方論叢》,2001年1月。
31. 沈頌金:〈帛書研究五十年〉,《中國史研究動態》,2001年7月。

32. 劉玉堂、劉金華：〈馬王堆帛書《式法》「徙」、「式圖」篇講疏〉，《江漢論壇》，2002年4月。
33. 梁振杰：〈從《長沙馬王堆漢墓帛書．五行》所引《詩經》異文看先秦至漢的《詩經》傳播〉，《焦作師範高等專科學校學報》，2003年3月。
34. 李零：〈簡帛古書的整理與研究〉，《中國典籍與文化》，2003年4月。
35. 謝桂華、沈頌金、鄔文玲：〈二十世紀簡帛的發現與研究〉，《歷史研究》，2003年6月。
36. 駢宇騫：〈出土簡帛書籍分類述略（六藝略）〉，《中國典籍與文化》，2005年2月。
37. 駢宇騫：〈出土簡帛書籍分類述略（諸子略、詩賦略）〉，《中國典籍與文化》，2005年4月。
38. 陳松長：〈湖南簡帛的出土與研究〉，《湖南大學學報（社會科學版）》，2005年5月。
39. 梁韋弦：〈由馬王堆帛書易傳看古書形成的復雜性〉，《古籍整理研究學刊》，2005年6月。
40. 賀強：《馬王堆漢墓遣策整理研究》，西南大學學位論文，2006年。
41. 駢宇騫：〈出土簡帛書籍分類述略（方技略）〉，《中國典籍與文化》，2006年3月。
42. 徐建委：〈從劉向校書再論馬王堆帛書《老子》乙本卷前古佚書非《黃帝四經》——兼論古籍流傳研究中的兩個方法論誤區〉，《雲夢學刊》，2006年3月。
43. 范志軍、賈雪嵐：〈馬王堆漢墓《喪服圖》再認識〉，《中原文物》，2006年3月。
44. 王國強：〈漢代文獻的形制及其編纂特點〉，《圖書館論壇》，2006年6月。
45. 陳松長：〈馬王堆帛書「物則有形」圖初探〉，《文物》，2006年6月。
46. 鄭署彬：〈馬王堆漢墓帛畫《導引圖》〉，《歷史學習》，2007年1月。
47. 邢義田：〈論馬王堆漢墓「駐軍圖」應正名為「箭道封域圖」〉，《湖南大學學報（社會科學版）》，2007年5月。
48. 劉黛：《郭店楚簡、馬王堆帛書、王弼本《老子》版本比較與分析》，北京大學學位論文，2008年。
49. 劉大鈞：〈讀馬王堆帛書《衷》篇〉，《周易研究》，2008年3月。
50. 劉大鈞：〈續讀馬王堆帛書《衷》篇〉，《周易研究》，2008年4月。
51. 陳松長：〈馬王堆帛書「空白頁」及相關問題〉，《文物》，2008年5月。
52. 李若暉：〈馬王堆帛書黃帝書的性質〉，《齊魯學刊》，2009年2月。
53. 郭小東：〈淺論簡帛對《漢書．藝文志》補正的文獻學價值〉，《揚州職業大學學報》，2010年2月。
54. 劉偉：〈馬王堆帛書《春秋事語》性質論略〉，《古代文明》，2010年2月。
55. 張雷：〈馬王堆帛書《五十二病方》出土37年來國內外研究現狀〉，《中醫文獻雜志》，2010年6月。
56. 鄭曙斌：〈馬王堆漢墓遣策所記漆盤考辨〉，《湖南考古輯刊》，2011年。

57. 趙爭：〈馬王堆帛書《春秋事語》性質再議——兼與劉偉先生商榷〉，《古代文明》，2011 年 1 月。
58. 趙爭：〈長沙馬王堆帛書《春秋事語》研究綜述〉，《阿壩師範高等專科學校學報》，2011 年 4 月。
59. 張艷：〈帛書《老子》研究綜述〉，《語文知識》，2012 年 2 月。
60. 陳鍠：〈帛畫研究新十年述評〉，《江漢考古》，2013 年 1 月。
61. 陳立正：〈由馬王堆帛書《要》篇談古代文獻中「類似文本」的演變〉，《甘肅社會科學》，2013 年 4 月。
62. 郭建平，張露霜：〈納西《神路圖》與長沙馬王堆漢墓帛畫比較〉，《美術觀察》，2014 年 9 月。
63. 趙爭：〈馬王堆帛書《繫辭》成書問題覆議〉，《周易研究》，2015 年 6 月。
64. 黃儒宣：〈馬王堆帛書《上朔》綜論〉，《文史》，2017 年 2 月。
65. 王超：〈臺灣地區馬王堆文化研究的論題與進路〉，《江漢考古》，2018 年 3 月。
66. 廖俊：〈長沙馬王堆漢墓 T 形帛畫名稱及局部內容探究〉，《西部學刊》，2018 年 8 月。
67. 趙海蔚、孫功進：〈論四十年來《黃老帛書》爭議的解決之法〉，《鄂州大學學報》，2021 年 4 月。

三、思想研究

1. 湯新：〈法家對黃老之學的吸收和改造——讀馬王堆帛書《經法》等篇〉，《文物》，1975 年 8 月。
2. 商志□：〈從馬王堆漢墓看西漢初年儒法兩條路線的鬥爭〉，《考古》，1976 年 2 月。
3. 龐樸：〈馬王堆帛書解開了思孟五行說之謎——帛書《老子》甲本卷後古佚書之一的初步研究〉，《文物》，1977 年 10 月。
4. 周采泉：〈馬王堆漢墓帛書《老子甲本》為秦楚間寫本說〉，《社會科學戰線》，1978 年 2 月。
5. 冒懷辛：〈馬王堆漢墓帛書《易經》與邵雍先天易學〉，《哲學研究》，1982 年 10 月。
6. 冒懷辛：〈馬王堆漢墓帛書《易經》與邵雍先天易學〉，《哲學研究》，1982 年 10 月。
7. 李學勤：〈馬王堆帛書與《鶡冠子》〉，《江漢考古》，1983 年 2 月。
8. 張政烺：〈帛書《六十四卦》跋〉，《文物》，1984 年 3 月。
9. 劉大鈞：〈帛《易》初探〉，《文史哲》，1985 年 4 月。
10. 連劭名：〈讀帛書《周易》〉，《周易研究》，1988 年 1 月。
11. 李學勤：〈從帛書《易傳》看孔子與《易》〉，《中原文物》，1989 年 2 月。

12. 周世榮：〈馬王堆漢墓的「神祇圖」帛畫〉，《考古》，1990 年 10 月。
13. 李學勤：〈《周易》研究的新途徑——讀《帛書周易校釋》〉，《湘潭大學學報（社會科學版）》，1991 年 3 月。
14. 黃沛榮：〈馬王堆帛書《繫辭傳》校讀〉，《周易研究》，1992 年 4 月。
15. 陳鼓應：〈馬王堆出土帛書《繫辭》為現存最早的道家傳本〉，《哲學研究》，1993 年 2 月。
16. 李學勤：〈帛書《周易》的幾點研究〉，《文物》，1994 年 1 月。
17. 許樹棣：〈易學研究史上的重大收獲——評張立文教授《帛書周易注譯》〉，《史學月刊》，1994 年 2 月。
18. 王葆玹：〈《繫辭》帛書本與通行本的關係及其學派問題——兼答廖名春先生〉，《哲學研究》，1994 年 4 月。
19. 尹振環：〈再論《馬王堆漢墓帛書〈老子〉》〉，《文獻》，1995 年 1 月。
20. 陳鼓應：〈先秦道家研究的新方向——從馬王堆漢墓帛書《黃帝四經》說起〉，《管子學刊》，1995 年 1 月。
21. 牛建科：〈馬王堆漢墓帛書《周易》之《要》篇研究〉，《周易研究》，1995 年 2 月。
22. 邢文：〈儒學與《周易》——馬王堆帛書研究的視角〉，《中國社會科學院研究生院學報》，1995 年 2 月。
23. 陳鼓應：〈先秦道家研究的新方向（續）——從馬王堆漢墓帛書《黃帝四經》說起〉，《管子學刊》，1995 年 2 月。
24. 任俊華：〈馬王堆帛書《周易》竊字揭秘——南宮括作《周易》新證〉，《許昌師專學報》，1996 年 1 月。
25. 謝寶笙：〈讀馬王堆帛書《要》篇談《易經》的若干問題〉，《船山學刊》，1997 年 2 月。
26. 貝克定：《馬王堆帛書〈易之義〉「數往／知來」段及其相關問題研究》，國立臺灣大學中國文學研究所碩士論文，1998 年。
27. 廖伯娥：《馬王堆帛書易之義校釋與思想研究》，國立臺灣師範大學國文研究所碩士論文，1999 年。
28. 陳來：〈帛書易傳與先秦儒家易學之分派〉，《周易研究》，1999 年 4 月。
29. 林靜茉：《帛書《黃帝書》研究》，國立臺灣師範大學國文研究所博士論文，2000 年。
30. 曾馨誼：《簡帛《五行》篇研究》，國立臺灣大學中國文學研究所碩士論文，2001 年。
31. 張增田：〈《黃老帛書》研究綜述〉，《安徽大學學報》，2001 年 4 月。
32. 連劭名：〈馬王堆帛書《繫辭》研究〉，《周易研究》，2001 年 4 月。
33. 程石泉：〈孔子與《易經》——馬王堆帛書《易》之經傳中新發現〉，《孔子研究》，2002 年 5 月。

34. 連劭名：〈考古發現與先秦易學〉，《周易研究》，2003 年 1 月。
35. 朱越利：〈漢代玄素之道的源流和內容〉，《世界宗教研究》，2004 年 3 月。
36. 曾憲通：〈《周易・離》卦卦辭及九四爻辭新詮〉，《古籍整理研究學刊》，2004 年 4 月。
37. 劉保貞：〈從今、帛、竹書對比解《易經》「亨」字〉，《周易研究》，2004 年 6 月。
38. 廖名春：〈「慎獨」本義新證〉，《學術月刊》，2004 年 8 月。
39. 王沛：〈《黃帝帛書》與黃老法律思想〉，《法律文化研究》，2005 年。
40. 楊溯：〈從馬王堆帛書《老子》看老子理想王國的社會屬性〉，《華僑大學學報（哲學社會科學版）》，2005 年 1 月。
41. 李學勤：〈出土文物與《周易》研究〉，《齊魯學刊》，2005 年 2 月。
42. 薛柏成：〈論墨家思想對黃老學的影響——以馬王堆帛書《黃老帛書》為例〉，《社會科學戰線》，2005 年 5 月。
43. 黃海嘯：〈《周易研究》之出土易學文獻研究綜述〉，《周易研究》，2006 年 4 月。
44. 曹峰：〈「色」與「禮」的關係——《孔子詩論》、馬王堆帛書《五行》、《孟子・告子下》之比較〉，《孔子研究》，2006 年 6 月。
45. 李夏：《帛書《黃帝四經》研究》，山東大學學位論文，2007 年。
46. 陳來：〈竹帛《五行》篇為子思、孟子所作論——兼論郭店楚簡《五行》篇出土的歷史意義〉，《孔子研究》，2007 年 1 月。
47. 任文召：〈淺析道家的「守雌」和「靜因」哲學思想——馬王堆漢墓《老子》乙本卷前古佚書局部解讀〉，《北京廣播電視大學學報》，2007 年 2 月。
48. 鄧球柏：〈帛書《周易》及其數字化〉，《長沙大學學報》，2007 年 6 月。
49. 陳來：〈馬王堆帛書《易傳》的政治思想——以《繆和》《昭力》二篇之義為中心〉，《北京大學學報（哲學社會科學版）》，2008 年 2 月。
50. 廖名春：〈《周易・乾》卦新釋〉，《社會科學戰線》，2008 年 3 月。
51. 劉大鈞：〈讀馬王堆帛書《衷》篇〉，《周易研究》，2008 年 3 月。
52. 陳來：〈馬王堆帛書《易傳》的政治思想〉，《文史知識》，2008 年 6 月。
53. 池田知久：〈論老莊的「自然」——兼論中國哲學「自然」思想的發生與展開〉，《湖南大學學報（社會科學版）》，2009 年 6 月。
54. 熊呂茂：〈馬王堆漢墓《黃帝四經》之學派歸屬辨析〉，《求索》，2009 年 10 月。
55. 陳英立：〈與《荀子》有關出土簡帛文獻綜述〉，《邊疆經濟與文化》，2009 年 11 月。
56. 李銳：〈帛書《易傳》學派屬性研究述評〉，《中國史研究動態》，2009 年 3 月。
57. 王佩：《《黃帝四經》政治哲學思想研究》，陝西師範大學學位論文，2010 年。
58. 孫燕紅：《馬王堆漢墓帛書《老子》甲本卷後古佚書《九主》研究》，山東大學學位論文，2010 年。
59. 廖名春：〈《周易・晉》卦爻辭新釋〉，《社會科學戰線》，2010 年 4 月。

60. 趙振國：《馬王堆帛書《衷》篇《易贊》章新探》，曲阜師範大學學位論文，2011年。
61. 蘇上毓：《老子與馬王堆黃老帛書的政治觀之比較研究》，南華大學哲學與生命教育學系碩士論文，2011年。
62. 丁四新：〈馬王堆帛書《周易》卦爻辭校札九則〉，《周易研究》，2011年3月。
63. 孫希國：〈馬王堆漢墓帛書《五行》篇「說」文與《孟子》的關係——兼論何為「子思唱之，孟軻和之」〉，《古代文明》，2012年1月。
64. 張慶利：〈《易》類出土文獻考論〉，《綏化學院學報》，2012年5月。
65. 丁四新：〈早期《老子》、《周易》「文本」的演變及其與「思想」之相互作用〉，《中國社會科學》，2013年2月。
66. 李若暉：〈幽贊而達乎數，明數而達乎德——由《要》與《諸子略》對讀論儒之超越巫史〉，《文史哲》，2013年5月。
67. 張克賓：〈馬王堆帛書《易傳》政治思想探微〉，《孔子研究》，2013年5月。
68. 曹峰：〈論《老子》的「天之道」〉，《哲學研究》，2013年9月。
69. 朱弘道：《從《經法》中的政治思維論「道」與「天」的意義》，國立臺灣大學哲學研究所碩士論文，2014年。
70. 朱金發：〈論馬王堆《帛書易傳》的理論方法〉，《南陽師範學院學報》，2014年8月。
71. 秦鋒祥：《帛書《黃帝四經》與先秦黃老道家》，大連大學學位論文，2015年。
72. 張富豪：《帛書《繫辭》思想研究》，曲阜師範大學學位論文，2015年。
73. 丁四新、李攀：〈論馬王堆帛書《要》篇「觀其德義」的易學內涵〉，《武漢大學學報（人文科學版）》，2015年1月。
74. 丁四新：〈馬王堆帛書《易傳》的哲學思想〉，《江漢論壇》，2015年1月。
75. 高鑫、樓本聰、張錦洲：〈湖南長沙馬王堆漢墓帛書《老子》研究述論〉，《文教資料》，2015年7月。
76. 趙宜聰：〈從出土文獻探《漢書‧五行志》五行思想淵源〉，《包頭職業技術學院學報》，2016年2月。
77. 黃人二：〈《老子》「治大國若烹小鮮」解〉，《中原文化研究》，2015年4月。
78. 吳曉欣：〈從馬王堆帛書《易傳》看孔子的言語思想〉，《周易研究》，2015年6月。
79. 池田知久、曹峰：〈《老子》的養生思想——以郭店楚簡、馬王堆帛書、北京大學藏竹書為中心〉，《華中師範大學學報（人文社會科學版）》，2016年4月。
80. 王嶠夢：《帛書《黃帝四經》與漢初文學思想研究》，西南大學學位論文，2017年。
81. 羅見今：〈馬王堆帛書周易卦序的數學建構〉，《高等數學研究》，2017年1月。
82. 樊晶暉：〈出土文獻與《老子》「揣而銳之」新考〉，《九江學院學報（社會科學版）》，2017年3月。
83. 商曉輝、謝揚舉：〈從馬王堆帛書《五行》看荀子慎獨思想〉，《甘肅社會科學》，

2017年4月。
84. 劉震：〈馬王堆帛書《易傳》對立范疇考〉，《山東大學學報（哲學社會科學版）》，2017年4月。
85. 廖名春、李程：〈《老子》篇序的新解釋〉，《歷史研究》，2017年6月。
86. 柳鏞賓：〈「湯武之德」與帛書《衷》篇的君子形象〉，《人文雜志》，2017年9月。
87. 郝蘇彤：《馬王堆帛書《易傳·衷》篇研究》，武漢大學學位論文，2018年。
88. 張士偉、楊磊：〈談黃帝的戰爭觀——以馬王堆漢墓《黃帝書》為視角〉，《滄州師範學院學報》，2018年3月。
89. 鄭開：〈道法之間：黃老政治哲學的思想空間〉，《清華大學學報（哲學社會科學版）》，2018年6月。
90. 何楊：〈馬王堆帛書《春秋事語》的論證分析——兼論出土文獻的邏輯史價值〉，《科學·經濟·社會》，2020年4月。
91. 李真真：〈美國簡帛《老子》研究述評〉，《國際漢學》，2021年1月。
92. 李銳、張帆：〈《老子》十六章「致虛極，守靜篤」異文考辨〉，《出土文獻》，2021年2月。

四、醫學研究

1. 〈馬王堆帛書四種古醫學佚書簡介〉，《文物》，1975年6月。
2. 李鼎：〈從馬王堆漢墓醫書看早期的經絡學說〉，《浙江中醫學院學報》，1978年2月。
3. 郭兵權：〈從馬王堆漢墓醫帛談經絡及「是動」、「所生」病候〉，《山東中醫學院學報》，1980年4月。
4. 馬繼興：〈馬王堆漢墓醫書中藥物劑量的考察〉，《中藥通報》，1981年3月。
5. 郭兵權：〈從馬王堆漢墓出土的兩種帛書來看《老子》對祖國醫學的影響〉，《醫學與哲學》，1981年4月。
6. 馬繼興：〈馬王堆漢墓醫書的藥物學成就〉，《中醫雜志》，1986年5月。
7. 馬繼興：〈馬王堆漢墓醫書的藥物學成就（續）〉，《中醫雜志》，1986年6月。
8. 馬繼興：〈馬王堆漢墓醫書的藥物學成就（續）〉，《中醫雜志》，1986年7月。
9. 馬繼興：〈馬王堆漢墓醫書的藥物學成就（續）〉，《中醫雜志》，1986年8月。
10. 曠惠桃：〈馬王堆帛書《胎產書》對優生學的貢獻〉，《湖南中醫學院學報》，1987年3月。
11. 彭清華：〈淺探馬王堆漢墓醫書中的五官科學術成就〉，《國醫論壇》，1990年1月。
12. 馮世綸：〈《馬王堆漢墓帛書》與《傷寒雜病論》和《內經》〉，《國醫論壇》，1991年2月。
13. 施謝捷：〈武威、馬王堆漢墓出土古醫籍雜考〉，《古籍整理研究學刊》，1991年5月。

14. 周一謀：《論馬王堆帛書對痔瘺病的診治〉，《湖南中醫學院學報》，1995 年 2 月。
15. 劉士敬、朱倩：〈「相脈之道」考析〉，《吉林中醫藥》，1997 年 1 月。
16. 宋興：〈《養生方》「？」義質疑〉，《成都中醫藥大學學報》，1997 年 4 月。
17. 呂利平、郭成杰：〈馬王堆漢墓《導引圖》探索與辨析——從陰陽五行與五時、五方談起〉，《成都體育學院學報》，1998 年 3 月。
18. 姚純發：〈淺談馬王堆帛書《五十二病方》〉，《中華醫史雜志》，2000 年 3 月。
19. 孫啟明：〈《馬王堆醫帛書》中「人病馬不痫」之「不」字談〉，《中華醫史雜志》，2001 年 3 月。
20. 田建輝、王琳：〈馬王堆《帛書・經脈篇》脈氣流注思想管窺〉，《浙江中醫雜志》，2001 年 7 月。
21. 李海峰：〈從馬王堆醫帛書到《靈樞・經脈》看經絡學說的起源和發展〉，《中醫文獻雜志》，2002 年 4 月。
22. 張維波：〈古代經絡概念與現代經絡研究〉，《中國中醫基礎醫學雜志》，2003 年 12 月。
23. 金仕榮、姚純發：〈馬王堆帛書《脈法》《陰陽脈死候》考疑〉，《中醫藥學刊》，2005 年 2 月。
24. 王樂：〈二十世紀以來考古發現的中醫文獻考述〉，《遼寧中醫雜志》，2005 年 5 月。
25. 李勤璞：〈關於《靈樞經》的受孕機制論——從馬王堆帛書到楊上善〉，《文化學刊》，2006 年 1 月。
26. 劉孝聖：《醫療與身體——以先秦兩漢出土文獻為中心》，國立臺灣大學中國文學研究所碩士論文，2008 年。
27. 劉揚：〈馬王堆漢墓帛書與仲景咽喉病辨治思想〉，《長春中醫藥大學學報》，2009 年 3 月。
28. 薛茜：〈簡帛醫籍的發現與整理〉，《井岡山醫專學報》，2009 年 4 月。
29. 張雷：〈馬王堆帛書《五十二病方》釋讀再探 3 例〉，《安徽中醫學院學報》，2009 年 5 月。
30. 馮春：〈醫籍文獻中的楚地「巫覡」方術研究〉，《江漢論壇》，2009 年 12 月。
31. 張雷：〈馬王堆帛書《五十二病方》出土 37 年來國內外研究現狀〉，《中醫文獻雜志》，2010 年 6 月。
32. 陳光田：〈論長沙馬王堆漢墓出土醫學資料的分類與價值〉，《河南師範大學學報（哲學社會科學版）》，2012 年 3 月。
33. 甄雪燕、梁永宣：〈馬王堆漢墓中的醫學資料〉，《中國衛生人才》，2012 年 12 月。
34. 李翠翠：《馬王堆帛書《脈法》研究》，曲阜師範大學學位論文，2013 年。
35. 張雷、蔡榮林、胡玲：〈馬王堆帛書《五十二病方》灸療學成就〉，《中國針灸》，2013 年 3 月。
36. 張本瑞、丁媛、張如青：〈《五十二病方》中的急癥救治方法舉例〉，《中國中醫急癥》，2013 年 9 月。

37. 沈國權、龔利、房敏、邵盛、孫武權、張喜林：〈經筋——經絡的初始形式——從馬王堆帛書探討經絡學說的形成〉，《上海針灸雜志》，2014 年 1 月。
38. 楊艷輝：〈簡帛醫書所見「仆累」辨析〉，《江海學刊》，2014 年 3 月。
39. 趙爭：〈馬王堆漢墓古脈書研究綜述〉，《中醫文獻雜志》，2014 年 4 月。
40. 李春艷：〈馬王堆漢墓出土帛書《胎產書》對《周易》優生理論的運用〉，《山西檔案》，2016 年 1 月。
41. 張本瑞、張如青：〈出土涉醫簡帛中的薰法應用舉例〉，《中國中醫急癥》，2016 年 11 月。
42. 徐東、蘇玉貞、楊麗、拱健婷、趙麗瑩、米文娟、李陽、趙婷、閆永紅：〈馬王堆帛書《五十二病方》中藥物的先煎與後下之我見〉，《世界中醫藥》，2017 年 1 月。
43. 常麗梅：《簡帛祝由方研究綜論》，西南大學學位論文，2018 年。
44. 周勇杰、宋白楊、顧漫：〈利用出土文獻研究《黄帝内經》綜述〉，《中醫文獻雜志》，2018 年 6 月。
45. 劉瑤瑤、鄧環：〈從馬王堆漢墓典籍看中醫藥的發展歷史〉，《陝西中醫藥大學學報》，2018 年 6 月。
46. 趙希睿、王群、孫天石、熊益亮、張其成：〈馬王堆漢墓醫書灸法文獻研究與考證〉，《中醫學報》，2018 年 9 月。
47. 席肖曉：《出土秦漢經脈文獻整理與研究》，貴州大學學位論文，2019 年。
48. 劉思亮：〈馬王堆漢墓醫書中的「柳付」和「汾囷」〉，《文史》，2019 年 2 月。
49. 王化平：〈馬王堆漢墓房中書的儒家因素〉，《中醫藥文化》，2020 年 2 月。
50. 戴子凌、雷霆、趙群菊、胡方林：〈馬王堆醫書內容特色及其背景研究〉，《中醫藥信息》，2020 年 2 月。
51. 葛曉舒、魏一葦、譚玉美、何清湖：〈馬王堆漢墓醫書對先秦秦漢養生思想的借鑒與創新〉，《湖南中醫藥大學學報》，2020 年 12 月。
52. 方勇：〈馬王堆帛書醫學文獻札記兩則〉，《中醫藥文化》，2022 年 4 月。
53. 張繼剛：〈簡牘中的體育健身資料及其史料價值〉，《中國史研究動態》，2022 年 4 月。
54. 廣瀨薰雄：〈長沙馬王堆漢墓醫書復原拾遺〉，《中醫藥文化》，2022 年 6 月。
55. MAYonglan、趙百孝：〈古希臘醫學中的 4 對 “phleps” 與馬王堆帛書十一脈比較研究〉，《針刺研究》，2022 年 8 月。

五、語言研究

1. 諸祖耿：〈關於馬王堆漢墓帛書類似《戰國策》部分的名稱問題〉，《南京師大學報（社會科學版）》，1978 年 4 月。
2. 周世榮：〈關於長沙馬王堆漢墓中簡文—（木古月）（櫝）的考訂〉，《茶葉通訊》，

1979 年 3 月。

3. 錢玄：〈秦漢帛書簡牘中的通借字〉，《南京師大學報（社會科學版）》，1980 年 3 月。
4. 劉寶俊：〈《秦漢帛書音系》概述〉，《中南民族學院學報（社會科學版）》，1986 年 1 月。
5. 陳雍：〈秦漢文字札叢〉，《史學集刊》，1986 年 4 月。
6. 王永嘉：〈馬王堆帛書《周易》卦文校證（選錄）〉，《寧波師院學報（社會科學版）》，1987 年 3 月。
7. 裘錫圭：〈馬王堆醫書釋讀瑣議〉，《湖南中醫學院學報》，1987 年 4 月。
8. 陶元甘：〈中國古代的標點符號〉，《文史雜志》，1989 年 6 月。
9. 楊琳：〈馬王堆漢墓帛書重文號釋例〉，《文獻》，1990 年 3 月。
10. 周世榮：〈再談長沙馬王堆漢墓簡文一（木古月）（櫝）〉，《茶葉通訊》，1991 年 2 月。
11. 何莫邪、何樂士：〈馬王堆漢墓《老子》手抄本和《秦律》殘卷中的「弗」〉，《古漢語研究》，1992 年 4 月。
12. 廖名春：〈帛書《繫辭》釋文再補〉，《周易研究》，1993 年 4 月。
13. 倪世美：〈馬王堆帛書《養生方》「加」義明辨〉，《成都中醫藥大學學報》，1995 年 2 月。
14. 王貴元：〈馬王堆帛書文字考釋〉，《古漢語研究》，1995 年 3 月。
15. 王貴元：〈漢墓帛書字形辨析三則〉，《中國語文》，1996 年 4 月。
16. 蕭世瓊：《馬王堆帛書文字研究》，國立師範大學國文學系碩士論文，1997 年。
17. 徐莉莉：〈馬王堆漢墓帛書（肆）所見稱數法考察〉，《古漢語研究》，1997 年 1 月。
18. 池田知久、牛建科：〈馬王堆漢墓帛書《周易》之《要》篇釋文（上）〉，《周易研究》，1997 年 2 月。
19. 黃文杰：〈馬王堆帛書《刑德》乙本文字釋讀商榷〉，《中山大學學報（社會科學版）》，1997 年 3 月。
20. 劉釗：〈馬王堆帛書《五十二病方》中一個久被誤釋的藥名〉，《古籍整理研究學刊》，1997 年 3 月。
21. 徐莉莉：〈論《馬王堆漢墓帛書》（肆）的聲符替代現象及其與「古今字」的關係〉，《華東師範大學學報（哲學社會科學版）》，1997 年 4 月。
22. 王貴元：〈馬王堆帛書文字拾零〉，《江漢考古》，1999 年 3 月。
23. 王建民：《《馬王堆漢墓帛書》「肆」俗字研究》，西南師範大學學位論文，2002 年。
24. 周建姣：〈楚簡、帛書、今本三種《老子》校讀札記〉，《中文自學指導》，2002 年 1 月。
25. 連劭名：〈再論馬王堆帛書《繫辭》中的「馬」〉，《周易研究》，2002 年 3 月。
26. 陳近朱：〈《馬王堆漢墓帛書》（肆）——「數・量・名」形式的發展探析〉，《中文自學指導》，2003 年 5 月。

27. 吳怡欣：《《春秋事語》研究》，臺北市立師範學院應用語言文學研究所碩士論文，2004 年。
28. 戎輝兵：《《馬王堆漢墓帛書》(《老子》乙本卷前古佚書）校讀札記》，南京師範大學學位論文，2005 年。
29. 李家浩：〈馬王堆漢墓帛書祝由方中的「由」〉，《河北大學學報(哲學社會科學版)》，2005 年 1 月。
30. 張新俊：〈《周易》新證一例——「厥孚」可能是「有孚」之誤〉，《開封大學學報》，2005 年 1 月。
31. 王彩琴：〈20 世紀兩漢通假字研究綜述〉，《洛陽工業高等專科學校學報》，2005 年 2 月。
32. 肖賢彬：〈《馬王堆漢墓帛書》所反映的上古動補式〉，《遼寧大學學報（哲學社會科學版)》，2005 年 4 月。
33. 沈祖春：《《馬王堆漢墓帛書〔壹〕》假借字研究》，西南大學學位論文，2006 年。
34. 吳云燕：《馬王堆漢墓帛書通用字研究》，華東師範大學學位論文，2006 年。
35. 肖瑜、姜永琢：〈對秦漢出土文獻「是是……」句討論的再思考〉，《廣西大學學報（哲學社會科學版)》S3 期，2007 年。
36. 曹峰：〈《黄帝四經》所見「名」的分類〉，《湖南大學學報（社會科學版)》，2007 年 1 月。
37. 王貴元：〈馬王堆三號漢墓竹簡字詞考釋〉，《中國語文》，2007 年 3 月。
38. 伊強：〈馬王堆漢墓帛書「單哉」、「單盈哉」試解〉，《中國歷史文物》，2008 年 2 月。
39. 韓軍：〈試論新出土簡帛古籍的文獻語料價值——以簡帛古本《易經》為例〉，《圖書館理論與實踐》，2008 年 3 月。
40. 魏宜輝：〈再論馬王堆帛書中的「是=」句〉，《東南文化》，2008 年 4 月。
41. 劉元春：〈略論馬王堆帛書《周易》本經通假字的類型與傳承〉，《廣西社會科學學位論文，2008 年 8 月。
42. 宋斌：《馬王堆帛書《老子》虛詞研究》，首都師範大學學位論文，2009 年。
43. 朱湘蓉：〈簡帛音韻研究的發展與展望〉，《青海師專學報》，2009 年 1 月。
44. 郭曉紅：〈馬王堆漢墓帛書中的疑問範疇〉，《古漢語研究》，2009 年 2 月。
45. 問要：〈《馬王堆帛書〈周易〉經傳校讀》〉，《周易研究》，2009 年 4 月。
46. 黃文杰：〈馬王堆簡帛異構字初探〉，《中山大學學報（社會科學版)》，2009 年 4 月。
47. 張雷：〈馬王堆帛書《五十二病方》釋讀再探 3 例〉，《安徽中醫學院學報》，2009 年 5 月。
48. 姚雷娜：《帛書《老子》若干章句讀解》，西北大學學位論文，2010 年。

49. 劉彬：〈帛書《衷》篇新釋八則〉，《周易研究》，2010 年 5 月。
50. 陳燕：〈馬王堆漢墓帛書《經法．六分》篇釋文商榷〉，《蘭臺世界》22 期，2011 年。
51. 肖從禮：《馬王堆帛書《周易》考釋》，西北師範大學學位論文，2011 年。
52. 劉玉環：〈馬王堆帛書藥名補釋五則〉，《昆明學院學報》，2011 年 2 月。
53. 羅寶珍：〈馬王堆簡帛、張家山漢簡文字考釋 5 則〉，《福建中醫藥大學學報》，2011 年 3 月。
54. 聶菲：〈「■」～(〔1〕) 字銘文研究述略——馬王堆漢墓漆器研究綜述之一〉，《中國生漆》，2011 年 3 月。
55. 劉釗、劉建民：〈馬王堆帛書《五星占》釋文校讀札記（七則)〉，《古籍整理研究學刊》，2011 年 4 月。
56. 劉彬：〈帛書《衷》篇「《川》之詳說」章新釋〉，《周易研究》，2011 年 5 月。
57. 涂海強：〈《馬王堆漢墓帛書．五十二病方》之文獻用名考證——以「酸漿」同物異名理據辨析〉，《求索》，2011 年 12 月。
58. 鄭茜：《《戰國縱橫家書》社會稱謂研究》，福建師範大學學位論文，2012 年。
59. 劉聖美：《馬王堆帛書文字研究》，魯東大學學位論文，2012 年。
60. 曹菁菁：〈馬王堆帛書《要》篇校讀〉，《文獻》，2012 年 1 月。
61. 張雷：〈《五十二病方》「信」字辨正〉，《中醫文獻雜志》，2012 年 4 月。
62. 劉玉環：〈《馬王堆漢墓帛書〔壹〕》零箋〉，《求實》S1 期，2013 年。
63. 王玉蛟：《兩漢簡帛異體字研究》，西南大學學位論文，2013 年。
64. 張玲玲：《馬王堆帛書《繫辭》釋文異文校正》，曲阜師範大學學位論文，2013 年。
65. 熊昌華：《簡帛副詞研究》，西南大學學位論文，2013 年。
66. 王貴元：〈漢字發展史的幾個核心問題〉，《中國語文》，2013 年 1 月。
67. 范常喜、劉杰：〈從戰國古文釋馬王堆帛書《式法》中的幾個字〉，《考古與文物》，2013 年 3 月。
68. 張本瑞、張如青：〈馬王堆簡帛外治法文獻語詞新釋〉，《中醫文獻雜志》，2013 年 3 月。
69. 劉玉環：〈《馬王堆漢墓帛書〔肆〕》補釋〉，《貴州師範大學學報（社會科學版）》，2013 年 3 月。
70. 丁四新、汪奇超：〈馬王堆帛書《二三子》疑難字句釋讀〉，《周易研究》，2013 年 4 月。
71. 劉玥：〈馬王堆漢墓遣冊詞語考釋札記〉，《漢字文化》，2013 年 5 月。
72. 趙均強：〈帛書《要》篇「周梁山之占」考釋〉，《周易研究》，2013 年 6 月。
73. 張樂：《馬王堆簡帛文字的隸變研究》，南昌大學學位論文，2014 年。
74. 奚亞麗：〈關於馬王堆帛書中「五正」解說的辨正〉，《蘭臺世界》27 期，2014 年。
75. 廖名春：〈《論語．鄉黨》篇「色斯舉矣」新證——兼釋帛書《五行》篇的「色然」〉，

《四川大學學報（哲學社會科學版）》，2014 年 5 月。
76. 陳順容：〈《馬王堆漢墓遣策》詞語札記——兼談《漢語大詞典》釋義之不足〉，《樂山師範學院學報》，2014 年 7 月。
77. 祝美好：《帛書《春秋事語》實詞研究》，遼寧師範大學學位論文，2015 年。
78. 范常喜：〈據戰國楚簡釋馬王堆帛書《式法》中的兩個字〉，《周易研究》，2015 年 1 月。
79. 劉彬：〈帛書《繫辭》新釋六則〉，《廊坊師範學院學報（社會科學版）》，2015 年 3 月。
80. 李麗：《《馬王堆漢墓帛書（四）》醫學詞匯研究》，北京中醫藥大學學位論文，2016 年。
81. 胡娟：《漢簡帛醫書五種字詞集釋》，西南大學學位論文，2016 年。
82. 張沐一：《漢簡本《老子》與郭店、馬王堆簡帛本用字之比較研究》，國立臺灣師範大學國文學系碩士論文，2016 年。
83. 劉春語：《漢簡帛醫書十三種字詞集釋》，西南大學學位論文，2016 年。
84. 王寧：〈釋帛書《周易・習贛》的「誅」字——兼談《習贛・六四》的斷句及解釋問題〉，《周易研究》，2016 年 1 月。
85. 劉建民：〈馬王堆帛書《五十二病方》字詞考釋三則〉，《文史》，2016 年 1 月。
86. 侯建科：〈馬王堆帛書天文文獻辭書學價值述略〉，《重慶文理學院學報（社會科學版）》，2016 年 3 月。
87. 孔德超、張顯成：〈馬王堆漢墓帛書《五十二病方》「■■然」釋義商榷〉，《管子學刊》，2016 年 4 月。
88. 劉彬：〈帛書《繆和》訓釋札記四則〉，《周易研究》，2016 年 6 月。
89. 李冬妹：《隸變階段記號和記號字研究》，福建師範大學學位論文，2017 年。
90. 陶浩、熊貴娟：〈以馬王堆帛書《陰陽五行》篇訂補《漢語大詞典》九則〉，《重慶文理學院學報（社會科學版）》，2017 年 1 月。
91. 董志翹：〈淺談漢語史研究中三重證據法之運用——以馬王堆漢墓出土簡帛醫方中的「冶」「饍」研究為例〉，《蘇州大學學報（哲學社會科學版）》，2017 年 1 月。
92. 魯普平、王錦城：〈馬王堆簡帛語詞札迻〉，《古籍整理研究學刊》，2017 年 4 月。
93. 于淼：〈馬王堆帛書《六十四卦》異體字源流考〉，《中國語文》，2017 年 5 月。
94. 尉侯凱：〈馬王堆帛書《春秋事語》？義〉，《文物春秋》，2017 年 5 月。
95. 李志文：《馬王堆漢墓帛書《老子》與王弼本異體字對比研究》，西南民族大學學位論文，2018 年。
96. 張文玥：《馬王堆漢墓簡帛新刊材料數據庫研製及用字研究》，西南大學學位論文，2018 年。
97. 魏曉艷：《簡帛早期隸書字體研究》，河北師範大學學位論文，2018 年。
98. 顧慧：《馬王堆漢墓帛書《周易經傳》通假字研究》，哈爾濱師範大學學位論文，

2018 年。

99. 魯普平：〈馬王堆簡帛校讀札記二則〉，《古漢語研究》，2018 年 1 月。
100. 劉建民：〈馬王堆漢墓醫書《養生方》綴合五則〉，《江漢考古》，2018 年 3 月。
101. 趙爭：〈從出土文獻看漢代《老子》文本及流傳〉，《史林》，2018 年 6 月。
102. 于凱：〈早期古史書寫及其體例的流變與分衍——以近 40 年新發現涉史類簡帛為中心〉，《社會科學戰線》，2018 年 10 月。
103. 劉賀、王嬋字：〈《馬王堆漢墓帛書（叁）》特殊用字現象研究〉，《名作欣賞》，2018 年 11 月。
104. 林國良：《《長沙馬王堆漢墓簡帛集成·老子》文字編暨相關問題研究》，國立臺中教育大學語文教育學系碩士論文，2019 年。
105. 譚飛：〈人體部位字溯源〉，《上饒師範學院學報》，2019 年 2 月。
106. 周波：〈馬王堆漢墓簡帛醫書及相關文字補說〉，《復旦學報（社會科學版）》，2019 年 4 月。
107. 譚飛：〈漢字同源異形與異源同形現象研究〉，《寧夏大學學報（人文社會科學版）》，2019 年 5 月。
108. 吳勇：〈馬王堆帛書《周易·繫辭》中以「馬」代「象」辨析〉，《長江大學學報（社會科學版）》，2019 年 6 月。
109. 單天罡：〈從古文字的角度看《易經》（上）〉，《現代語文》，2019 年 9 月。
110. 陳江瀾：《《長沙馬王堆漢墓陳列講解詞》文化負載詞翻譯實踐報告》，湖南大學學位論文，2020 年。
111. 陳怡彬：《馬王堆簡帛用字研究》，華東師範大學學位論文，2020 年。
112. 魯普平：《馬王堆簡帛字詞校補》，華東師範大學學位論文，2020 年。
113. 范常喜：〈馬王堆帛書《十六經》「囷者■者也」解詁〉，《中國語文》，2020 年 1 月。
114. 李麗、蔣力生：〈簡帛醫籍病瘕詞匯考釋兩則〉，《中醫文獻雜志》，2020 年 3 月。
115. 黃杰：〈馬王堆帛書《昭力》解讀拾遺〉，《周易研究》，2020 年 3 月。
116. 賀璐璐：〈馬王堆帛書《日月風雨雲氣占》補釋四則〉，《古漢語研究》，2020 年 4 月。
117. 魯普平：〈馬王堆簡帛字詞新詁九則〉，《安陽師範學院學報》，2020 年 4 月。
118. 邢耀方：《馬王堆漢墓帛書《戰國縱橫家書》集注》，哈爾濱師範大學學位論文，2021 年。
119. 沈曉凡、李哲、王佳誠、許瀟文、肖璇：〈《戰國策》「觸讋說趙太后」章「和于身」新釋〉，《漢字文化》13 期，2021 年 7 月。
120. 王靜：〈論先秦兩漢解經文體的萌生與確立——以馬王堆帛書《相馬經》為中心〉，《安慶師範大學學報（社會科學版）》，2021 年 1 月。
121. 魯普平：〈馬王堆簡帛文字「隸定」的統一問題〉，《語文學刊》，2021 年 2 月。

122. 岳海燕：〈馬王堆帛書醫藥文獻注釋拾零〉，《太原學院學報（社會科學版）》，2021年5月。
123. 禤健聰：〈《老子》「罪莫大于可欲」校讀〉，《中山大學學報（社會科學版）》，2021年5月。
124. 王輝、孫興金：〈帛書《要》篇「史巫之筮」一段文字新釋〉，《周易研究》，2021年6月。
125. 劉建民：〈試說帛書《刑德》中的「大居」〉，《出土文獻》，2022年2月。
126. 孫濤：〈馬王堆漢墓遣冊名物校釋三則〉，《出土文獻》，2022年4月。
127. 蔡卓：〈馬王堆帛書《易傳．繆和》考釋四則〉，《現代語文》，2022年9月。

六、歷史研究

1. 楊寬：〈馬王堆帛書《戰國策》的史料價值〉，《文物》，1975年2月。
2. 楊寬：〈戰國中期的合縱連橫戰爭和政治路線鬥爭——再談馬王堆帛書《戰國策》〉，《文物》，1975年3月。
3. 譚其驤：〈馬王堆漢墓出土地圖所說明的幾個歷史地理問題〉，《文物》，1975年6月。
4. 史明：〈《十大經》的年代與「四人幫」的野心〉，《考古》，1977年2月。
5. 徐仁甫：〈馬王堆漢墓帛書《春秋事語》和《左傳》的事、語對比研究——談《左傳》的成書時代和作者〉，《社會科學戰線》，1978年4月。
6. 張修桂：〈西漢初期長沙國南界探討——馬王堆漢墓出土古地圖的論證〉，《中國歷史地理論叢》，1985年2月。
7. 王子今：〈馬王堆漢墓古地圖交通史料研究〉，《江漢考古》，1992年4月。
8. 李巖：〈馬王堆帛書與歷史研究〉，《古籍整理研究學刊》，2007年3月。
9. 羅新慧：〈馬王堆漢墓帛書《春秋事語》與《左傳》——兼論戰國時期的史學觀念〉，《史學史研究》，2009年4月。
10. 楊偉婷：《A Re-Interpretation of Two Ma Wang Dui Maps》，國立清華大學歷史研究所碩士論文，2011年。
11. 郭麗：〈齊襄公考——從馬王堆漢墓帛書談起〉，《管子學刊》，2010年4月。
12. 郭麗：〈馬王堆帛書《齊桓公與蔡夫人乘舟章》的文獻價值〉，《歷史教學（下半月刊）》，2011年10月。

七、文化研究

1. 韓自強：〈馬王堆漢墓出土帛畫與屈原《招魂》〉，《江淮論壇》，1979年1月。
2. 林河、楊進飛：〈馬王堆漢墓飛衣帛畫與楚辭神話南方神話比較研究〉，《民間文學論壇》，1985年3月。
3. 〈馬王堆漢墓飛衣帛畫〉，《民間文學論壇》，1985年3月。

4. 林河：〈一幅消失了的原始神話圖卷——馬王堆漢墓彩繪與楚越神話和喪葬習俗的比較研究〉，《民間文學論壇》，1986 年 4 月。
5. 林河、楊進飛：〈馬王堆漢墓的越文化特徵〉，《民間文學論壇》，1987 年 3 月。
6. 連劭名：〈馬王堆帛書《稱》和古代的祝〉，《文獻》，1996 年 2 月。
7. 蔡靖泉：〈《黃帝書》與楚文化〉，《理論月刊》，1996 年 4 月。
8. 連劭名：〈馬王堆帛書《經法・道法》與傳說中的蚩尤〉，《文獻》，2000 年 4 月。
9. 朱越利：〈方仙道和黄老道的房中術〉，《宗教學研究》，2002 年 1 月。
10. 朱越利：〈馬王堆帛書房中術的理論依據（上）〉，《宗教學研究》，2003 年 2 月。
11. 朱越利：〈馬王堆帛書房中術的理論依據（下）〉，《宗教學研究》，2003 年 3 月。
12. 周貽謀：〈從馬王堆漢墓食品竹笥談起〉，《東方食療與保健》，2004 年 7 月。
13. 呂亞虎、王暉：〈馬王堆漢墓資料所見之藏胞巫術〉，《求索》，2007 年 10 月。
14. 王光華：《簡帛禁忌研究》，四川大學學位論文，2008 年。
15. 呂亞虎：〈馬王堆漢墓資料所見求子巫術淺析〉，《歷史教學（高校版）》，2008 年 1 月。
16. 劉玉堂、賈海燕：〈馬王堆帛書《五十二病方・祛疣》所涉之巫術與民俗〉，《中南民族大學學報（人文社會科學版）》，2009 年 1 月。
17. 竇福志：《先秦文獻中的陰陽五行思想研究》，山東師範大學學位論文，2011 年。
18. 張海燕：〈談馬王堆漢墓簡帛材料中的「酒」〉，《首都師範大學學報（社會科學版）》S1 期，2011 年。
19. 范常喜：〈馬王堆帛書《式法》所記祝禱儀式疏釋〉，《文化遺產》，2011 年 1 月。
20. 劉玉堂、賈海燕：〈馬王堆帛書《五十二病方》與楚人「四方」觀念〉，《中國文化研究》，2011 年 3 月。
21. 劉釗：〈說「魃」〉，《中國典籍與文化》，2012 年 4 月。
22. 支鈺明：《《五十二病方》中的鬼神》，首都師範大學學位論文，2013 年。
23. 劉芳芳：《先秦簡帛科技文獻研究》，遼寧大學學位論文，2013 年。
24. 王樹金：〈馬王堆漢墓喪制與斂服考〉，《江漢考古》，2014 年 1 月。
25. 余欣：〈出土文獻所見漢唐相馬術考〉，《學術月刊》，2014 年 2 月。
26. 崔莎莎：《馬王堆帛書「刑德小游圖」、「天一圖」所見神煞研究》，復旦大學學位論文，2015 年。
27. 陳順容：〈從馬王堆漢墓遣策中管窺漢代飲食文化〉，《中華文化論壇》，2015 年 3 月。
28. 聶菲：〈從馬王堆漢墓出土漆器審度漢初漆器功能工藝的傳承與變異——兼論馬王堆漢墓漆器產地問題〉，《文物天地》，2015 年 9 月。
29. 王卉：〈漢代居室陳設小議——以「長沙馬王堆漢墓陳列」居室文物組合為例〉，《文物天地》，2017 年 12 月。
30. 喻燕姣：〈馬王堆漢墓的歷史文化價值〉，《文物天地》，2017 年 12 月。

31. 王強：《出土戰國秦漢選擇數術文獻神煞研究》，吉林大學學位論文，2018 年。
32. 賀璐璐：《出土簡帛所見堪與文獻的整理與研究》，西南大學學位論文，2018 年。
33. 陳寧：〈馬王堆帛書《五十二病方》祝由語「噴」義及其宗教文化意蘊〉，《信陽師範學院學報（哲學社會科學版）》，2018 年 4 月。
34. 馮甘紅、吳蒙蒙：〈馬王堆漢墓服飾造型的功能性和審美性分析〉，《產業與科技論壇》18 期，2018 年 9 月。
35. 李楠：〈淺談馬王堆漢墓出土服飾色彩〉，《西部皮革》17 期，2019 年 9 月。
36. 梁晴晴：〈馬王堆漢墓陳列館壁畫藝術的文化意蘊與時代精神研究〉，《藝術評鑒》21 期，2019 年 12 月。
37. 高崇文：〈非衣乎？銘旌乎？——論馬王堆漢墓 T 形帛畫的名稱、功用與寓意〉，《中原文化研究》，2019 年 3 月。
38. 徐淵：〈論馬王堆漢墓《喪服圖》題記所反映的「本服」觀念——從「服術」的角度看《喪服圖》的復原方案〉，《北方文物》，2019 年 3 月。
39. 王傳明：〈淺談馬王堆漢墓 T 形帛畫的構圖與場景表現〉，《故宮博物院院刊》，2019 年 4 月。
40. 鄧鴻濤、陳欣緣、劉冠：〈底比斯神廟祭司人形棺彩繪與馬王堆漢墓 T 形帛畫形象辨析〉，《藝術教育》，2019 年 12 月。
41. 田天：〈馬王堆漢墓的遣策與喪葬禮〉，《文史》，2020 年 1 月。
42. 譚飛：〈古代常見器用類漢字溯源〉，《唐山師範學院學報》，2020 年 1 月。
43. 郭筱瑾：〈馬王堆漢墓 T 型帛畫蘊涵的生態美學智慧〉，《東方收藏》19 期，2021 年 10 月。
44. 鄧嘉琳：〈馬王堆漢墓中「君幸食」漆盤紋樣與神仙思想〉，《美術大觀》，2021 年 2 月。
45. 李清泉：〈引魂升天，還是招魂入墓——馬王堆漢墓帛畫的功能與漢代的死後招魂習俗〉，《美術大觀》，2021 年 5 月。
46. 王傳明：〈馬王堆漢墓出土 T 形帛畫「人首蛇身」人物形象考——兼談楚地與燕齊升仙信仰於帛畫中的表現〉，《四川文物》，2021 年 6 月。
47. 聶菲：〈雙重含義馬王堆漢墓狩獵紋漆奩圖像新解〉，《收藏》，2021 年 9 月。
48. 易晗鈺：《馬王堆漢墓非衣元素在現代女裝中的設計應用》，湖南師範大學學位論文，2022 年。
49. 孫式嫻：《馬王堆漢墓考古研究文獻的美術史學價值》，湖南師範大學學位論文，2022 年。
50. 賀璐璐：《簡帛數術文獻中二元對立神煞研究》，湖南大學學位論文，2022 年。

八、天文研究

1. 劉云友：〈中國天文史上的一個重要發現——馬王堆漢墓帛書中的《五星占》〉，

《文物》，1974 年 11 月。
2. 呂亞虎、王暉：〈馬王堆漢墓資料所見之藏胞巫術〉，《求索》，2007 年 10 月。
3. 才宛冬：〈「彗星」探源〉，《中國科技術語》，2018 年 5 月。
4. 任達：〈談馬王堆帛書《五星占》中的「太白經天」〉，《出土文獻》，2020 年 2 月。

九、書法研究

1. 席志強：〈馬王堆帛書古隸的美感特徵〉，《湖南農業大學學報（社會科學版）》，2001 年 2 月。
2. 陳松長：〈馬王堆帛書藝術簡論〉，《藝海》，2005 年 2 月。
3. 歐陽彩蓉：《馬王堆簡帛書法初論》，中央美術學院學位論文，2006。
4. 陳松長：〈馬王堆帛書的抄本特徵〉，《湖南大學學報（社會科學版）》，2007 年 5 月。
5. 王忠仁：《帛書《戰國縱橫家書》之書法研究》，國立臺灣藝術大學造形藝術研究所碩士論文，2008 年。
6. 張邵瑜：《馬王堆一號墓和三號墓 T 形帛畫之研究》，國立屏東教育大學視覺藝術學系碩士論文，2008 年。
7. 李憲專：《馬王堆帛書醫書卷書法研究》，明道大學國學研究所碩士論文，2009 年。
8. 喻燕姣：〈淺談馬王堆帛書書法特徵〉，《東方藝術》，2010 年 8 月。
9. 江柏萱：《竹帛書《周易》書法比較研究》，國立臺灣藝術大學書畫藝術學系碩士論文，2011 年。
10. 陳松長：〈湖南出土簡帛的書法價值初探〉，《湖南大學學報（社會科學版）》，2011 年 2 月。
11. 陳松長、劉嬋：〈馬王堆帛書書體特徵探析〉，《文物鑒定與鑒賞》，2011 年 9 月。
12. 吳弘鈞：《馬王堆帛書《式法》書法研究》，國立臺灣藝術大學書畫藝術學系碩士學位論文，2012 年。
13. 李潺：〈馬王堆帛書藝術探索〉，《書法賞評》，2013 年 5 月。
14. 田芳：《隸變新探》，天津師範大學學位論文，2015 年。
15. 李麗姣：《馬王堆簡帛文字筆形變化論析》，河北師範大學學位論文，2015 年。
16. 萬君：〈馬王堆漢墓的帛畫與帛書〉，《七彩語文（寫字與書法）》，2015 年 6 月。
17. 喬延坤：〈簡帛與漢碑的融合〉，《中國書法》17 期，2015 年。
18. 喬延坤：〈借鑒馬王堆帛書〉，《中國書法》23 期，2015 年。
19. 田臻：〈淺析馬王堆漢帛書書體形態〉，《藝術品鑒》，2016 年 5 月。
20. 高玉芳：〈關於漢簡帛書法的思考〉，《明日風尚》，2017 年 5 月。
21. 陳松長：〈馬王堆帛書書法形態試論〉，《書法研究》，2018 年 3 月。

22. 覃富輝煌：〈湖南長沙馬王堆帛書對後世書法的影響〉，《西部皮革》，2018 年 11 月。
23. 卞一帆：《馬王堆帛書《刑德》甲乙篇書體研究》，湖南大學學位論文，2020 年。
24. 羅旻琪：《馬王堆醫書的書體特徵研究》，湖南大學學位論文，2020 年。
25. 朱小明：《馬王堆帛書在陶瓷繪畫裝飾中的探究》，江西科技師範大學學位論文，2020 年。
26. 陳典提：〈馬王堆帛書對後世書法產生的深遠影響〉，《漢字文化》，2020 年 2 月。
27. 朱思蓉、王希俊：〈馬王堆帛書《戰國縱橫家書》古隸書風成因分析〉，《藝術品鑒》36 期，2020 年。
28. 李欣：《西漢簡帛隸書形態研究》，蘇州大學學位論文，2021 年。
29. 岳鑫：《馬王堆帛書對我隸書小品系列創作的影響》，哈爾濱師範大學學位論文，2021 年。
30. 程鵬萬：〈馬王堆帛書抄寫問題研究綜述〉，《中國書法》，2021 年 1 月。
31. 陳松長：〈《戰國縱橫家書》的書手與書體〉，《中國書法》，2021 年 1 月。
32. 陳松長、李瑩波：〈馬王堆帛書的書法形態述論〉，《中國書法》，2021 年 1 月。
33. 孫鶴：〈馬王堆帛書的樣態及其波勢芻議〉，《中國書法》，2021 年 1 月。
34. 張希平：〈西漢前中期簡帛所見古隸書寫與隸變蠡談〉，《文化月刊》，2021 年 12 月。
35. 楊蒙：〈淺談馬王堆帛書臨創心得〉，《青少年書法》，2021 年 12 月。
36. 沈琦軍：〈從《馬王堆帛書．五星占》與《銀雀山漢簡．孫臏兵法》看西漢早期地域書風的差異〉，《藝海》，2022 年 2 月。
37. 廖敦濤：〈馬王堆帛書《戰國縱橫家書》書法特徵探析〉，《收藏與投資》，2022 年 4 月。